我看到了一种饱满的、充满感性意味的讲述，一种富有绵延力与黏合力的叙述，我甚至还看到了一个好的写作者的雏形和未来……

文学评论家　张清华

冰淇淋厂冬天在干吗

崔君 —— 著

济南出版社

图书在版编目（CIP）数据

冰淇淋厂冬天在干吗 / 崔君著. -- 济南：济南出版社，2024.1
（文学新势力. 第二辑）
ISBN 978-7-5488-6076-1

Ⅰ. ①冰… Ⅱ. ①崔… Ⅲ. ①中篇小说—小说集—中国—当代②短篇小说—小说集—中国—当代 Ⅳ. ①I247.7

中国国家版本馆 CIP 数据核字 (2024) 第 031812 号

冰淇淋厂冬天在干吗
BINGQILINCHANG DONGTIAN ZAIGANMA
崔君 著

出 版 人 谢金岭
责任编辑 张慧敏
装帧设计 焦萍萍 刘梦诗

出版发行 济南出版社
地　　址 山东省济南市二环南路1号（250002）
总 编 室 0531-86131715
印　　刷 济南新先锋彩印有限公司
版　　次 2024年1月第1版
印　　次 2024年2月第1次印刷
开　　本 145mm×210mm 32开
印　　张 7.75
字　　数 167千字
书　　号 ISBN 978-7-5488-6076-1
定　　价 39.80元

如有印装质量问题 请与出版社出版部联系调换
电话：0531-86131736

版权所有 盗版必究

文学新势力 学术筹划｜中国作家协会鲁迅文学院 北京师范大学国际写作中心

编委会

顾　　问　莫　言　吉狄马加　吴义勤
文学导师　余　华　苏　童　欧阳江河　西　川
主　　编　邱华栋　张清华　徐　可
编　　委　王立军　周云磊　李东华　周长超
　　　　　刘　勇　张　柠　张　莉　沈庆利
　　　　　梁振华　张国龙　翟文铖　张晓琴

总 序

张清华　邱华栋

  2012年10月，莫言荣膺诺贝尔文学奖，再度激发了国人的文学激情，也唤醒了高校在文学教育方面的旧梦，其中就包括北京师范大学。因为一段至关重要的学缘，莫言曾于1991年获得了北师大授予的文学硕士学位，而此刻，作为母校的师大自然倍感荣耀，遂立刻决定成立北京师范大学国际写作中心，并邀请莫言前来担任主任。中心成立之初，其核心职能——文学教育和创作人才的培养便被提上了议事日程。

  需要稍加追溯前缘，才能说明这套文丛的来历。1988年，由当时在研究生院任职的童庆炳教授牵头，由北京师范大学提供学制条件，牵手中国作家协会直属的鲁迅文学院，共同招收了首届作家研究生班学员。那时的学位制度还相对处于比较早期的阶段，各种规章还没有现在这样严苛和完善，所以运作相对容易，招生考试环节也相对宽松。由此，一批在文坛已崭露头角的青年作家，便被不拘一格，悉数收罗。之前，他们中的很多人——除刘震云作为北京大学中文系 77 级的本科毕业生外——并未受过太正规的教育,他几乎是唯一一个出自正宗名门。余华只是在浙江海盐上过中学;莫言之前虽有两年解放军艺术学院文学系的学习经历,但更早先却是连中学教育未受完整;严歌苓、迟子建等差不多都只是受过中等专业教育。其他人我们未做过严格的统计,但可以肯定,其中大多数未曾上过大学。然而不容置疑的是,这些人是那时中国文学最具希望的一批,是青年作家中的翘楚,是未来文坛的半壁江山。从这里出发,二十年过后,他们的确未负众望,为中国文学争得了至高荣誉,也几乎成为一代作家的代言人。

很显然,这成为北师大和鲁迅文学院一个共同的记忆,一笔不可多得的财富,无论从哪个角度看,他们都是两所学校引以为豪的历史。在这样一个背景下,重拾昔日文学教育的前缘,找回这一无双的荣耀,也就是很自然的事情了。

因了以上的缘由,2016 年,北师大校方经过认真研究,参考过去的合作模式,从全校不多的单招单考的硕士名额中拿出了 20 个,交由文学院和国际写作中心,来寻求与鲁迅文学院合作,并在中国作家协会的大力支持下,于 2017 年秋季正式招收了"非全日制"学术型文学创作硕士研究生。为了省却过于烦琐的学科规制,我们在"中国现当代文学"专业的二级学科下,设立了"文学创作方向",并采用了"学术导师"加"创作导师"联合授课的培养模式,以给学员创造更为合适和充分的学习条件。鲁迅文学院则为他们提供居住和学习的物质条件,以及日常的管理,并拟在培养方案中结合鲁院的讲座制培养模式,两相结合,尽显特色互补的优势。

同时还必须指出，有几位至关重要的人物支持了这项事业：时任北师大的校领导，特别是董奇校长，对推助写作中心的文学教育工作给予了大力支持，在制定相关体制机制方面也给予了诸多指导。晚年在病中的童庆炳教授，多次勉励我们，要传承好过去的经验，大胆探索，争取把工作尽早落到实处。中国作家协会，作协党组，特别是铁凝主席，也给予了热诚关怀，时任书记处书记、分管鲁迅文学院工作的吉狄马加同志，则在工作中给予了非常具体的关心和指导。

参与该项工作，制定合作规划、培养方案、课程体系，以及日常服务管理等诸项事务的，便是本文的两位作者：时任鲁迅文学院常务副院长的邱华栋和北师大文学院负责研究生教育的副院长兼国际写作中心执行主任张清华。整个过程中，要想实现两个职能完全不同的单位之间的密切合作，在所有培养工作的环节上都无缝对接，是一个至为琐细的工作，难以尽述。好在这不是一个"工作汇报"，我们在此也就从略了。主要想说明的是，两校之间目前的合作进行得非常顺利，一切都在愿景之中。

迄今为止，该方向的研究生已经招收了三届，共56人。从总体情况看，达到了预期的要求。在学员中，有鲁迅文学奖获得者乔叶、鲁敏，有多位全国少数民族文学奖获得者，有"70后""80后"广有影响的青年作家，像东紫、杨遥、朱山坡、林森、马笑泉、高满航、闫文盛、曹谁、曾剑、王小王，等等，他们在文学创作上都已经有了相当出众的成绩，或是十分丰富的经验，然而他们共同的诉求，又都是对"充电"的渴望，有成为大家的梦想，所以因了冥冥中某种命运的感召，汇聚到了一起。

关于文学教育，历来也是分歧明显众说不一的。有人坚称"大学不培养作家"，这话在一定程度上是对的。大学的使命很多，成败的确不在乎是否出产了一两个作家。但这话的"潜台词"值得商榷——其意思是有偏见的或轻蔑的，是说"你培养不了作家"，"作家不是谁都能培养出来的"。这当然也对，没有哪个大学敢说自己"培养"了几个作家，而只能说，他们那儿"走出了"哪些作家和诗人。但这么说是否意味着文学教育的无必要呢？似乎也不能。因为按照上述逻辑，我们也可以反问，大学不能培养作家，难道就可以"培养"经济学家、政治家、科学家和法学家吗？谁又敢说他们"培养"了那些伟大和杰出的人物呢？

很显然，各行各业的杰出人才，都是很难通过"订制"来培养的。但从另一方面说，大学又必须为人才提供成长和受教育的条件，从这个角度看，宣称大学"不培养作家"又是不负责任的。回顾当代文学的历史，文学的变革和作家的成长，与大学教育的恢复和发展密切相关。"文革"及"文革"前大学教育的草创和荒芜时期，也出现过许多作家，但他们要么是从战争年代的洗礼中锻炼出来的，要么是在长期的自学中成长起来的。因为没有条件受到良好的教育，他们的文学道路多舛，艺术成长和成就也都受到了限制，这是人所共知的常识。正是"文革"后教育的全面恢复与发展，才使得文学事业出现了人才辈出蓬勃兴旺的局面。

所以，正确的理解应该是，作家是无法培养的，但文学教育是必需的。当然，文学教育对于高校而言，其目标确乎主要不是"培养作家"，而是为所有学生提供一个素质养成的环境条件，这才是成立国际写作中心、引进著名作家执教的核心意义所在。换句话说，能不能出产一两个作家或许不是最重要的，其培养的人才是否具备写作的能力，能否成为文学的内行才是重要的。传统的文学教育虽然有各种各样的问题，但是所培养的读书人大都是既能够研究，又可以写作的双料人才。新文学的早期，大学的文学教授也多是学者和作家两种身份集于一身的，之后才逐渐文脉不彰，大师不存，大学教育渐趋沦为了工具化和技术化的知识教育。

但无论如何，北师大与鲁院联办班的这一培养模式，其目标还是直接而干脆的，就是"培养作家"。当然，这培养不是从"育种"开始的，而是"选苗"和"移栽"的过程，甚至有的就属于"摘果子"。即便是后者也不是无意义的，当年莫言、余华、刘震云、迟子建等人，早在进来之前就是声名鹊起的青年作家了，录取他们无疑也是"摘果子"，但系统的阅读与学习，大学综合环境下的熏陶成长，谁敢说对于他们后来的写作没有助益？所以，我们坚信这一工作是有意义的。

最后再来说说这批作为"文学新势力"的新人。显然，他们大多属于"80后"至"90后"的一代，较之他们的前辈，这批新人的主要差异在于代际经验的不同。前代作家的成长期大都经历过历史的大波大澜，童年也大都有原初和完整的乡村生活经验，所以某种程度上还是受到"总体性经验"支配和支持的一代作家。莫言笔下的"高密东北乡"，可以说寄寓了他对于农业社会生存的全部感受和想象，也寄寓了他对于现当代中国历史巨变的全部记忆与理解，读之如读一部血火相生、正邪相伴、生死轮替、魔道互换的史诗。这种具有总体性和原生性的经验与美学，在下一代作家这里早已变得不可能，他们都命定地处在某种"晚生"和"后辈"的自我想象之中，不得不在碎片化、个体化的历史经验与记忆中探索前行。

这些都并非新鲜的话题，只是重复了前人既成的说法。但这也是所谓"新势力"的根基与合法条件，"新"在哪里，又何以成为"势力"，这是需要我们想清楚的。在我们看来，所谓"新势力"其实就是指：一是有新的文化特质的，他们在文化上所拥有的"新人"特色或许很难用一两句话说清，但一定是更具有个性、自主性和独立思考的一代，是拥有新知和新的经验方式的一代，是用新的思维与视角看待人生与世界的一代，是在网络信息时代生存和写作的一代；二是有新的美学属性的，这些属性自然更难以总体性的概括来描述，但毫无疑问他们是具有陌生感的一族，是难以用传统范型所涵盖和统摄的一族，是游走和不确定的一族，是空间化和个体性得以充分彰显的一族，当然，也是相对琐屑和相对真实，相对平和和相对日常性的一族。有时我们觉得是这样满足，但有时我们又会觉得，他们离着理想的文学，离所谓普世的"世界文学"的距离越来越近了。

旁观者说一千句，不及读者自己去观照、去体味其中的丰富和微妙。"总体性"之不存，我们的概括也自然显得苍白无力，不如读者们自己去一一打量和细细辨识。

看，这就是"文学新势力"，他们来了。

"文学新势力"第二辑
出版说明

  "文学新势力"第一辑于2020年初出版之后,引发了各界非常强烈的反响,也激发了文学创作专业的学子们更加高涨的创作热情。不只非全日制的"鲁院班"——北师大与鲁迅文学院合作招收的文学创作研究生班的同学,连全日制和其他专业的学生也纷纷发来他们的作品,希望能够加入这套文丛的后续出版。基于此,我们在当年,也就是2020年的下半年,又遴选了近二十部作品,经过专家与编辑的几轮精选,最终确定了第二辑的这十二部作品。但因为疫情等因素的影响,该辑的出版工作也一再延宕。现在终于面世,标志着我们的文学教育又有了新成果。

  需要说明的是,本辑作品的构成,在文类上实现了多样性的变化。第一辑完全由中短篇小说集构成,而这一辑中,则有了超侠的科幻小说集、舒辉波的儿童文学作品集,有了闫文盛、向迅、曹谁等人的散文随笔集,同时也不再仅限于"鲁院班"学员,增加了毕业于全日制文学创作班的新锐青年作家,如目前工作于鲁迅文学院的崔君的小说集。从文类上说,该辑作品除了诗歌缺位以外，确乎显得丰富了许多。

另外，还须在此特别说明的是，截至该文丛出版之时，北师大与鲁迅文学院合作招收研究生的工作又延展了四年，至2023年，已招收了七届学员。负责鲁迅文学院工作的领导，也调整为吴义勤书记和徐可常务副院长；北师大文学院的领导以及研究生培养工作的负责人也发生了变更，所以本辑的编委会也做了相应的调整。

特别鸣谢中国作家协会张宏森书记，以及李敬泽、吴义勤副主席等领导的大力支持，也感谢北师大校领导以及文学院的大力支持；特别鸣谢济南出版社领导的鼎力托举。各方力量的凝结汇聚，才共同促成了此番盛举，为新一代青年学子和青年作家的成长营造了更好的环境。

2023年12月

自　序

崔　君

以前家里来亲戚朋友，我妈总担心招待不好。平日里她炒菜不舍得多放油，有客到，就暂时放弃俭省，想尽方法把菜做得好吃好看。我常想，在我妈心里是有一个朴素的标尺的，按山东的规矩，饭菜少了几乎等于犯罪，量正正好好也不礼貌，客人饱腹后桌上还略有盈余，这种状态才让她满意且欣慰。她欢喜做菜，在这方面富有野心和热情，却总顾念不能做得尽善尽美。

如今看着自己准备的一桌，凉热荤素，温酒澄茶，花花绿绿的，希望没有辜负大家坐下来的信任。书里的小说写于2016到2020年间，大多是读书期间完成的。从开始写作到现在，这是我的第一本作品集，一个让人欣喜又惭愧的小结。《金刚》是我发表的第一篇小说，也是迄今为止写过最长的一篇。最晚的是《冰淇淋厂冬天在干吗》，临近上刊时又改了一稿。总体来讲，确实下了功夫。但花费的精力及能量从来不能成为承认作品出色的威胁与绑架，过分强调则有遮掩平庸拙劣的嫌疑了。

或多或少，我可能遗传了我妈的焦虑，对这个开端并不自信。三年过去，一些稚嫩的痕迹让人感到难为情，在发给编辑之前的最后一遍通读中，我修改了几处地方，并把一些感叹号改成了句号，显得不那么大惊小怪了。其余的，变化不多。我在看这些故事时，不断假设要是现在去写，会如何处理，怎么把它讲得再成熟一点。后来，我释然了，脚印是清晰的，没必要再修饰了。需要精进之处，还有方长来日，对写作形成的新觉知可以向后延展。并且，令我感激的是，给这些作品添砖加瓦的过程，没有让我在挑选素材中走向狭窄，反而让我看见和理解了更广阔的他者和生活，仿佛触及了许多关系、行为和情绪的本质。我很兴奋发现了这一点，由此对待虚构和真实多了一份耐心，对简化与筛选过的现实保持警惕和怀疑。混沌通常不是清澈的终极反面，而是通向它的一段路途。

一开始，我想把小说写得酷并锋利，让人印象深刻，有些地方处理得过于明确和果断，现在我的看法更新了，舒展自然、静水流深的叙述倒是我努力想做到的。关于这一点，也会在新作中继续尝试。詹姆斯·伍德讲"我们是我们细节的总和"。这本书里的一些细节我是中意的，但愿可以留下几分动人的东西。我们使用语言，在转述中丢失一部分真实，又在书写中找了回来。这中间的部分，是可以作为奖赏，取悦自己，为抵抗虚无的艰难消耗提供补偿的。

有几篇小说，我先写好了其中重要的部分，再倒推着把别的内容补充完整，这也是一种逼迫和激励。一篇小说即将完成但还没写出最满意的结尾，彼时是我享受放松的时刻。构思铺排到此，东风已备。那几个闪光的段落跑到前面等你，给你天赋异禀的幻觉，别处的匆忙和粗陋好像获得了谅解。让人放心的是，你知道它早晚都会来。

最后，谢谢我的导师张清华老师，及读过这些小说并提出意见的朋友们，也谢谢即将打开书页的你。

花已无踪，春日短暂，枝叶重新绵密，夏天正在蓬松，祝福大家都开心一点。

2023 年 4 月 10 日
于芍药居

目 录

灰　象　1

夏季来没来　18

冰淇淋厂冬天在干吗　37

羽　人　94

炽　风　112

金　刚　158

灰　象

一

　　什么样子啊？

　　母亲问我。她刚刚上厕所错过了，过度紧张让她频繁地去卫生间。

　　就跟冷柜里切的那些差不多，放在绿色的布上，这么大。我给她用手比画一下，又觉得说得太详细她会不舒服。母亲忧心忡忡地"哦"了一声，继续坐在我旁边揪她手指上的倒刺。

　　她就是用这双手在失眠的夜晚敲我的房门，每一下都像敲在我的眼皮上。她催我起来，帮她把小盆里的发财树移植到刷干净的垃圾桶里，我要是装睡，她可能还要敲一阵子。等我将地板上的土和叶子清扫干净，把土里乱七八糟的虫子用马桶冲掉，已经凌晨三点了。树梢上有风和月亮，我仿佛一只被戏弄的动物，对着浓重的夜色，眼里充满泪水。

　　门被打开一次，她就站起来一次。后来，她的座位被一个女人抢坐了，她就坐在我的位子上，我靠在墙上。

　　天从早上就阴着，中午的时候有些阳光，也马上消失了。三个老头儿站在楼下抽烟,远处一群鸽子在阴冷的楼顶野餐,漫长的冬日远没有结束的迹象。我往上拉了拉口罩,挡住肿胀的脸,但是这样脖子就露出来了。又过了一个小时,母亲站起来走动,有人坐了上去。

你不要总站起来,现在没有位子了,你也得站着。我说。

我只是想让你去买点水果,母亲局促不安地说。我不知道她是真的想让我去买水果,还是为没了座位找借口。我还是下楼去买了,出去逛逛也好,总比站在那里好。这里的街道是蓝色的墙,人走在街上像穿行在水族馆里。碎砖头让道路变得拥挤,花店里有暖风吹出来,粉色的玫瑰好似轻盈的泡泡,粘在雾气朦胧的玻璃上。附近根本没有水果店,我沿着曲折的街走了很远,在书店旁边找到一家。水果店里什么都有,橘子、香蕉、梨,甚至还有樱桃和草莓,四季都摆在那里。草莓那么漂亮,也很香,我看了一会儿,没有买,只拣几个苹果付了钱。从开始到现在两个半小时过去了,母亲也没有往我的手机打电话,我就知道还没有结束。

我回来的时候,母亲正用蹩脚的普通话和坐在她位子上的女人聊天,看上去有点兴奋。那个女人跟她说,不是啊,绿宝不只是一种水果,还是一种景观树,也叫幸福树……母亲意味深长地答应着说,那幸福树应该挺好看的吧。她想了想又问那个女人,哪里有卖这种树呢,不过还是幸福树这个名字好听啊,绿宝有点太粗鲁了。

母亲站在那个衣着鲜亮的女人旁边仿佛褪色了一样,她的大衣已经起球,扣子紧闭,头发也乱糟糟的,眼神呆滞。通风口的松动玻璃偶尔被风吹出急切的响动,外面一直有汽车轮胎摩擦马路的声音,我像傻子一样,盯着玻璃看了老半天。

只让看了看?还说什么了?母亲又问我。

切得很干净,边缘清晰,去做冰冻了。我回答她。其实他们让拍照了,但我怕拿出来给她看只会加重她的失眠。我和母亲又陷入无声的等待。窗子外面飘起雪花,粒粒分明,天整整准备了十个小时,雪下下来就么几分钟的事情。

门终于开了,父亲被包在活动床上的白色被子里,看起来很蓬松。他闭着眼睛,像匹拘谨的马躺在那里。

父亲从来都是坚硬的、粗暴的,没有想到他会变得如此柔软,连睁开眼睛都要动用浑身的力量,要靠医生护士的推车才能前往不远处的病房。

我小时候,有几年父亲把他的郁结和不满发泄在牲畜身上。当我站在破烂的铁门外面偷窥那只山羊时,湿淋淋的毛让它看起来仿佛披了一件雨衣。它的肩胛上多了一道快要干结的疤,被水稀释的血顺着毛往下滴落,在我的心里留下了持久的恐慌,我的父亲竟然让一只无辜的动物流血。山羊惊吓过度,皮毛颤抖,充满防备地看着我。我怕它生出仇恨,突然冲破母亲布下的禁锢跑出铁门,把我踏在蹄下。我禁不住地想象,在燥热的水库边上,这只凶猛的山羊如何惹怒父亲,最后他不那么容易地把这只倔强的公羊扔进水库,羊角划伤他的手臂。

二

几个小时前,护士给父亲备皮。肚子上的毛刮干净后,他重

3

新穿上病号服，白白净净地蜷曲在床上，闭着眼。

即使我已经和父亲独处了几天，我们的交谈也不多。其实我很想安慰他不用紧张，切掉那块长肿瘤的胃，身体就会好起来。但是我什么都没有说。

父亲一直想要一个儿子，却有了两个女儿。我总觉得父亲更偏爱妹妹，他们之间一直很亲密。有时我很羡慕，也期望能像妹妹一样和父亲相处，但若真的换作那样，我又觉得是哪里不对了。妹妹一抬屁股就坐在他腿上，摸他的头，戳他鼻子。我则完全不同，跟他单独共处一室，我都会觉得紧张和尴尬。

母亲从食堂回来，换我去吃饭，她向隔壁床的大哥说，今天食堂有笋尖鸡汁包子。我的胃正强烈渴望着它。父亲满脸痛苦地喝完两大袋电解质水，并跟我们说这个水的味道太难闻了。过了一会儿，他起来上了几次厕所，最后一次说，这下拉没了，肚子都瘪了。我去食堂时，包子已经卖完了，炒河虾不够一份，半价就卖。就是那几只小虾，让我过敏瘙痒，胳膊上起了红色的疙瘩，脖子和脸都肿起来。

午饭后的病房昏昏欲睡，走廊里偶尔有几个人走过去。暖气片的热浪把人烘得膨胀，点滴好像在记录时间。

我说你记，拿张纸。父亲躺在床上，背对着我说。

我把一张体温记录表摊开，记下他说的话，谁欠他十二万，谁欠他八万、两万、四万……我明白这里全部的意思，要是手术台上出现什么状况，我就照着这个数字去找这些人要钱。父亲第一次当面跟我明确提起别人欠他的钱，这些空虚的数字没有欠条，没有合同，却如鞋里的沙子一样存在于我们家的任何缝隙，是它们让母亲反复失眠。

我读小学时父亲开始外出打工，给工厂铺设管道，安装空调和消防设备之类。每次他回来，母亲洗衣服，都双手捧着从他口袋里翻出的螺母向我展示。铝制的螺母一尘不染，阳光下闪闪发亮。母亲认为他很蠢，既然能往家带东西，为什么不带点贵重的，净是这些可有可无的螺母。不久后，父亲还带回几只高脚杯和一小箱西餐刀叉。有次他回来，人变胖变白了，还从背包里掏出一个地球仪，告诉我人类生活在这个球上，地球从西往东自转，从北极看地球逆时针旋转，从南极看顺时针旋转。站在一边的我不断地摩擦沙发扶手，最后，我鼓起勇气跟他讲，你在那里工作不要随便拿人家的东西。

父亲说，这个是我买的，四块钱。

前几年父亲挣到一些钱，他把家里的蹲坑厕所拆了，装了马桶，那是我们镇的第一个马桶。母亲为了向镇上的女邻居展示抽水马桶，带着她们来家里上厕所。许多个下午，我的作业都是在不断的冲水声中完成的。有个阿姨说马桶这样很费水，坐着根本拉不出屎来，并不是很好，母亲跟她大吵一架。镇上有人听说我父亲赚了不少钱，就跑来跟他借钱，他也慷慨地借给别人。那是我们家发光的日子。

但这都是之前的事了，并且只持续了很短的时间。后来父亲觉得城市安装行业大有可为，就用积蓄买了全套的器械，自己当工头，按他的话说，有财大家一起发。

父亲对东西的构造着迷。风扇、电视、打气筒、录音机……只要它们的元器件没有坏，父亲都能把它修好。母亲煮骨头时，喜欢先在铁锅里炒一炒再倒进高压锅,但她不止一次不放内锅就直接把半熟的骨头汤倒进高压锅里。父亲拿一把小刷子小心弄掉干结的酱油,再把坏了的螺丝螺母换掉,拧住,高压锅又可以用了。我能感觉到,父亲热爱他的安装工作,他出去没多久回来就可以看图纸,还拿出来让妹妹找楼梯的位置。

后来的几年,母亲在家做一份给半成品毛衣缝珠子的手工活,给一件毛衣领口缝六颗珠子有四毛钱工钱。她坐在一堆花花绿绿的毛衣中间,头发都毛茸茸的。冬天她不能靠着火炉缝,只好将成堆的毛衣搬到窗户边,稀释的阳光照下来,毛衣如同云彩簇拥着她。

母亲零零散散地缝,一个月缝三四千件的时候,缝到手指开裂。我喜欢看她缝珠子,她不说话,手指来来回回穿梭在针线里,表情自然,很享受。有一次,她从女老板那里带来一百件高领毛衣,她一件一件地从麻袋里拿出来后,惊喜地又数了一遍,然后期待地对我说,真的啊,多给了一件,好欸,你喜欢哪件?我挑了一件苔绿色的。我问她能不能把珠子缝在袖子上,她爽快地答应了。

过年的时候,父亲和母亲吵架。一气之下,父亲把袋子里的白色珠子全部扔到门外。成千上万颗珠子沿着台阶蹦蹦跳跳,撒在院子里。有些细小的珠子被鸡吃掉,其余的是母亲沿着院子的角落,一个一个重新捡回来的。捡完后,她抱着一袋沾满泥土的珠子,坐在台阶上哭。鸡围着她,袋子破了,珠子稀稀拉拉漏出许多颗来。

我没有办法让他们停止争吵。父亲处在最末尾的包工链条上，从熟人那里承包工程，都是口头约定。后来，楼房根本卖不出去，父亲不仅没有拿到工程款，还把自家的钱垫出去，给镇上的民工发过年工资。吵架的原因自然是到了年关，钱都没有回来，还把我的奖学金和母亲的工钱也付出去了。家里过年买不起一个笑眯眯的猪头。可更多时候，我们家的问题也不是没钱带来的。

每家医院的步行梯楼道里都积攒着密度过大的苦闷，吸烟的男人女人很多，他们在烟雾缭绕里盯着每一个从楼道里经过的人。那里被搞得乌烟瘴气，满地的烟头和黄痰。我每日早晚，一天两次打开那扇破门走到里面，有时站着，有时坐着，给父亲的欠债老板们打电话。我说我爸生病了，现在很需要钱，你快还我们钱。他说我没有钱啊。我又说我爸病得很严重，没钱接受治疗的话他会死。他说，可是我也没有钱啊……我对着电话破口大骂。

三

术后的几天，父亲恢复不错。第四天的早上我去洗刷回来，没有看见他。我放下牙刷，去厕所门口等了十分钟，也没见他出来。这时护士要开始输液了。父亲能去哪儿呢？回到病房我拉开柜子，发现他把羽绒服也穿走了。

电梯打开，母亲出来，她提着一棵植物，用红色的塑料袋子蒙着，怕冻坏叶子。我问母亲这是什么，她躲闪着回答，买了一棵幸福树，并一脸激动地跟我说，终于买到了，走了好远呢。电梯下行的时候，声音仿佛午夜母亲在客厅倒换花土，铁铲摩擦着沙砾，从地板绵延到我的床，钻进我的耳朵和五脏六腑。

我和母亲下楼找了一圈，隔着医院的围栏，我看见父亲在外面的彩票投注站门口。他穿着医院的拖鞋站在那儿，阴冷的风里几个老头儿边用什么东西刮开涂层，边和父亲有一句没一句地聊天。

父亲一直热衷于买彩票。早些时候，他曾经跟我索要了一个小本子，定时记录中奖号码的样本，企图发现每期中奖号码间的关联性，然后根据他所谓的规律去精心选号。我反问他，按你的说法，精通概率的人不早发家致富了吗？父亲则认为，精通概率的始终是少数人，只要这些人没有损害总体利益，他们是不会理会的。我又问他，那你现在找到规律了吗？他一本正经地说，现在样本还不够多。

隔着马路，我向父亲招手，让他赶紧回来。他裹着灰色的外套，穿着肥大的病号服一步一步朝医院靠近。手术让他的体重骤减了二十斤，走起路来看着很轻易，仿佛抖一抖能跟鸟一样掉下毛来。宽广的马路上车辆飞驰，白色的围栏阻隔了我们。我看不清他的表情，有那么一会儿，我觉得父亲像很久以前我们家那只受伤的公羊，云层里的阳光照下来，极不真实。

母亲见父亲用手捂着肚子，问他是不是不舒服。他神秘一笑说，我怕跑这么远伤口裂开了。

五天后，父亲出院了，母亲陪他坐火车回家，行李很多，她还抱着一盆幸福树。

我们都不明确该如何对付即将到来的事情，直至它们来到跟前。父亲研究了这么久也没有想到，3.6%的概率最终发生在了他身上。只不过不是彩票。他出现了术后胃瘫。父亲出院时，大夫问他要不要考虑暂时保留深静脉管，他果断选择将其摘掉。他赌徒一般，觉得那是个不错的概率。

坐在医院的排椅上等叫号，我问父亲：你乱吃东西了吗？

我哪有？他信誓旦旦地保证，流食，流食嘛！

母亲在家给我打来电话，侦探一样举报父亲可能是因为偷吃了两块鸡肉造成了这样的结果。她回家发现招待客人剩下的鸡肉碗里被抠出了两块，母亲问他，你没有放锅里热一热吗？父亲说嘴里一嚼不就热了吗！除了歇斯底里的责备之外，母亲再次跌进宿命论的失眠和无休止的埋怨中。我让她不要说了，并果断挂了电话。

造影显示，父亲的胃基本不动，食物全部堆积在里面。要是一直这样，就要面临再次手术。我找到主治医生，问他是不是手术时吻合口留得太小了。他找到一张纸，想画出示意图，结果连画了三个都不太满意，最后指着第一个图跟我解释了一遍。

父亲又被插了胃管儿，躺在床上。他这次来还穿着那件灰色的秋衣，是很多年前我发传单赚了钱，在海边小摊给他买的。衣服被电焊的火星烧出许多小洞儿，隐约露着皮肤。我问他，你知不知道刷子李的故事？他什么也不说地躺着。

沉默，长久的沉默。

我与父亲之间最多的就是沉默。跟父亲在一起，表达障碍会传染到我身上。

很早的时候，我们家有一辆车，父亲开着它给工地运沙子。因为母亲在工厂上班，父亲只能带我去工作。装载时间太长，

9

又是在暴晒的河道里，经过镇上时，父亲碰到一个认识的人，想把我留在那里，结束后再来接我回家。那个男人年纪和父亲差不多，开雪糕厂，留着日本人那样的胡子，脸上没有表情。我宁愿被晒死也不愿留在那里，可是父亲不由分说地把我放下了。整个下午我都惴惴不安，极度想哭。厂里只有这个男人，他穿着脏围裙在轰鸣的机器之间跑来跑去。我坐在一个铁皮凳上，他给我一包雪糕。拆开包装，里面有七个颜色不同的小雪糕，三角形的，每一个都郑重其事地插着一根小棍儿，那是我吃过最豪华的雪糕了。

父亲的车的声音很好分辨，当它在很远的街上蔓延过来，我偷偷擦掉了自己的眼泪。在车上我一直想跟父亲说我吃掉了他家的一袋儿雪糕。车太响了，我喊出的声音他好像也没听懂，后来我就放弃了。回家父亲倒头就睡，一直到我吃完晚饭要睡觉了他才起来。这件事我能长时间清晰地记着，每次想跟他说些什么怕他听不见，我还要重复，就选择了不说。

胃管外端的加压吸鼓里抽出青苔色、石灰似的流质，每天都要倒多次。胃液的气味刺鼻，以至于看着碗里的菠菜汤，我没跑出食堂就吐了一地。照顾父亲的日子里，我变得身心俱疲，感觉胆汁逆流而上，通过开闭不好的幽门灼烧我的胃，越来越好的希望被不断磨损。

父亲问来输液的护士，胃管什么时候能拔掉，他的鼻子被管壁硌得很疼。父亲的普通话有点奇怪，问了两遍，护士不知道是没听懂还是故意不搭理，跟她的同事有说有笑的。我受到侮辱般，忽地站起来，大声说，病人在跟你讲话呢。护士平静地说，这个得听医生的,我们说了不算。我找到医生,要求调整胃管。来的还是那个护士,她揭开父亲鼻子上固定的纱布,鼻腔上已经被硌出一个小坑,丝丝缕缕的血流出来。

我告诉父亲,你哪里不舒服就要告诉医生,不要忍着不说,一遍不行就说两遍,两遍不行说三遍。父亲说,你把医生叫来,我要告诉他,我浑身都不舒服。

也不知道是从什么时候开始,父亲变得暴躁。第二次来住院,天下大雨,在医院楼下,我把卡给他了,让他自己拿着方便,他放在哪里我没看见。做检查需要用时,他找不到,责备我把卡弄丢了。眼前这个被愤怒夺去理智的中年男人,正焦躁忙乱地抓头发,叹着气把包翻得乱七八糟,摔摔打打,满脸嫌弃。很多时候,我多么像他。我在他的身上不断发现我自己,这一认识让我震惊。

四

云在高处集聚,天是暗黄色的,发亮,映照屋里的一切,拖鞋、CT片摆在床底的铁架上,地上有丢弃的棉棒和卫生纸团。我想起母亲的电话,外婆打水摔倒,可能永远都起不来了。舅妈把外婆养的小猫要走了,她听说小猫的脑汁涂在脖子里,可以治愈她的淋巴。路灯的光在融化,管道里的水滴声逐渐放大,成群的红棕马从天花板上跑过去。有玻璃在,冬天的风和雪都吹不进来,我仿佛也病入膏肓。

我躺在低矮的行军床上,父亲闭着眼睛侧躺在病床上,只有等他睡着了我才敢仔细端详他。这样的仰望似曾相识。父亲已经半月不吃东西，为了节省费用，他不愿再次置入深静脉管，营养液只能从手臂静脉输入。我走到菜市场，买了两个土豆和一把水果刀，把土豆切成薄片敷在他胳膊上消肿。胃管从鼻子里延伸出来，搭在床单上，让他看上去像头受伤的灰色大象。

　　半夜醒来，转身看见床上是空的。我跳起来，推开门，看见父亲在幽深的楼道里踱步，不时按摩腹部。我回去躺下，支起耳朵听楼道里轻微的脚步声，听不见了我就跑到门边看看父亲还在不在。他走了好久才回到床上躺下。那一晚，我向父亲的胃祈祷，希望它获得沉稳的动力，温柔地打开那扇门。

　　又过了几天，胃还是像睡着了一样，父亲变得更加焦灼和恐惧。

　　中午他突然跟我说，他在东北的时候吃过一种柿子，叫贼不偷，柿子成熟后也是青绿色的，贼看了都以为不好吃，所以起名叫贼不偷。那种柿子非常可口。

　　你想吃的话我买回来打碎，跟营养液一起打进去。我说。

　　父亲有些失望，他说不买了，打进去又尝不出味道，这里也买不到那种贼不偷。

　　我切了两片薄薄的土豆片，敷在父亲肿胀的手臂上，问他还有没有需要洗的衣服，他说没有。护士扫过床后，我坐在床边看电视，父亲在翻箱倒柜地找什么东西。他问我有没有看见他的那件灰色秋衣，被烧了很多洞的那件。我说我给你扔掉了，那件不能穿了，我给你买了新的，在袋子里。

　　父亲跨到我面前，夺下我手里的遥控器，一脸紧张地问，扔哪里去了。

我们走到楼道尽头的垃圾桶时，里面什么都没有了，刚换的垃圾袋子空空荡荡。我们追到楼下，围着一个更大的垃圾桶开始找那件衣服，父亲的"象鼻子"甩来甩去。我去询问清洁工大爷，楼上的垃圾是否都倒在这里。回来时，看见父亲不知道跟谁要了支烟，蹲在玉兰树下慢腾腾地抽，烟气从他一个鼻孔里冒出来。

他把四百块钱藏在了秋衣的口袋里。

我为这件事感到抱歉，他蜷曲着躺在床上，对我说，去叫医生。我想我担心的事情还是发生了。我问他是不舒服吗。他看向我，眼里似有一把短刀：去叫医生。

父亲主动提出要做检查，这一番折腾，胃通了，造影剂缓缓流入十二指肠。

母亲在电话里高兴地哭了，念念叨叨，菩萨保佑，菩萨保佑。几天后，母亲说近来睡得不错，昨晚做了一个梦。她梦见我找到了一个特别赚钱的工作，在一条繁华的大街上卖口香糖和马桶，整条街的人都在排队，马桶里还放了橘黄色的乒乓球。

父亲已经放弃了他原来的工作，转而在镇外的山坡上栽桃树，种了八百多棵。前几年，他去省外务工，在超市里买到一种桃子，特别好吃。其中一个桃子上，有根一指多长的新鲜枝条，父亲把它养在水里，回家后，扦插到原来的桃树上。它成活了。后来，镇上许多人来找父亲扦插。整个山坡栽满了那种桃树，春天桃花开时，漫山遍野像一口绵长的叹息。父亲拉着桃子每天跑好几个地方，几十公里，相互比较，与桃贩讲价还价，只为卖上稍高的价钱。在桃园的空地上，他种了挺多西红柿，可都是红色的，没有青色的贼不偷。

五

爸……我轻声叫了他，母亲也围上来，他虚弱地睁开眼睛看了看又闭上了，什么也没说。

漫长的手术结束的那天下午，众人手忙脚乱地推着活动床往病房走，楼道里的人主动让路，我也紧紧跟在后面想要帮点什么忙。

听到就答应。医生叫父亲的名字。

父亲声音沙哑地喊了声"到"。大家都笑了，我也感觉他状态还不错。

父亲被移放到病床上，被子揭开，我心里一惊，腿撞到了病床围栏上。

他肚子上裹着厚纱布，全身插满各种颜色的管子，粗的，细的，流畅地把他穿透……父亲毫无攻击性地瘫在那里。我站在床尾，猝不及防地看到他的裸体，蜡黄的色泽如同油画，生殖器仿佛一个柔软忸怩的水龙头，缩在舞台中间，微微发红。父亲本命年，我买给他的红色内裤他穿了，十块钱，太便宜，都掉色了。黄色的尿管导流出来一个沉甸甸的尿袋。

护士在接心电监护仪，我呆站在那里。母亲把我拉到帘子外面，说我不应该站在那儿的。我这才看见，她的眼睛又红又肿。

父亲与我像两块对抗的岩石，我们的相处总是不自在的。我一直期待父亲能够大方坦诚、顺畅精确、毫无保留地对我表达，不要遮遮掩掩、木讷犹豫。最后，他以这样的方式展露在我面前，我惊讶得不知所措。父亲和我的角色扮演好像一直难以入戏，这像一个不被看好但终于灵验的预言，一步步将我从游走的边缘拽回。是啊，我一直不遗余力地在同他战斗，讲和吧，爸，讲和吧……

手术后父亲跟我讲，这次的全身麻醉让他想起年轻时的一次溺水。半透明的水下到处是暗流和幽深的岩穴，四周有鱼、藻类植物和流动的光，仿佛触到水中透明的野兽，它隐蔽、迅猛、伺机而动。太阳就在头顶，但它离你越来越远，无论如何都阻止不了下沉。光越来越弱，身下更广大的黑绿在延宕……

父亲喜欢钓鱼捕鱼，一直都喜欢。小时候，他让我跟着他，帮他提桶、靴子和饵料之类。每当父亲收网时，我总是紧张，那些光滑的鱼在丝丝缕缕的水流中游弋，一旦离开水就调动周身的蛮力去抗争。连浅水边的河底我都不敢久看，晃动的棕红色水底仿佛要把人吸入吞吃。我害怕鱼类集聚的力量在某个时刻爆发，将我父亲拽进从没见底的水库。直到父亲教会我游泳，我才把对水的惧怕转换为信任。父亲说，像不像有一大碗的水在端着你，水越多，将你托起的力越大，也就越安全。

在集市上，我买了最新鲜的白条鱼，这是我见过最多的鱼。它们身体轻盈，在水中空游无所依。我把它们放进锅里煎炸，直到变得酥脆爽口，将逆流而上的凶猛力量传送给我虚弱的父亲。

术后的那天晚上，父亲持续呻吟，我躺在行军床上感到不断塌陷。空气干燥，隔半小时他就让我按一下止痛的针剂。加量。

加量。他笃定地命令。医生嘱咐止痛剂不要用得太频繁，所以，我一次又一次地在那个长满苔藓的夜晚，佯装着按下止痛剂的按钮，欺骗他。护士给他戴上的手环过于松垮，以致他可以攥住一截，手环上潦草地写着他的名字。月光不鲜亮，我的电话号码像水底一段飘动的浮藻，被他紧紧握着。

　　腊月二十七回到家，地上盖着薄薄的雪。我想起去年的这一天，去医院取父亲的胃镜检查结果，大夫坐在玻璃里面，看了一眼报告单问我，是你什么人啊？四十七岁，还很年轻哟！那时我的心沉得要砸到脚面上。父亲已经不能喝酒，但他收拾了院子，还用两个上午敲敲打打，把废弃的快餐杯做成了一个烫酒壶，为我和妹妹温饮料。

　　回家第二天，我先是把一个用了多年的陶花盆打碎，后又把立在墙根的案板碰倒，案板又把陈旧的水壶碰倒，热水气势汹汹地从水壶中流出来，渗进红砖的缝隙。母亲只说应该小心一点儿的，溅到身上就烫伤了，没有像以前那样百般责怪我做错了事情。母亲已经没有那么锋利，家也已经不像一件合身的衣服。和她一起去小超市买水壶，老板和善，让了五毛钱。我问母亲他腿怎么了，母亲说出车祸截掉了，他卖东西便宜，你认识他？直到现在，我依旧清楚地记得，眼前这个人之前制作雪糕，我们共度过一个战战兢兢的下午。

　　我把碎掉的壶胆和外皮一齐丢进街道上的垃圾桶，塑料袋子随风呼啦呼啦响，一只脏兮兮的黄狗满怀期待地围上来，以为我扔了什么好东西。像那条狗一样，我也失落了半天……

　　天很沉重，零散的雪飘下来。那些躺在我家庭院的安装器具，切割机、电焊机、扳手、管钳、冲击钻……盖着简陋的塑料薄膜。母亲在上面随意压着几根木柴，薄膜底部已经被狗撕得参差零碎。灰湿凉硬的铁丢失了尊严，这简陋让我难过。弯下腰，我看见它们，棱角架势都在，但锈迹已像黑色的水草爬上来。我忍不住伸手一摸，仿佛触到了父亲的骨头。

夏季来没来

我雄赳赳地走在小路上,四周一点也不平静。月亮像被砍了一刀,边缘清晰,粘在天上,瞪眼看着我的行走。路两边的车前草凝结着冰凉的露珠,我走过的时候,草叶划伤我的脚踝,露珠滚进新凉鞋里。鸟在树枝失足,重新收好翅膀,蟾蜍爬入草丛,几只飞虫围着我的鼻翼,直到我过了桥它们也没有离开。

我回过头,这座石桥仿佛一头牛卧在河上。

第一次来镇上时,母亲指着前面打了一个哈欠说,过了这座桥,就快到新家了。她说完又打了一个哈欠,嘴张开后好久都没有闭上。我站在桥上,黄昏已经到来,太阳落到河的一头,空气湿热,河水像桥的舌头。柳条垂进水里,无人修剪。阳光里有一群头顶火红的鹅,停下来看着手提行李的母亲和我。脚下的石板断裂松动,下面还积存着中午的雨水,踩上去咕叽咕叽响。拎在我手里的铁线蕨因为一路缺水,叶子有些打卷。鹅很不友好地站在桥头,我抱起我的植物绕开了它们。

就是在快走完桥的时候,我看见了方湖,那天下午,他臂弯里抱着三只小狗。方湖的眼睛圆睁,嘴张得很大,看上去挺开心，好奇的眉毛快扬到发际线了。他放慢脚步走过我母亲，看见了我，慢慢向我走过来。为了掩盖还没好利索的跛脚，我停下了。

"喂！"他说，"你们就是新搬来的吧？看看我的狗，瞧瞧。"他晃动着他的狗，我瞥见了他手臂上的血印和淤青。

"被咬了啊？"我问他。

"母狗很凶，但它只咬了我的胳膊。"方湖的脖子里缠着好几层宽胶带，头发凌乱，"这样就好了，咬不到脖子。"他自豪地说。

"真不错啊它们。"我羡慕地说。

"母狗和军犬配的。"方湖粗俗地给我讲解。他把三只狗放下来，小狗抽着鼻子踉踉跄跄地走了几步。那群鹅张开翅膀嘎嘎叫了起来，小狗浑身发抖。

"可以送你一只，我正准备去送给别人呢。"我想要，但我得征求母亲的意见，然而她已经提着行李走下桥去了。其中一只黑狗在嗅我的裤腿，它的左右眉毛处各有一块棕色的斑点，像长了四只眼睛。

"我要这只行吗？"

方湖爽快地提起狗的前腿递给我，可我的一只手里抱着那盆植物，另一只手提了一个大水杯。小狗就被放进了我外套的帽子里。它潮湿的鼻子在我的脖子上贴了一下，体温穿过外套传递到我的背。

现在，我正走在一条充满危险的路上。镇上的灯光已经全部熄灭，在很远的地方，打麦场有一丝亮光，机器的轰鸣穿过空气

19

时断时续。再走一段路，我还要经过一片麦田，想到这里，我肌肉紧张，有了尿意。为什么一定要干这件事啊？我有了悔意。

我想起了我的狗——我叫它四眼。于是，我折回去，重新走在镇子的街道上，经过方湖家，经过阿短的家，阿短家的院子里还晾晒着胸罩和肥大的裤子，裤腿随风飘荡。猪肉铺子前的水泥台上传来腥气，很多东西在夜晚醒来。

为了我家不被盗，我出来的时候从外面反锁了门。一切进行得挺顺利，我蹑手蹑脚地走近四眼的时候，它一下把头从毯子里抬起来。我拍拍它的脖子，它哼了一声就跟我走了。

蟋蟀在路两边的草丛里鸣叫，草种子粘在我出汗的胳膊上。四眼跑得快，跑出老远又回来迎接我，接着在路边的磨石上撒泡尿。现在它健壮得很，但它刚属于我时不这样。我把四眼从帽子里拿出来的那天下午，发现帽子里有稀拉的粪便，里面还有很多虫子穿行。晚上它一阵一阵地狂叫，眼屎堆积。所以，在我母亲失去耐心之前，我每天半夜都要起来给它注射针剂。

第一次给它打针的时候，我也找来了宽胶带，把脖子缠了起来，把胳膊也缠得严严实实。街上的兽医说，针最好扎在狗的脖子上。但是四眼脖子上的毛很厚，我一点把握也没有，最后我踩住它的头和一条后腿，把针扎在了它的大腿内侧。针剂浓稠，推得很慢，有次完全推不动，是因为我把针扎到了它的骨头上。它一度躺在地上不动，我觉得它肯定要死了，跟它另外两个已经被方湖扔掉的兄弟一样。我只不过要了别人本来要扔掉的狗。

我没有亏待它，只要喝牛奶，我就分四眼一半。它的毛愈发浓黑顺滑，在月光下竟有点发亮。它朝着墙角的一只刺猬狂吠几声后,过了桥,站在麦地边张望。麦子已经熟透,风轻微地摇晃它们,杨树叶子也开始喧腾。露水已经浸入我脚踝上的伤口,细密的疼痛让我兴奋。我不断喊四眼的名字,兴奋也传染给它,它在远处已经收割完的空旷麦地里追咬它那条短尾巴。

一接近打麦场,我的心里就感觉踏实多了。麦香很远就能闻到,大人们在把成捆的麦子摞起来,碎秸秆在灯光下像纷纷扬扬的鱼鳞。

一个人影忽然从一棵杨树后闪出来,把我吓了一跳。

"还以为你不会来呢。他们把套下在了公路那里。"说话的是方文。她是方湖的姐姐,圆脑袋、白皮肤,胖胖的。她奶奶给她梳头时吐了太多的唾液,让她的头看上去亮光光的。大家都说方文把娘胎里的营养吃光了,方湖才跟瘦猴一样。方文比我们大三岁,但她一年级读了两年,四年级读了两年,所以现在跟我们同班。

"它有出来吗?"我问。

"没有,现在还没出来,不过它肯定会出来。"方文特别能流汗,她穿了一件她母亲的衣服,我能闻到又甜又腻的汗液味从她身上丝丝缕缕地爬过来。此时她正用手绞着衣襟,略显忸怩。我"嗯"了一声,和方文朝公路走去。省道晚上也跑大货车,灯能把远处的树林照亮。

距离公路还有一段距离,我不知道在这样的情况下该跟她聊点什么。何况,方文也不是惹人喜欢的女生。班里的同学都叫她"方丈",这当然得益于我母亲。她在课上点名发作业时说,写字要规范,写得潦草,都不知是方文还是方丈了。

21

我母亲对我说，这里的学生太野，你不要跟着他们不学好。但我母亲让我很难为情，因为她每上一节课都要为我树立一个敌人。大家说，从没见过我的父亲，说不定我是个野种。我午休醒来，发现眼镜镜片上有三条划痕，厕所的墙上用粉笔写着"四眼狗和他的狗四眼"，还画了一个小孩儿和一条站着的狗拿鸡鸡并排尿尿。这肯定是方湖干的。

"你的腿好点了吗？"我不喜欢听这没来由的关心，方文却浑然不知，"看上去还有点瘸啊。"这还用说吗，我又不是不知道我瘸。

"今晚能套住它吗？"我问。

"能！"方文总是这么自信，就像老师点名让她去黑板做题前问她这题能做出来吗，方文总是说能，结果站在黑板前仰头半天写不出一个字来。她不断擦汗，脸上涂满粉笔末，稀疏发黄的辫子在她的大脑袋上荡来荡去，仿佛两根导火索。

方湖的花狗朝我们这边跑来，四眼也从麦地里回到我身边。很明显，四眼被花狗散发的味道迷住了，它朝花狗叫了几声后，围着花狗的屁股乱转。我训斥了四眼几声，还朝它的头踹了一脚。方文揪了一撮麦子放在嘴里嚼，她不合脚的凉鞋发出的声音让我心烦。我在心里默默祈祷，我的狗别在这时候干出让我难为情的事。花狗无力反抗，一会儿四眼就骑在了它的后胯上。畜生就是畜生，花狗还是四眼的妈妈呢。

我叹了一口气，同时想起了那个不堪的梦。梦里的方文穿了一件漂亮的白裙子，坐在我家的床上。我母亲去桥下洗衣服了，方文就坐在我腿上，我隔着衣服掐了一下她软绵绵的肚子，一阵愉悦。我为梦到方文感到羞耻，又觉得那种愉悦妙不可言。

这时，方文在她的胳膊上拍死了一只蚊子。我们离公路越来越近，方文突然慢下来，最后停下不走了，两条狗在她身边蹭来蹭去。

"陈臣……最近……最近你告诉你妈妈……不要再买油条吃了。"我母亲不喜欢做饭，基本每天都买一大捆油条泡豆浆吃，放硬了就煮着吃，那捆油条足够我俩吃两天。

"我爸昨天发现我家油缸里泡了一只死老鼠，他把老鼠捞出来，把油卖给炸油条的那个人了。"方文说。她朝麦场看了一眼，她父亲正把一袋麦粒倾倒在水泥空地上。"你不要告诉别人，我爸不让说。"

"你爸真缺德！"

下午放学，我们站在操场上排队，草艰难地从地板缝隙里长出来，又被我们各式各样的鞋底踩下去。这些草最顽固。周一，体育课老师让我们去操场拔草，方湖愤愤地说，这些草简直跟婊子一样。不知道夏天有没有到来，我们终于过完麦假前的最后一天，我想像方湖他们那样骂一句像样一点的话来表达我兴奋的心情，最后却只想起来×他妈。老师们漫不经心地站在队伍前面，我母亲也站在那里，把一支塑料哨子吹得吱吱响。

大喇叭放着乱七八糟的歌，阿短和他的同桌热烈地讨论中国象棋和国际象棋的区别，方文在摆弄她从鼓号队顺出来的废弃鼓槌。就在我的脑子高速运转时，一阵陌生的机器声逐渐在头顶响起。我看到了远处飞得很低的飞机，它扇起的风把树梢吹得乱晃。飞机里坐着几个穿橘色衣服的人，螺旋桨旋转得飞快，但我每隔几秒还是能看见它一下。飞机盘旋了几圈，向东南飞去，小孩子们开始脱离队伍追着飞机跑动。我母亲还站在原地，吹那个愚蠢的哨子，伸着手不知道在指挥谁。突然，飞机上撒下一大把传单，小孩子们大声呼喊飞机上的人，咿咿呀呀的，疯了一样去抢空中的、地上的传单。我也大喊一声，跟着他们一瘸一瘸地跑起来。接着，又有更多的传单被撒下来。我的头仰得时间太长，当我看到纷纷扬扬的传单往下落的时候，感觉自己其实是在向天上飞升。传单上印着夸张的大字：森林防火。

接下来的事情就很没劲了。飞机飞走后，同学们没有排队，作鸟兽散般走了。我则留下来等着我的母亲忙完她的事情，跟她一起回家。

之前，我总是偷拿我母亲包里的钥匙，用它打开我们教室的门，偷看同学们的桌洞。有一点我很得意，我总能记得桌洞原来的样子，看完后能把所有的东西成功归位，所以从来没有人发现我的秘密。

方湖的桌洞里有一个游戏机、三盒磁带和几支雉鸡的羽毛，蜻蜓翅膀被贴在笔记本的前勒口。我们都知道，方湖经常头疼，有一次，他去外面逮了很多蜻蜓关在屋子里，看它们往玻璃上撞，他的头疼就减轻了。方文的桌洞里有草莓橡皮、没吃完的"唐僧肉"和叠起来的酥糖空盒子，还有一张我觉得不好看随便丢给她的贴纸。

阿短的桌洞挺干净的，书整齐地码在里面，实在没有什么值得说的。我转身离开时，在阿短的桌腿边发现了一张揉皱的纸团，舒展开来，上面密密麻麻地列了一些演算公式，还有一个用红笔画的穿斗篷持刀的小孩儿，一只飞在空中的扁平狸猫。我很喜欢那只猫，就把纸团折叠好装在了我的口袋里。

我的窗子靠着镇子里唯一的河。有天晚上，榆钱飘得满地都是，我靠在床头看河，水流缓慢，风吹进来，把我的头发翻了一遍，皮肤上都是青苔的气息。我掏进裤袋的手碰到了那张被我遗忘的纸。我准备把它扔掉时，发现了狸猫旁边潦草地写了一组数字：

    4 1 2
    7 5 3
    8 9 6

老师们都说阿短聪明，而我也想变得聪明。但除了看出它们是1到9的数字，我没总结出别的。

反正日子也是无聊，我就开始研究那组数字。星期天的中午，天下着雨，我终于灵光一现，在写得乱七八糟的纸上又找到了另外的两组数字，它们三行三行地排着，一组在左边，一组在右下方：

    1 2 3
    4 5 6
    7 8 9

```
6 1 8
7 5 3
2 9 4
```

  我终于看出来了：应该是先有了第二组数字，然后把它外围的数字顺时针旋转一次，就得到第一组数字，再把第一组对角线上的数字对调位置，就得到了第三组数字，而第三组横竖斜行的数字相加都得十五。我还发现，其实阿短解答了我们数学课本上还没学的数字九宫格拓展题，而我母亲教案上的解法要麻烦得多。

  我从抢来的一大沓传单中挑了四张不一样颜色的叠起来放进书包里，把剩下的全部扔到了垃圾桶。我没办法去教室探秘，因为跟我一起等我母亲的还有方文，她的手里也拿着几张传单，她要去我家让我母亲给她开小灶补课。其实我能看出来，我母亲不太愿意干这件事，可当方文爸爸背着一大袋刚从麦场装起来的麦子来到我家时，我和我母亲都闻到了麦子的气味，那袋麦子磨成面粉可以够我们吃很长时间的馒头了。有了馒头，我们就不用每天吃油条了。我母亲摘下方文的书包说，这孩子聪明着呢，就是基础不好，我给她补起来。

  我们吃晚饭的时候，方文还是不走，让她一起吃她也不吃，我只能一边吃饭一边回答她的问题。我觉得我在向她表演吃饭，弄得我很不自在。方文走出我家的大门后，又从河边的后窗里喊我。她告诉我，方湖、阿短他们在麦场的公路边发现了一个黄鼬的窝，晚上他们就要把夹子下在那里，等它上套。

我觉得方文一下午只说了这么一句让我感兴趣的话。

我朝公路上左右看了看,抓住没车的空当儿三步并作两步过了马路。我的手有点发颤,不知道往哪里放,就扬起来挠了挠头和耳朵。我甚至都没有见过黄鼬。公路下的草很深,他们踩出来一条小道。我先听见了四眼的惨叫,然后看见了他们。不知是谁朝我的狗丢了块石头,砸中了它的右腿,四眼兜了几圈顺着公路跑远了。

方湖他们正在土丘下的一堆草里昏昏欲睡,衣服上头发上全是土,这跟我想的有点不一样。我以为他们会把头一溜儿排在土丘上,聚精会神地等待黄鼬出现。他们看到我,一点儿也不诧异,就像没看到我一样,让我有点受挫。我踮着脚走过土丘,想要装作尿尿借机找一下他们的夹子和鸡腿。

方湖吐掉嘴里咀嚼的东西,大喝一声:

"你回来,别坏我们的好事儿,踩上夹子夹断你的狗腿。"

方湖总是对我充满敌意。上周同学们去校外做实践课,我走进潮湿的树林,拨开地上腐烂的树叶,发现了一个小泉眼。泉水冰凉,汩汩流淌。有人说在树林里的泉眼肯定好喝,有人说泉水可能有毒不能喝。方湖说他们胡说八道,要验证泉水能不能喝,其实很简单。说完他往我的泉眼里吐了一口唾沫,唾液漂在水上,让我觉得自己受到了侮辱。我想上去撕开他的臭嘴,可我不敢。

"看见了没,唾液在水里很快就散开了,这就证明水可以喝。"说完他趴下喝了一口水,"陈臣你也喝一口,这可是你发现

27

的泉水。"我突然不那么生气了，觉得他说得有道理。于是，我在众目睽睽之下，掬一捧水喝了，泉水清甜，还流到了我的胸前。这时，方湖指着我说："哈哈哈，看这个傻子，我的口水好不好喝？"

被他喝住之后，我讪讪地回到土丘，他们没有让我滚蛋。

方湖嘴里叼着一根草，他突然朝我的脑袋上拍了一巴掌。

"为什么打我头！"我对方湖厌恶至极，又对自己死皮赖脸地待在这里感到恼火。方湖又抬手打了我一下。

"就打了，告诉你妈去啊。"

他们都停下来看着我俩。

"干吗啊方湖，你们这么大声，猎物都要被吓跑了。"阿短说。方湖吐掉嘴里的草，脱掉鞋子，趴下了。

拍吧，拍一下也打不死我，我安慰自己说。方文挨着我坐下来，怯怯地看着我。我看见他们手里都提着一个塑料袋子，里面盛着引诱黄鼬用的死麻雀和斑鸠，密封不牢的袋子让动物尸体的土腥味儿飘了出来。方文在她坐的地方把周围的草拔了扔掉，阿短则提着他的布袋捋草种子。自从北方那场烧了一个多月的大火被扑灭后，他得空就提着布袋捋草种，他坚信有一天会有人来收购他的草种。

阿短是方湖给他起的外号。听说阿短去镇上的澡堂泡澡时，把自己短小的鸡鸡裸露在了众人面前。像个兔子尾巴似的，方湖这么说。此时，方湖又嚼起了什么东西，他在和旁边的孩子聊天，说他妈妈之前有一个双胞胎姐姐，后来掉进地窖里被憋死了。他们有说有笑，有人又怂恿方湖模仿我母亲说话，方湖就把

28

鼻子捏起来，将眼睛拉得细长，夸张地学闽南腔"讲起课"来：饿十三乘以饿十饿……

从马路边看过去，捆起的麦子已经站满了麦场的空地。打麦机张着大嘴，仿佛一只饥饿的野兽，那些麦子足够它吃一整晚了。更早的几个晚上，我都能从靠河的窗子里听见打麦的声音，慢吞吞的颤动让夜晚无限延长。

阿短站起来说："鸡腿应该放得远一点，放在洞口它拖进洞里吃饱了，今天晚上都不会再出来了。"阿短总是能把事情做好，他不像方湖那样老作弄我，但他也不怎么爱理我。

我们都抬起头来趴在土丘上看阿短深一脚浅一脚地走开去，方湖把鼻涕擤出来抹在旁边的草叶上。阿短快步走了十几米，突然停住，转身往回跑。

"快，都别出声了，我刚才看见它了，很肥，把鸡腿叼进去了。我要它的尾巴尖儿。"阿短说。我使劲伸了伸脖子，也想看一看那尤物。

"我就知道今晚能抓住它。"方文对自己说。

"把你们的东西给我。"方湖拍拍膝盖上的草叶，把袋子里的麻雀和斑鸠倒在离洞口几米的地方，又检查了一下他的夹子。

我也神经紧绷，方湖回到土丘的时候踢了一下我的大腿，土布满了我湿漉漉的凉鞋。这双新凉鞋我视若珍宝，他却把它弄得这么不堪。

方湖说："你什么都没带吗？"

我感到愧疚和委屈，眼泪在我的眼眶里打转，我除了狗什么都没有，我的狗现在还不知道去了哪里。方文皱着眉直起身子看

29

我，好像比我更愧疚。

方湖把他藏在公路下边的扁担、木棒和铁锹扔在我面前，让我挑一件。为了显示自己的英勇，为了不再让这群狗杂种小瞧了我，我拿起了铁锹，一件既有木头又有尖锐金属的武器。当我拿起它来，我就后悔了，我一只胳膊根本拎不动它。

不得到方湖的应允，谁都不能擅自越过土丘。就这样过了半个多小时，月亮升上树梢，方湖躺在土丘上睡着了，大家都在潮湿的土丘上东倒西歪。我盯着洞口看了几分钟，虽然有月光，但我什么也看不见，我甚至希望它今晚都不要再出来了。

公路上的汽车低沉地驶过，一辆又一辆，过了一会儿也迷迷糊糊的。我想起来我与我母亲坐绿皮火车来镇子的路上，车厢里有个一直呕吐的小孩，呕吐物气味太难闻了，我们只得转移到另一节车厢，有人见我瘸腿就给我让座。慢慢地，人越来越多，我看不见过道那边的母亲，只能抬头望向车座后面的男科广告。听我母亲说，镇上很漂亮，有很多桃花，而我却对陌生的镇子和接下来的生活充满抗拒和恐慌。

我翻了个身，看见方文走去了麦场。我的腿又碰到了那根铁锹，木头把儿上的倒刺把我的腿拉破了，这把铁锹这么容易让肉体受伤。湿乎乎的土让人不舒服，我想爬起来带着我的狗赶紧回家，但困意突然袭来。

我甚至还做了一个梦。大家都去水塘游泳，他们从小就会游泳，在水塘、水库里游，只有我不会游泳。方湖赤身裸体地躺在水塘边，他头发滴着水。阿短也脱掉了裤子，和几个小孩儿往水塘里撒尿，光屁股走来走去。他的前胸有一组九宫格数字，后背上也有一组,但无论如何我都看不清楚到底是什么数字。阿短站在水塘边,咚的一声,纵身跳进水塘里,声音大得吓人。最终,大家发现了我。这时候,方文出现了,她浑身湿漉漉的,衣服紧紧地贴在身上。方文看了他们一眼,走到我跟前,蹲了下来,开始解我的皮带。我死死地拽着,还踢了几脚方文的脸。但方文力气大极了,我越挣扎她越使劲,最后还面露凶色。我大哭,方文还是不放弃。她轻易地脱掉了我的长裤、内裤,大家愣了一下,随后哈哈大笑起来。方文把裤子丢进水塘,也捂着肚子笑。我很难过,擦了擦眼泪,低头看了一眼。我看清楚了,我的两腿之间空空荡荡,什么都没有……

我醒来的时候眼角还有湿湿的眼泪,待我看清周围,发现他们全都不在了,只剩下几个浅浅的土坑还能看出他们躺过的位置。我朝洞口看了一眼,什么都不曾改变,那只死斑鸠断掉的翅膀还隐没在草里,夹子还放在原处。这时,我看见方文着急忙慌地朝我跑过来,我本能地抓紧了自己的裤子。

"快来啊陈臣,他们都去公路了。"方文大声地招呼我。我用袖子擦了眼睛,起身跟着方文去了。

我闻到了啤酒的气息。麦场只有一盏灯立在那里,打麦机也停止了工作,所有人都聚集在前方几百米开外的公路转弯处。我和方文赶到时,方湖他们正在捡拾公路上的苹果吃。这里发生了一起车祸,一辆运啤酒的货车和一辆运苹果的货车撞在了一起。货车上的啤酒几乎碎了一半,白色的泡沫正顺着公路往两边的排水道流淌,酒瓶渣里滚动着许多苹果。两辆车的车头怼在了一起,车头严重损伤,但是驾驶室里都空着。司机们受了伤,有一个矮男人头上流着血,正拖着胳膊说话。阿短说他是啤酒货车的司机,伤得最重。后来啤酒司机躺在公路边,身下铺着从驾驶室里拿出来的毯子。

我的心怦怦直跳,怕得要命,但还是想走过去看看他。

我的父亲也曾像啤酒司机一样躺在一张毯子上,浑身是血地等着,撒了的油菜在凝固的血里站立起来,像重新生长了一次。父亲赚钱不多,他买菜的钱基本都是张嘴跟我母亲要。我很怀念那时候,我们家不用天天吃油条,一家人拿着说明书,围在一起研究豆浆机的使用方法。父亲什么都能修,只是修不了他自己。

这时四眼不知道从哪里跑了出来,抽动着鼻子闻公路上的啤酒、碎掉的苹果和地上的血迹。四眼夹着尾巴走到我身边,嗅了几下我的手,一转身穿过人群跑到啤酒司机身边去了,围着他团团转。我担心我的狗会在司机的头上咬几口,赶紧跑了过去。我看见他的胳膊下垂,手掌向外翻着。四眼停下,舔了几下司机头上的血迹。司机睁开眼,猛地坐起来,看见了我,又看了看四眼,他问我:"你的狗?"

我点点头。

他用另一只手把四眼往后赶了赶,又看了它一会儿,严肃地说:"去给我拿个苹果吃。"

我感觉这像一个命令,给他从地上捡了一个苹果,走了两步又看见一个更大的,我就把那个更大的苹果递给了他。他在衣服上擦了两下吃起来。其实,他的衣服并不比苹果干净。

半小时后,警车和救护车也来了。方湖的爸爸还帮助医生把啤酒司机抬上救护车。随后,大人们又回去继续打麦了。方湖他们在麦场边打闹了一会儿,有几个小孩儿跟着大人回家了,方湖、阿短又回到了土丘。

当我也回到土丘时,方湖、阿短都在喝啤酒,方湖用铁锹把儿将酒瓶盖儿打下来。啤酒在撞击后积蓄了蛮多泡沫,在开盖的一瞬它们涌了出来。我没有啤酒,也没有苹果,准备跟他们说一声就回家了。其实我不说他们也不会在意。

方文蹲在远处的草丛里小解,我起码要告诉她一声我要回去了。不料就在这时,我们听见了金属相撞的声音。我瞬间清醒了,困意全无。

方湖扔掉喝了一半的啤酒向夹子跑去,跑了几步又回来拎上了那把铁锹,好像他已经完全忘记那是我挑选好的武器。我也想跑过去,但是方文正在提裤子,于是我别着头跑过了方文。阿短的布袋都跑掉了,里面的草种撒了出来。方湖的手电筒混乱地晃着,我们看见墨绿的草丛里有个棕黄色动物左右奔突——是一只黄鼬,夹子夹住了它的左腿。

方湖用铁锹把儿穿过夹子上的铁环,好让铁环正好被铁锹的两翼挡住。他把铁锹立在地上使劲按着,胳膊上的肌肉快要蹿出皮来。黄鼬的眼睛折射着手电的光,慌张又凶狠,穿过了我的身体。方文把袖子咬紧,阿短后退了几步。我们仿佛都被它震慑住了,一时间没有人说话。它的肚子夸张地起伏着,停几秒就要继续挣脱,不时回头咬夹子和它的腿。两片斑鸠的毛粘在它的嘴边,眉毛处有两个浅黄的斑点,我恍惚觉得是我的狗在这里被人和金属刁难。

"去把东西拿来！"方湖的声音仿佛是从空中飘来。我抬头看他，他不像在命令我，倒像是在寻求帮助。我回到土丘，感觉浑身充满了力量，从草丛里拿起扁担和那根木棒。四眼跟在我的身后，伸着舌头散热。扁担的挂钩钩住了阿短的裤子，我们俩调转了好几下也没有拿下来。夹子在黄鼬的猛烈挣脱中与铁锹发出沉闷的撞击声，方湖的头发里已经有成滴的汗水流到脸上。手电筒掉在地上，黄鼬的影子被投射到土丘上，庞大又危险。方文拿起手电筒打光，阿短拿着扁担不知该如何帮忙。木棍在我手里已经不再发滑，汗液把它粘在了我手上。

"打啊！"方湖示意我说，"打啊你！"我看了方文和阿短一眼，他俩也在看着我，我才知道应该打死这只黄鼬的是我。

我举起木棍，脑子里闪过很多乱七八糟的东西，被摔烂的录音机，水井里串生的鱼，洒在地上的牛奶，散落的黄色塑料弹丸，父亲临死前从喉咙里发出的咕噜咕噜声，四眼和花狗的狂吠……这一棍下去打空了，夹子和铁锹被敲得咣当一声，我们都被吓了一跳。

黄鼬也更加惊慌起来，它放了臊气，快速地用三条腿扒地，飞起的土把我的眼镜砸得啪啪响。不用方湖提醒，我又把棍子举到了空中，这下正好落在黄鼬的肚子上，原来木头击打肉体是这样的声音。黄鼬嘴里喷出的血溅在了方文的腿上，它凶猛的野性力量终于被削弱，前爪不停地抽动。和黄鼬一样，他们的嘴全部是张开的。

但只隔了一会儿，黄鼬又开始了徒劳的逃窜，它的腿被夹子拉得很长，严重变形，像啤酒司机的胳膊一样，那仿佛不是它的腿。这只被腿拖累的凶猛动物，在如此美好的夜晚被木棍击打。有一瞬间，我又感受到了腿上的疼痛。

"再打一下！头！"方湖说。我动了动脚趾头，血在凉鞋里有种浓稠丝滑的感觉，让我轻飘飘的。新鲜又腐烂的味道在弥漫。我后退一步，第三次举起木棒，瞄准它一直晃动的头，砸向黄鼬，仿佛也砸向我自己。我的胃有些翻腾，好像已经吃过了用泡老鼠的油炸好的油条。

黄鼬侧躺在地上不动了，它被夹的左腿伸得笔直，右腿一下一下地拨着旁边的草叶，血从它的齿间流出来。我把木棒扔了，坐在地上。阿短扔掉扁担，方湖把夹子从铁锹把儿上摘下来。一切都是无声的，耳鸣让我听不清他们的说话声。方文伸手来扶我，另一只手里的手电筒灯光直射着我的眼睛。哪里都是黑亮的光斑，还有四眼若有若无的叫声，光斑跳动在模糊的九宫格里，毫无规律可言……

方湖推来了麦场的小推车，我捏着夹子把黄鼬拿起来，它的重量远远超过我的想象。我昏昏沉沉地推着车，双手颤抖。车里的黄鼬正在死去。这些时刻像极了我跪在父亲毯子前的时候，风轻轻地吹，我们都在等待一个具体的时间，等这个时间到了，我们就可以说，他死了。

黄鼬的皮毛失去了光泽，灰扑扑的一坨，老实诚恳地趴在那里，反衬着我的不安。上土丘时，小推车颠簸了一下，黄鼬的身体重重地摔在了铁挡板上。过公路时，它被反复碰撞。我觉得我仿佛在推着我的父亲前行，他在生命的最后时刻还要忍受着撞击的苦痛。而我，什么都避免不了。

方文跟在我身后,她腿上的血迹还没有擦干净,扁担挂钩哗啦哗啦地响。方湖和阿短都很高兴,他们勾肩搭背地走在一起,看上去像一个人。

我不想要黄鼬的皮,不想要黄鼬的尾巴,我甚至都不想再见到这只死去的黄鼬。黄鼬已经属于方湖了,大人们都在围着小推车看它,我的狗也在热闹的打麦场转悠。我告别他们,狗却不想跟我走,我独自踏上了回镇子的路。

"你看上去犹犹豫豫的。为什么要打它的肚子,你如果直接打它的头,它一下就死了。"方湖轻蔑地说。

月亮升得比往常都高,风也让我烦躁。我经过桥,经过河,经过依旧不被修剪的柳树,快速向家的方向跑去。腿仿佛瘸得更厉害了,面前跳跃的黑影扑下来,好像一口可以把我吞掉。我心里充满愧疚,滚烫的眼泪匆匆流了下来。

进了镇子,肉铺前的水泥台上有五只黄鼬在逡巡,两只大的,三只小的。有只甚至还像我母亲一样打了一个哈欠,伸了伸懒腰,露出惨白的牙齿。月光清洗着石板路,房屋怒气冲冲地望着房屋。它们跳下水泥台,站在了路中央,让路变得狭窄,抽动的鼻子把肉腥味和月光都吸进胃里。

它们的眼神,像冰凉的湖水,没有缝隙地将我包围。

冰淇淋厂冬天在干吗

一

二〇〇〇年八月的最后一天,我和唐小甜走在尘土飞扬的省道上。

十二辆军绿色的货车驶过,冲散了正在过路的羊群。阳光穿行在发亮的灰尘间,像一件斗篷鼓满了风。

公羊惊慌的叫声此起彼伏,蹄子互相踩踏,空气里凄迷又燥热。在纷乱中,圆溜溜的羊屎滚到了我的鞋里。唐小甜最先从羊群中挤出去,拍打裙子上的羊毛。一只小羊趁她弯下腰,凑上去咀嚼她的墨绿色上衣,濡湿的地方看上去极其清凉。

季风从海上吹来,经过大平原的过滤,闻起来很咸。杨树粗壮,把树荫慷慨地送给我们,树皮的缝隙里,大头蚁在有序地上下爬动。二十分钟后,我和唐小甜终于到达目的地。

欣欣大社的售货员表情凝滞,天蓝色的圆桌上,放着被两个顾客打断的星期四午餐。大社前面的小广场以前是交公粮的地方,碎裂的地砖之间已经长出鲜艳的毒蘑菇和细小苔藓。花圃里月季疯长,鲜亮的颜色看上去一点也不温顺。广场底下埋着一千多头几年前因猪瘟死掉的牲畜，一朵朵花盛开后，像骨殖用来叫喊的喇叭。

大社的门漆成了酱色，把手那里被磨得发黑，折页边写着"王×是狗"的粉笔字。房子建得太高，里面格外凉爽，物品在颓弱的光线下模糊古旧，几排黄桃罐头结结实实地塞在木头货架上。

"我们要《新华字典》！两本！"唐小甜大声说。她的声音传遍了堆货物的黑暗角落，我也被她吓了一跳。矮胖的女售货员站到垫高的玻璃柜里面，俯视我们。她把两本字典递过来。

"你多给我们拿几本，我们好挑一挑。"唐小甜对她说。

"都是一样的，挑什么？"胖女人脸上立刻蒙了一层厌恶与疲倦，在她皱起的眉头间香粉集聚成一个白晃晃的点。

"你去买衣服还要挑一挑呢，我们为什么不能挑？"我转头看着唐小甜，佩服她说话的语气和胆识。在以后的很多时日里，我经常用那样的目光望向她。

唐小甜还试图和胖女人讲价钱，但最后我们没有得到任何优惠。她的手始终放在口袋里，有汗从她湿漉漉的前额上流下来，卷曲的头发粘在上面，下巴上还有一根羊毛。她转头小声对我说，我可以借你三毛五分钱吗？过几天我就还你，我妈给的不够。她目不转睛地盯着我，显得格外真诚，我当然没有理由拒绝她。对比了四本字典后，我们选了其中两本，当宝贝一样放进淡粉色的塑料袋里。风一吹，它仿佛一个盛满了气的泡泡糖。

回来的路上，我始终在想一个问题，我怎么才能变成唐小甜那样，她永远都有合适的办法来解决遇上的困难。虽然她家穷得只剩房子上的瓦片，但她像棵顽强的酸枣树一样，被山羊啃得精光也会重新发出芽来。唐小甜是她家里的第七个女孩儿，除了三姐四姐和六姐被送给东北的几家表亲外，她还有三个姐姐，大姐和我妈差不多年纪。唐小甜妈妈动身躲到山里亲戚家那天，如果不是我姑姑忙着给我家的母猪接生，唐小甜可能早就死在她妈的肚子里了。所以后来她总提起，还说是我家的猪救了她的命。每当她这么说，我都挺难受的，我对姑姑执着地检举别人超生感到深深的羞耻。但是唐小甜没有记恨我，用她的话说，你姑是你姑，你是你。

运煤车在颠簸的省道上开得飞快，蜥蜴般直钻进绿色朦胧的远方，公路两边的草丛里散落着零星的炭块。唐小甜踢着它们，走在我前面，她又黑又小，肋骨清晰地排在两腋下，胳膊还没有猫爪子粗。

"你真厉害，像个大人一样。"我对唐小甜说。

"有些大人很坏的，觉得我们是小孩儿就来哄我们，我们不能那么容易地被人哄了。不过我也害怕刚才卖东西的女人，她一看就不好对付，你没听见我的嗓子都劈了吗？劲使得太大了。"唐小甜说。

我们走了半个小时，跑到一个小菜园里想找点解渴的东西吃。地上长满了荸荠丁和荠菜，扁豆架上牵牛花已经准备好第二天早上的花苞，西红柿还是青的，黄瓜的花还没落，只有一排葱站在那里。唐小甜拔了两棵，但她咬了一口就吐掉了。

"看看，又是这样辣的葱，这些都是泼妇撅着屁股栽的。"她总结道。

太阳一晒，仿佛去哪儿都更炎热。唐小甜抬头看着天感叹，要是有个冰袋喝喝就好了。我挖苦她说你刚才还借了我的钱呢，哪里有钱去买冰袋哦。唐小甜问我，你还剩了一块钱怎么不买一个？我说花多了我妈会骂我。唐小甜叹一口气，要是哪天我们自己能赚钱就好了。我说，是啊，等我有了钱请你喝，你要喝多少我都请。时至今日，我还会想起冰袋的味道。它们便宜得很，一毛钱一袋。在包装袋一角猛吸几口，大量的色素穿过冰晶集聚起来，渐变的颜色让人浮想联翩。

　　顺着省道边的土路，我们到了南河，我知道这有一个泉眼，那里的水清凉又好喝。我躺在树荫里，唐小甜用一半屁股坐在石头上。她刚把家里的大锅烧坏了，她妈打了她。暑假末期真的太无聊了，我和唐小甜都这么认为。每天早晨，我们小孩儿都被吩咐"给猪做饭"。"给猪做饭"是唐小甜说的。煮开一大锅水，把红薯粉倒进去，搅拌均匀就做好了。那天早上，唐小甜睡得朦朦胧胧，没往锅里倒水就烧柴。直到闻见塑料锅盖把手化掉的味道，唐小甜才意识到事情不妙，她紧张地往锅里倒了半桶凉水，锅就裂了缝儿。

　　我们坐在一棵梧桐树下，叶子上飘忽的小飞虫来回穿行，水从脚边流过去，凉爽舒适。唐小甜拿出袋子里的字典，开始找自己的名字。令我震惊的是，她看上去早就熟知了查字典的方法，认真地为我讲解怎么用音序查字。我听得手心冒汗，感觉自己很蠢。当我还在假装背音序时，发现唐小甜可以直接翻开字典，找到想找的字，我只能更佩服她了。

　　我们沉浸在拥有一件宝物的喜悦中，还从垃圾堆里翻到一支墨绿色的圆珠笔,在扉页工整地写上名字。唐小甜一页一页翻动纸张,突然,她要过我的字典,对比了一下,气愤地尖叫起来:"这里印错了啊!"我凑上前去,看着她指的地方,那儿讲解的是怎么使用标点符号,例句示范了"冒号"总结上文的一种常见用法。但是,她字典里的那句话,冒号被印成了分号。

当我们返回欣欣大社时,那里已经关门了。路上碰到余星日,他从小广场前掐了一大把月季花藏在身后,以为我们没看见。大家听说他姐姐给他在县城的新华书店买了一本字典,价钱是欣欣大社的三倍。这令唐小甜事后感叹,她三个姐姐都没有一个管用的。

"这里卖的都是盗版,没有错误才奇怪。你们想要没有错误的,就去新华书店买啊!"

余星日说这话的时候鼻孔朝天,我们看不到他的眼睛。羊汤馆门前挂着一只羊的粉红色尸体,瘸子老马正在给它扒皮。朱安美发店外的大柳树上晒着白色的毛巾。饭店屋顶上,麻雀和灰喜鹊在围观一只狼狗吃鸡肠子。从加油站的扫帚花田里吹来一阵倾斜的风,天空好像突然打了声闷雷。那会儿大家都想不到余星日会停滞在那个高度,成为一个侏儒。

二

原来的学校只能读到三年级,新学期开学,我们一起转到了镇北的中心小学。

我妈在纸箱厂工作过一阵儿,她带回几摞包散装面条的棕纸。终于有一天我发现了它们的妙用,用棕纸把课本都包上书皮，整整齐齐。但唐小甜根本不把包书皮当回事儿，她的桌洞里乱七八糟。有时她根本不带书包，而是将课本和作业本卷成筒塞进裤兜里，一不小心书本就会掉出来，沿着阶梯滚好远，桌洞里的作业本也像卷心菜一样。

从一年级开始，唐小甜就没交过教材费，她妈妈来学校大闹了一场，还折断了校长的一支痒痒挠。全学校都知道了唐小甜她妈"唐母猪"，不仅能生孩子，还特别能战斗。唐小甜用的是姐姐的老课本，又脏又破，几篇新课文还没有。幸亏最小的姐姐经常流鼻血，字典都用来擦鼻血了，缺页太多，要不然新字典都没得用。在老师告诉我们现在有了六年级，必须读完六年小学才能升入初中时，唐小甜妈妈又来了。老师们痛快地答应唐小甜可以不读六年级，直接去初中。

唐小甜的爸爸在她出生后没多久就生病了，终日躺在床上。他倚靠床头，用手里的拐棍戳床边缝纫机的踏板，来来回回解闷儿。我在唐小甜家玩的大多数时间，都伴随着缝纫机咯当咯当的响声。他说话一点儿也不清楚，不能给他讲笑话，不然他会笑得停不下来，笑得泪流满面，直到将早饭呕吐干净。

唐母猪的鱼丸生意养活他们一家。当然，鱼丸用的也不是什么好鱼肉，而是鱼头。唐母猪从小贩手里花很少的钱买来，半买半送，有的还是她从鱼摊上捡的。在南河，她将各式各样的鱼头清洗干净，花一个上午在家里的石磨上碾成酱，直到吃不出一根卡喉的刺。鱼头酱和进面粉里，炸成鱼丸。我在唐小甜家吃鱼丸，唐母猪管够，时不时还给我装一袋儿。但她叮嘱我，你姑要吃，一个都没得。

唐母猪做的炸鱼丸味道好极了,我姑吃得满嘴是油。那几年,姑姑只对三件事情非常感兴趣,侍弄一群灰鸽子,监视村里妇女的肚子,还有就是吃鱼丸。

我和姑姑去喂鸽子,在麦地的小路上碰见唐母猪。她太老了,眼角耷拉,太阳底下仿佛在融化,两根胳膊看上去像干枯的玉米秸秆一样脆弱。要不是那个盛满鱼头的木盆,恐怕她会被宽大的棉布裙子吹飞到天上去。

姑姑拉着我,准备从狭窄的小路边挤过去。我们走过唐母猪身边时,麦田里乍然有几声怪异的布谷鸟叫,木盆里死了半天的鱼,好像蓦地感受到了身首异处的疼痛。其中一只鱼头从木盆底端跳起来,冲进干热的空气中,掉落下来的时候,冰凉的鱼嘴正好亲在我姑姑高昂的额头上。我姑姑像被一个讨厌的男人非礼了一样,冲着唐母猪大喊,拿好你的鱼!姑姑在麦地里找到那个鱼头,踏了几脚,气愤地走了。我站在原地,看见鱼头像是已死过去两百年的样子。唐母猪脸上挂着奇异的微笑,眼睛发亮,仿佛她衣襟上闪光的鱼鳞。

"我给你捡起来吧?"我问她。

"好孩子,这个鱼头我不要了。"唐母猪说。

说完,老太太就往村子走去。她走路很快,小偷似的。小路长得望不到尽头,两边的麦地和掰开的厚面包一样,麦子的香气突然浓郁。

我每次走在去喂鸽子的小路上,都会想起那里有个鱼头,有次还费力找了一番,但并没有发现鱼骨头,连根刺也没见到。后来,在鱼头掉落的地方,一株鲁莽的绛紫色懒老婆花长了出来,独自盛开在黄荡荡的麦田里。

三

工人在学校的围墙上忙碌，先丈量距离，再用铅笔打格子，一个下午的时间，他们就写好了十个大字，"我们是跨世纪的新一代"。在杨树的映衬下，红红的大字看上去油腻柔软，让我产生了自己马上就不一样的错觉。盼了好久的开学也没有预想中的那么好，仿佛什么事情都是这样，我们万分期待地去编织，但每每都会感到失望，或许我们的脑壳里都有一个巨大的回旋空间，在那里过去和将来都显得狭窄又微不足道。

我和唐小甜不在同一个班。一开始我有许多朋友，但唐小甜好像并不招大家喜欢。杏树结果子时，她来我家，我妈给我们做了单饼，卷花生油和糖。唐小甜饭量大，她一口气吃了四个单饼。我妈给她卷第五个时，油和糖明显放得少了。唐小甜说班上的女生像麻雀一样蹦来蹦去跳皮筋，无聊极了，男生也蠢得不行，每个课间都要玩玻璃球，简直幼稚。我感觉自己也一起被她嘲笑了，摘下一个杏子，朝唐小甜向上打开的雨伞扔过去。我喜欢和她们叽叽喳喳地跳。

唐小甜的座位挨着北边的窗户，后面是一排香椿树，墨绿的叶子仿佛把她也染暗了。我经常在去厕所的路上往他们屋里偷看几眼。课间，同学们都在外面疯跑，只有唐小甜在桌子前低着头。窗户的墙很高，我看不清楚她在干吗。有一次，一个女孩走过去跟她说话，唐小甜抬头和她说了什么，女孩儿就走开了。幽蓝的侧影显得唐小甜颇为沉静，碎裂的窗玻璃好像下一秒就会扎到她的头上。

一个星期一的下午,我去打水回来,发现窗外好多学生叽里呱啦地在讨论什么。女生满脸惊恐,男生好奇地张望,人越聚越多。后来,以余星日为中心形成了一个圈,他向大家讲述二班的那个女生怎么站起来流利地回答了老师的问题,老师怎么满脸微笑地表扬了她,最后才说到女生的血迹。

"在屁股上开了一朵大牡丹,啧啧啧……"余星日说。

女生们完全被吓坏了。我们的数学老师把那个女同学从厕所里领出来的时候,她头都不敢抬起来。上课铃响了,我被裹挟在人群里向教室跑去。唐小甜就在窗边站着,脸被不均匀的绿色玻璃映照得有些变形。

放学时,唐小甜说,幸亏不是我,简直是个耻辱。

从来没有人跟我们说过月经这回事。最后还是我姑姑,她告诉我们那没什么关系,不要害怕。她光明正大地将一片卫生巾粘在我的铅笔盒上,把两个小翅膀贴在侧面,给我和唐小甜演示怎么将那玩意儿固定在内裤上。唐小甜始终不说一句话,最后她闷闷不乐地说,我不会流血,我不需要这个东西。

就在姑姑给我们解说怎么准确地骑在卫生巾上的那天晚上,唐小甜家突然生了一场莫名其妙的大火。她家的厨房坍塌下来,刚用没多久的新锅被泥块儿敲出拳头大的洞,一只抱窝的母鸡被烧死,三只鹅被熏瞎了眼睛,小壶里落了一层硬邦邦的黑色壁虎和蝙蝠翅膀。警察推开门,冒热气的爆米花从挂在房顶的铁桶里呼啦倒下来。堆积的牛屎在焚烧后散发出青草的香气,飘到了附近的街道上。

据唐家人交代，他们中午去亲戚家吃喜宴，直到下午三点半。一家人吃得太撑，晚上根本没有开火，不可能是自己点的。有人故意纵火。他们得出这样的结论。警察查来查去，在唐小甜家吃了一些鱼丸走了。唐家人大胆推测，将我姑姑之流都列在嫌疑人中。唐母猪开始了长达半月的骂街，别看她老，她有的是力气。肮脏不堪的话语一字不落地冲进我的耳朵，光听着就足够让人脸红。

晚上从村子微弱的灯光看过去，唐母猪后面还有个尾巴，那是唐小甜。她在妈妈的吩咐下提着一只铜盆，妈妈骂一个段落，她就击打一下。铜盆洪浑的声响在沉寂的夜晚弹来弹去，足以把村子上空的神明吓一大跳。

四

唐小甜知道挺多八卦，她告诉我，我们的小学之前是一片坟场；瘸子老马只有一颗睾丸，他老婆得了一种奇怪的病，晚上睡一觉起来，嘴巴就会长到一起；朱安美发店老板的丈夫是个海员，能说外语，去过世界上很多地方……

"等我长大，也要到处去看一看。"唐小甜用了一个稀松平常的陈述句来讲这话。我们正在初春的麦地里挖面条菜，斑鸠叫得很远，没过多久从南边的树林里飞来，落在田垄的两棵梨树间。她坐在自己脱下来的棉衣上，后背冒着绵软的热气，透着我从没见过的野心。

我还是会和小伙伴们一起玩，但我总回味起唐小甜在杏树下说的话。如此一来，我不禁联想到唐小甜早就学会了字典的用法，推测她应该是在努力学习。期末考试时，唐小甜坐我前面，她答得比我快。离结束还有半个钟头，唐小甜就离开了考场。她的卷子在老师收起前被我瞥到了，作文格子写得满满的。我找到唐小甜时，她正坐在操场井边的排椅上。显然她在看一本书，当意识到我在靠近时，她马上把书收进书包，开始吃口袋里的"唐僧肉"，那是一种无花果丝小零食。唐小甜看的是一本大开本的书，比我们的课本要大，她的书包小，所以装起来并不容易。

"你也交卷了？我们走吧？"唐小甜说。

可是我觉得有些不舒服，她有钱买零食了，却没还我钱；而且，她好像有秘密了，鬼鬼祟祟的。当你的朋友突然有什么事情并不想让你知道，你也会不好受。我说我得回家了。

"你周六陪我去理发店吧？"她邀请我说。

还没到周六呢，唐小甜就惹上麻烦了。她打了我们班程澍，铅笔盒一扔，把他的一颗门牙打掉了。原因当然是余星日，这是众所周知的。唐小甜看见程澍让余星日钻他的裤裆，她就揍了他。打完程澍，她还踹了余星日一脚，说他没出息。

"这个人简直是个母老虎。"余星日爬起来就忘了耻辱，如此评价一个替他出气的人。

关于赔偿问题，程澍爸爸和唐小甜家终于停止了吵闹。余星日用两口袋玻璃球收买了程澍，他当着大家的面承认那是颗即将脱落的乳牙，还会再长出来。唐小甜妈妈吐出长长的一口气。唐小甜也很开心，她不用挨打了。我感到唐小甜又干了一件大事，就是电视里说的路见不平拔刀相助，只是在选择要帮助的人时不够慎重。大侠当然可以有自己的秘密。不仅如此，她借我的钱我

47

都可以不要了，要知道，这种事情不是人人都能干的。

周六我们一起去了朱安美发店。美发店的老板是个爱穿黑色短皮衣的女人，她刚生完孩子，不戴胸罩，两个乳房在薄薄的T恤衫里颤颤悠悠。大家都叫她"东方不败"，那听起来怪怪的。她身材高瘦，眉毛里挑着高傲，不苟言笑。店外面放个大冰箱，卖的冰棍比别处便宜几分钱，我们都挺喜欢她。理发店门前的对联好多年没变过，"天下头等大事，人间顶上功夫"。店里生意不错，她把年轻人的头发染成五颜六色，把中年人的头发修理得平整利索，至于我们小孩儿，就给剪个活泼的学生头。她不叫朱安，不知道她的店为什么叫朱安美发店。我们不管那么多，总之这个名字好听又洋气。

"我真的受不了东方不败的电推子和吹风机，它们一在我耳朵后面响起来，我就情不自禁地想尿尿。必须怎么动一动，不然，我真的会尿出来。你也这样吗？"唐小甜问我。

"我从来没有这样过，但是她给我剪刘海时都让我闭着眼睛，每次我都超级想咽唾沫。"

唐小甜说，看来我们都不太适合在理发店剪头发嘛。

我们推开门，东方不败正在给一个男孩儿洗头。他指着墙上新贴的宣传画，问她，那叫什么发型？东方不败说，这叫毛刺儿，港台流行来的。男孩儿说，就搞这个了。剪头发的男孩儿叫独龙，是我们镇上的运动员，他在市里的运动会长跑比赛上获得了第一名。独龙非常容易让人记住，因为他长了一双螃蟹似的细眼睛。

我们这次去理发店不是理发，而是还书，就是之前那本彩印的大书。唐小甜都告诉我了。我们还是可以分享一切的朋友。那是些过期杂志,上面的故事深深地吸引了唐小甜,她已经快将理发店所有的杂志全看完了。乞丐藏匿女体雕像、灵异孤儿院失踪的小孩儿、整容女杀手……各种各样惊险又刺激的故事,每一个都令我起一身鸡皮疙瘩。

东方不败热情招待了我们,不理发没有关系,喜欢看书就是好学生。唐小甜和她已经很熟了,她用店里的杯子喝水,还知道茶叶在哪个柜子里,哪包是给客人喝的,哪包是自己喝的。我们一下借了六本杂志,我也读得津津有味,书里恐怖的黑夜和死亡让我战栗。像唐小甜一样,我也构想了一个传奇故事,名字我都想好了。

五

唐小甜写了一篇作文,题目叫《一次遭遇》。这篇作文棒极了,获得了学校征文比赛的首奖。而我却写了一篇垃圾,只得了一个可怜的优秀奖。

我不清楚是从什么时候开始,唐小甜慢慢受到大家的关注。她孤傲冷漠,但总是考第一名,还可以打开同学们三个密码的笔记本。余星日竟然也试图讨好唐小甜了。

有一天放学,他给了我们一本习题集,上面印着新华书店的标志。我和唐小甜分工,她从前我从后抄了三个小时才抄完,然后把它还给余星日。期末考试时,唐小甜数学得了满分,我却只考了八十三分。老师在课堂上表扬唐小甜,整个办公室都认为唐小甜是个了不得的学生。只有我和余星日知道,那套习题集上有很多和考试时一模一样的题目。余星日没有及格，他更是对唐小甜刮目相看了。

唐小甜顺利去了初中以后，我们见面的机会少了。六年级好像迟迟没有终点。我日复一日地准备升学考试，皮筋也不跳了。唐小甜回小学来，向大家兜售盗版磁带。她倚靠在一辆自行车上，直到听见她说话，我才知道那是唐小甜。她穿着肥大的水洗牛仔裤，头发也已经剪成最流行的毛刺儿。她把牛仔裤的裤脚剪开，横线去除，纵线丝丝缕缕般披落下来，盖在脚面上。没过多久，学校里就开始了拆裤脚大行动。要是哪个同学的牛仔裤脚还是板板正正，他肯定就是个怕爹怕娘又保守的老古董。

唐小甜为什么不愿意跟我们一样呢？我始终追不上唐小甜，这对我来说是个不小的打击。出去放羊，她好像永远都在比我高一点的山坡上。我的羊只能跟在她后面，没有她家羊吃到的草嫩，也没有它们吃得饱。我对自己的迟钝感到厌恶。她总能敏感地捕捉流行的东西，发型、口头禅、油炸辣条的新吃法。她越来越受大家喜欢，按说我应该为她感到高兴，但我有点说不清道不明的心绪。说出来不体面，我不愿意承认，但事实就是那样。一股遥远又力量强大的情绪时常折磨着我。

独龙突然出现在唐小甜身边。他没有考上大学，在我们镇上的十字路口开了一家文具店。店里不只卖文具，还卖教材辅导材料、生日礼物、皮筋发饰，顺带出租武侠小说。店里有个黑白电视机，电视剧放了好几遍，我们都看腻了。店里挤满人时，说明播放的是流行歌曲，大家都跟着唱。唐小甜的歌词本被大家传阅到掉页。她几乎又把店里所有的小说都看了，而且没花一分钱。

她还告诉我，她在书里看到了东方不败，说大人们叫理发店老板东方不败并不合适。他们简直什么都不懂。

独龙文具开店那天，鞭炮放了一百六十六响，大家都来参与抽奖，奖品多是些铅笔小刀之类的东西。我伸手一抓，居然抽到一等奖。一个小录音机。我开心得要蹦起来。几天后我再碰到唐小甜，她跟我说，独龙还没来得及告诉我，是他故意让我抓到的，我是个不知情还傻乐好几天的托儿。回想起来，那天抽奖，我手伸进去，摸了半天，确实好不容易才抓到一个阄。我为自己的兴奋感到难为情，只能将录音机还给他们。

唐小甜不久就打了耳洞，戴上心形的耳环。她在写武侠小说，主人公叫陆风明。此人轻功了得，据传相貌堂堂，细眼睛，一身白衣。人们只知道他生活在黄叶竹林，但鲜有人见过他。他在树梢上行走，救助身陷险境的年轻女子……她还将各种想法录在磁带两头空挡的地方，有时候没有想说的，就念一段书上的话。

"你简直太厉害了，等你写完这个给我看。"我说这话时，一直盯着唐小甜手里的东西。银灰的机身上印着橙色的 Walkman 标签。就是我抽到的那个录音机，划痕都是一样的。虽然唐小甜说录音机是她买的，但我认为她欺骗了我，那真叫我难受。

没有办法，我太想拥有一个了。每天早晨我的耳机都委屈巴巴地躺在床头，等着插进什么东西里。那会儿我就明白了，人是不能先富后穷的。爸妈根本不理会我的央求，他们认为二十块钱——如此一笔重金花在这上面不值。后来，我想出一个办法，找到姑姑跟她说，我需要一个录音机来学英语。姑姑在我说完第二秒就识破了我的诡计，但她还是慷慨地用给人做衣服赚的钱为我买了一个。

等到要读初一，爸妈为让我在更好的学校上学，托关系把我转到了县城的中学。快到暑假时，唐小甜骑了三十里地来学校找我。

"你知道吗？东方不败自杀了。"她的头发都热湿了。

我那会儿对自杀这个词没有概念，从来没有认识的人是自己杀死自己的。

"她死了？"我头发都站起来了，问唐小甜。

"是，她死了。"唐小甜说。

我和唐小甜不去看过期杂志以后，它们就被放在盛废弃剃须刀的箱子里。不知从什么时候起，我们很少在朱安美发店剪头发了。店外的冰柜撤掉了，门前的柳树上挂的毛巾越来越少。不光是我们，新一代的小孩儿也已经看不上她剪的发型。

"是我们抛弃了她。"唐小甜笃定地说。

这个消息没过几天就传遍了，周围的人对东方不败的死因有各式各样的猜测。爸妈和姑姑在饭桌上讨论她，大概是说她的海员丈夫回来，怀疑孩子不是他的，要带去上海做亲子鉴定。我妈说她害怕地死掉了，姑姑说她生气地死掉了。

"你知道东方不败为什么死吗？"唐小甜问我。我摇摇头。

"我知道，"她的脸涨得通红，"其实她的丈夫在香港有了相好，想回来寻个理由和她离婚。理发店其实是她丈夫开的，香港相好叫朱安，她辛勤打理的理发店是用另一个女人的名字命名的。她不想活了，所以她才把自己装在透明的塑料袋里，喝百草枯死了。"

我们坐在学校外面小卖部的台阶上,阳伞下稀疏的光线里,唐小甜沉浸在自己的声音中,忘记了手里正在融化的雪糕。她对东方不败的丈夫恨之入骨,基本是边哭边气愤地讲完来龙去脉,嘴唇都咬紫了。我也伤心地哭了。就在那一天,我单方面和唐小甜和好了。

东方不败的丈夫叫陈晓卿,那三个字被人用油漆涂在去市场的沥青路上,供大家踩踏。据说是要去除她的怨念之气。我回老家走在那条路上时,都是绕过紫红的大字,从来不敢踩在上面。

几个月后,朱安美发店被推土机推平了。

六

东方不败死后台风过境,下了整整一个星期的雨,我家的桃子烂在了树下,西红柿上停着大绿蝴蝶,枯井里的水漫出来,白条鱼顺着井水游进我低矮的卧室。我爸每天忙着把山岭上流淌下来的肥沃土壤封堵在自家的田地里。我妈把接在大缸里的雨水倒进雏菊花盆。那水本来要冲泡茶叶的,但按照我妈的说法,犟人死后,必有苦雨,这样的水喝不得。

大暴雨的最后一天傍晚,天终于晴了,阳光到来,仿佛永远都不会再阴天。大片的长痣蜻蜓从桑林里飞出,夕阳被重叠的翅膀遮住了。杂耍团来了,一个驼背老头儿,一个高个儿小伙儿,一个很美的姑娘,还有一只鹦鹉。他们是一家人,父亲和两个孩子。六只手在他们的小皮卡里拿出各式各样的物件,铜铃铛在雨后的空气里响得格外果断。

车停在镇子中间的小广场上,他们着手搭帐篷,裤腿上的泥点像花瓣一样辐辏。高个儿背上的绳子在池塘边断成了两截,和鲜红色橡胶球一起洒落出来的,还有一包掐掉了翅膀的金蝉和幼虫。我们一开始就被他们吸引,眼睛都拔不出来,讨好着帮他捡球,在池塘里清洗干净后给他装到袋子里。余星日拿着一条粗壮的蚯蚓吓唬女同学,一不留神儿栽进荷塘里。高个儿一只手把他从水里捞出来,提着他的两条腿抖了抖泥水。余星日仿佛重新出生一次,蚯蚓像脐带一样紧紧缠住他的脖子。地上的金蝉幼虫四散爬开去,持续的雨水将它们淹得晕头转向,爬不动的已经裂开后背开始蜕皮,和那个罗锅一样。

暴雨把田野变成沼泽,大伙儿在等雨水下渗时观看了每一场杂耍。他们在镇子上闹了好几天动静。罗锅儿用银针扎遍了妇女的耳垂,大人扎,小孩儿送。我就是那时被姑姑带去扎了耳洞。我们那个吃鸡蛋皮治疗慢性胃炎的小地方,并不知道那根银针和传染病会有什么关系。

但神奇的是,杂耍团一夜之间消失得无影无踪,扎帐篷的地方不光没有脚印,连根鸟毛都没有,仿佛他们从没来过。据说,他们还从政府那里骗走了一笔数目不大的文化基金。

一同消失的,还有唐小甜。唐母猪先是找不到唐小甜的书包,然后发现唐小甜也不见了。

唐小甜的出走引起了大家持续的关注。他们猜测唐小甜可能被人拐卖了,可能离家出走再也不会回来了,可能给杂耍团当学徒去了。只有我猜到她去干吗了,但是大人们不会明白的。

事实让我的猜想得到了完美印证。她确实是为发财去的,准确来说是去集齐刮刮卡了。她听说带刮刮卡的方便面是分地区出售的，那时候村镇交流少，所以同一个地区的人永远都收集不到全套的刮刮卡。她搭乘杂耍团的卡车到达邻县，将身上剩下的钱全部买了方便面。但她没能如愿，有一张吕布她始终没有凑齐，于是她吃着方便面，走了整整一天。第二天黄昏，她出现在镇西密林般的晚霞里。

在后来的二十年里，我常常回忆过去，频频想起我们人生分叉的路口。当我躺在床上，思绪沿着时间的水纹逆流而上时，才猛然醒悟，我们做出一个个决定的日子多么与众不同，而那时，我们还以为只是普通的一天。

第二年桃花快开的时候，唐小甜的爸爸病危。雪下下来，几天不化。其实我前几天去他们家，就听不见里屋缝纫机的声响了。姐姐们为丧事忙成一团，两个姐夫站在门口抽烟。爸爸去世那天唐小甜没有哭。她坐在家门口的一个矮凳子上，来吊唁的人把钱给她，她在本子上记下，并把钱按金额大小分类放进抽屉。

加上那次出走，唐母猪越发觉得唐小甜不会通过接受教育而改变自己和家里的境况。爸爸去世后，唐小甜永远失去了继续上学的机会。

大雪过后，我背着背包返回县城读书，站在上坡的公路上回望村子。唐小甜家院子里的苹果树成了鸡窝，沙发扶手被麻雀啄得露出骨头。唐小甜和唐母猪站在羊圈里，从雪里提出冻得硬邦邦的小羊。她肯定看见我了，可她马上把目光牵了回去，让它铺在手里白萝卜一样的小羊身上。爸爸去世，没有人顾得上刚出生的小羊，它们也死掉了。愁绪弥漫在积雪上，当我走出很远时，她们的屋顶还是漂浮着淡蓝色的忧伤。

七

从那以后，我们很少见面了。

后来，爸妈和姑姑一起到了城里，在人民医院对面的市场租了门面开包子铺，生意还说得过去。姑姑经常说，要是唐母猪的鱼丸放到这里来卖，兴许一天能卖到一千个。每当她这么讲，我都会想起唐小甜和她妈妈。

我姑姑最终也没能嫁给计划生育办公室的小胡，姑姑用那么多情报也没能换来小胡的真心。我们的小胡成了胡主任，风风光光地迎娶了余星日在县城工作的姐姐。那样挺好，他们本来就不是一对。姑姑一直陪着爸妈做包子卖包子，直到三十五岁才和一个来店里吃早餐的顾客结婚。

姑父家有电脑，他在我高二时帮我注册了QQ号。而爸妈怕耽误学习坚持不给我拉网线，我只能在信息课上偷偷登录自己的QQ号。有次上课，一个叫"月亮湾的契诃夫"的人加我好友，通过后我才知道是唐小甜。

她说她在重庆磁器口的一家饭店工作，卖锡纸花甲。

"什么是锡纸花甲？"我问她。

"就是蛤蜊啊，"她说，"海里的，花蛤，包在锡纸里做，放很多酱料，极好吃。"紧接着，她还发来一个偷笑的表情。

生疏横亘在我们之间，我俩没有聊太多，但我由衷地感叹，她如愿以偿走出去了。互联网真好啊，把你快要遗忘的人都连接了起来。

别的记不太清楚，但是有一点一直在我恍恍惚惚的记忆里格外清晰。

"你读不读契诃夫？"唐小甜问我。

怎么突然说契诃夫呢？契诃夫我是知道的，他写过我们的课文《装在套子里的人》《变色龙》和《万卡》。那个突兀的问题让我好半天不知道怎么回复。

"亲爱的爷爷康斯坦丁·马卡雷奇，我在给你写信……"我在屏幕上打出一行字，给她发过去，也加了一个偷笑的表情。

"那是讽刺的契诃夫，除了这些你还看过别的吗？"她回复道。

"没有。"我想了半天，最终还是发过去了。

"你一定要读一读契诃夫，契诃夫非常可爱。"她说。

末了她说她要去刷蛤蜊了，回聊。我说好的，回聊。说回聊，其实我们没再怎么聊过了。

那次聊天我回味许久。我经常在做题时想到唐小甜，想到她的问题，你读过契诃夫吗？她让我记起了一种熟悉的感觉，她读过契诃夫，而我没读过。

星期天，我去了一趟新华书店，在二楼碰到余星日，他真的没有再长高。他姐姐给他找了工作，在新华书店卖书。他问我，你还记得唐小甜吗？他说她最近好像去了四川，在景点卖纪念品，跟老外学会了好几种语言。跟以前不一样了，她变得更漂亮了。这几年她赚了不少钱，把家里的老房子都翻新了一遍。余星日一直在说我们的老朋友。

我去新华书店不是干别的，我买了一本契诃夫。

整个中学时期我都是家长老师眼中的好学生。那几年，我有了亲密的同学，我们去县城新开的化妆品店试用口红，去成人用品店买避孕套研究，轮流读《基督山伯爵》。一月一次的大休，我都会跑去网吧，开两个小时，挂上 QQ，玩会儿游戏。偷偷摸摸，不被大人发现。

唐小甜经常发动态，有一阵子她发的每条我都看。她卖花甲时，就在空间里写锡纸花甲简直不要太好吃，小小的蛤蜊从东海途经长江运到重庆，新鲜到你牙齿发酥；她去卖纪念品，就鼓吹制作水晶球的材质是从深海打捞的，非常不可多得，球里的蓝色大海藏着一个美丽传说。后来她还去当导游、去卖香料……那些动态让我仿佛看到她在卖力地推广，像小时候给我们兜售磁带一样。

最有意思的是，那时我看到了契诃夫的《宝贝儿》，宝贝儿奥莲卡一定要去爱一个人，没有人可以爱，她就丢了魂儿，不这样不行，她爱上谁，就用谁的逻辑讲话。唐小甜像极了奥莲卡，她一定要发一些她正在卖的东西，全身心地投入进去，虚假夸张的叫卖倒让你觉得她挺真诚。有时，状态甚至是凌晨发出的。

我把自己的昵称改成了"樱桃园的薇罗奇卡"。但是一种奇怪的想法让我的昵称只修改了一天，就变回原来的了。

最让人意想不到的是，我阴差阳错地填报了中文系志愿。我不能十分确定地说，学习文学是不是唐小甜那个问题的结果。但我回想起来，这两件事情好像有一些丝丝缕缕的关联。我认真完成着各科作业，十分仔细地学习老师教授的知识，但我不知道自己将来要干吗，或许唐小甜无意间给了我指引和启发。

考上大学后，姑父送我一台笔记本电脑。有一次唐小甜和我聊天，她问我现在都读什么书，学不学外国文学。我说会学，并把一些教材封面拍给她，也许她有兴趣会买来读一读。

"我能请教你一个问题吗？"唐小甜说。

"好啊，你多问问，让我享受一下被请教的滋味。"我调侃地回道。

"我总是记混外国作家的名字，布考斯基记成考布斯基，冯内古特记成冯古内特，米沃什记成米什沃……哈哈哈哈，我太笨了，你会这样吗？"

"当然会。不过你可以记他们的外文名字，Bukowski, Vonnegut, Milosz，这样有了拼写原理就不容易记错了。"我给她回复。

"好的，我试一下。"

她广泛的阅读让我惊讶，隐隐的羞愧渐渐淹没我。我忍不住想，要是唐小甜也一直上学，她肯定学得比我好。

八

你们的父母都是穷苦人，只有高考，能让你们走出这片山，改变命运。高考对每个人都是公平的，你们只要努力学习，将来就是一片大好前途。老师这么激励我们。

青春期的几年，胆怯和犹疑充斥了巨大的思考空间。我们企图从卷帙浩繁的文字里放大可供感伤的真理，那些发光的信条被刻印在动态和签名栏里。在危险的平衡下，我们苟且偷生，煞有介事地奔向各自虚构的理想国。

早上五点半起床，晚上十一点结束自习。当身边的人都在干同一件事时，可能不会觉得无聊，因为没有别的事情可干。熄灯以后，盯着上铺的床板，我总感到无尽的虚空和乏力，高考终点遥不可及。如果提前打开那扇门，里面全是空白，憧憬没有，美梦也没有，所有的事情都是在到达终点的路上。我经常感冒，扁桃体持续发炎。终于有一天，撑不住晕倒在楼道里。休息几天后，还是要继续上课学习。

高中老师们把大学渲染得那么美丽迷人，然而大学不是梦境，它也是一种现实。城市，让我紧张。自由，让我松弛。突然拥有了大把时间，只要晚上一有空，我就和舍友租炉子买炭，去海边烤肉、唱歌。白天上课昏昏沉沉，不知道老师们讲了什么，书也没读几本。

西北风将渤海气流吹到胶东半岛，雪特别大。学期末，我开始发烧，当时以为是晚上露营着凉了。直到突击完期末考试，我才去医院检查。一场大病。漫长的治疗期。无休止的输液、吃药。因为其中一种药物，每天的尿液都是红色的，比第一次来月经更让我惊恐难安。叫我难受的是，疾病带来的耻感。每次去医院带药，我都在离开时把药全部倒进维生素的瓶子，再将原来的药瓶丢掉。医院门诊的两个垃圾桶承载了我苦涩的秘密。

休学一年。

因为大学没有考到自己理想的学校，考研时我格外拼命。这个选择其实是在逃避，逃避工作，逃避离开校园。费了九牛二虎之力准备，临近考试时，焦虑紧张的情绪将我笼罩。果然，我感觉身体不适，频繁量体温，三十七度多点，一连几天都是那样，也没有别的症状。这个身体信号我太熟悉了,它曾让我跌在无尽的绝望中。

我陷入旧病复发的恐慌中。网上查阅复发的案例,耐药性,更长时间的治疗周期……我愈发害怕,完全不能继续学习,躺在宿舍里哭了两天。

我第一个想起来倾诉的人是唐小甜。

我打电话给她。直到考试前,她每天晚上都打电话给我,聊上十几分钟。在那些关键的通话里,唐小甜神奇的经验总结安慰了我的焦灼和忧虑。她让我放宽心,生理期前几天体温会升高,进入"小火炉"时期,可能我跟她一样。我愿意相信她这个说法。在考试的前一天早上,我感觉浑身轻快,体温降到三十六度,当天下午,我的例假就来了。

就像沿着一条有镜像的街道走,我特别珍视那段记忆。电话接通第一句话就是今天体温怎么样,这映照了多年前我不安的心绪,想方设法要马上知道她的消息。一直以来,我们都是彼此生命的轮廓。

同学们端着晚饭盘子站在食堂的电视机下面,新闻里到处都是震后倒塌的废墟。我没有吃饭,跟老师请了假,冲到网吧打开与她的聊天。

"唐小甜,你还好吗?"

"你那里怎么样?"

我连发好几条。

翻空间,她上午十点多还在发状态,说才五月份,天气太热。

四十分钟后,我没有收到任何回复。去前台买了一瓶冰镇可乐,又回到座位,戴上耳机,给她打了两个语音电话。

未接通。

后来的每天,做完广播体操后,学校安排默哀活动。每次低头站立,我都想到唐小甜正躺在黑暗里无助地等待。

几天后,我借了同学的手机,再次登录。

唐小甜回复了,她说她没事,地震时她在一楼,跑得快,额头被掉落的碎玻璃划了一道半根铅笔长的口子,缝了几针,已无大碍。她还说,收养了一只幸存的小猫。唐小甜说谎了,我不知道的是,她被埋了一天一夜,还失去了一节脚趾。

九

那时余星日天天吃烟糖,一种看起来像烟的糖让他烂了满嘴的牙。他跟着姐姐到北京旅游,回来跟我们炫耀。

"北京小孩儿都长龋齿。"他还说,"北京不愧是咱们的首都,鸽群嗡嗡飞,槐树一片压一片。比天安门更让我震撼的是,拐过一个小胡同,你会看见一家超级大的冰淇淋厂,比咱们学校不知道要大多少倍。你们知道吗,城里人管雪糕都叫冰淇淋。厂里的人老早就开始忙碌,备原料,擦机器,一进入夏天,他们忙得不亦乐乎,成车成车的冰淇淋往外卖,门槛都他妈的压平了。"

我们的羊在山坡上吃草,我在给狗找跳蚤,唐小甜在用狗尾草编兔子,她的目光扫过温凉的暮色,问了余星日一个意味深长的问题。

"那……冰淇淋厂冬天在干吗呢?"

余星日想了半天才回答。

"这我他妈的怎么知道。我是夏天去的。"

就好比一个萝卜,歪打正着蹲在一个水多土肥的坑里,我被录取了,到北京读了研究生,成了家人的骄傲。每次放假回家,爸妈都要请亲戚们大吃一顿。姑姑也不让我干一丁点和面调馅的活儿,顶多饭点时让我帮着收收钱。

和他们一样,我也没有想到我会到北京。

胡同区寸土寸金,我在北京的几年从来没有看到过什么冰淇淋厂。

读研期间时间充裕,就是那几年,我尝试写小说。想到什么写什么,把困惑、苦闷和兴奋编织进微妙的文字里,打发无聊的生活。虚构的故事给我换来还算丰厚的稿费。临近毕业,我的日子不太好过,考博没能如愿,工作迟迟没有着落。侥幸,我还是留在了北京,在一家还算有名的文学期刊做编辑,继续干着专业内的事。

我不知道自己具体是在什么时间弃用QQ,大学时,人人网一时风靡,研究生以后,工作生活都开始用微信。我已经好久不关注唐小甜的广告了,重复的语气让我感到疲惫和厌倦。突然有一天,我打开那台旧笔记本想要找材料的时候,它开机自动弹出了QQ,输了好几遍密码才登录成功。屏幕上是唐小甜一个月前发来的消息。

"樱桃园的薇罗奇卡,你在吗?"

她穿了一件米白色的面包服,牛仔裤,短靴子,栗黄蛋花卷长发从帽子底下披散出来。她坐在我家门口幽暗的楼梯上,依旧瘦削，眼睛里满是欢喜和明亮。这是一次相隔久远的重逢，我们已经好多年没见面了。

为了欢迎这位远道而来的客人，我准备做几个菜。她自告奋勇要做一个麻婆豆腐。灶台被我们弄得乱七八糟，一片热闹。她不小心把一块白色的洗碗海绵掉在地上，惊叫道坏了坏了，原来她错以为把豆腐掉在地上了。红烧排骨、蒜蓉开边虾、清炒油菜、大酱汤，都是小分量，按照老家的规矩，我还做了一个给她接风的面。

杂志社工资低得出奇，我在望京与同事整租了两室一厅的房子。没过多久，同事结婚搬离，侧卧就空下来了，我一边承担着所有的房租，一边寻找合租室友。虽然稿费为我毕业后的浪荡日子提供了额外的支持，但我对高额房租还是倍感吃力。唐小甜问是否能来北京投奔我时，我同意了。她和我一起合租，也挺好。

我做饭的时候，唐小甜收拾行李。收拾完，她冲了个澡，换上一件水绿色的带帽针织裙。一边用毛巾擦着头发，一边在家里转来转去，这儿看看，那儿瞧瞧，丝毫不拘束。她在书架前翻书，说你当编辑能看好多书吧。末了，她靠在厨房的门上，给我展示她的文身。她在左手虎口处文了一个北极圈的地图，还指给我看哪里是白令海峡。

我尽力表现出一个主人应有的热忱。跟以前大不一样，唐小甜说话细声细语，温柔绵软。最重要的是，她说的是普通话，这叫我不太舒服。

"你 zh、ch、sh、r 的发音真是标准啊！"我开她玩笑。

"我跟一个哈尔滨女孩儿住过一阵儿，她教我的。"唐小甜说。但不管唐小甜怎么标准,我都搞怪似的跟她讲山东话,没过几分钟,她就被我带回家乡了。我得意地大笑,被她用毛巾打。

小时候我们天天腻在一起,身上都是彼此的味道,不相见的这些年,各自沾染上太多别处的气息。那种感觉如我预料到的一样,有几分怪异。

"你记不记得你妈给我们做单饼,卷白糖吃?"唐小甜问我。

"当然记得,你能一口气吃五个。"我说。

"这面也好吃,我好像还没吃饱。"她不好意思地笑道。我让她敞开吃,这是来京的第一顿,一定要吃好。

"我在四川那会儿,遇到了一个陕西的小伙子。"唐小甜自顾自说起来,"我们好了一阵儿,我发现他是个很爱吃面的人。他每次去不同的饭馆吃饭,几乎都要跟老板说,今天是我的生日,能不能送一碗长寿面呢?"

"真的啊?"

"真的。大多数时候,他都能如愿以偿。当时我觉得他是个不错的人,虽然爱占点小便宜,不怎么浪漫。可惜,他只想跟我快点结婚,而我不想那么早结婚,生孩子养孩子。我自己还没活好呢。我跟他提出分手,没想到,他竟问我要分手费。"

"要多少?"

"一万。"

"你给他了?"

"我问他你能不能给我开发票,开发票的话我就给。"

"你真行!"

她又去盛了一小碗米饭,端着碗抬头看小客厅的一幅装饰

65

画，问我是谁画的。我说是个日本人。

"这画儿真美，就是太……孤寂了。"她说。

晚上，我躺下后，许久没有睡着。窗外起风了，风呼啸着穿行过树梢和楼群。

我快睡着时，唐小甜敲我的门。

"今晚能和你挤一挤吗？刚刚把水杯碰倒了，床褥湿了。"

我打开灯，说好啊，来挤挤吧。

和唐小甜睡在一张床上还是小学时候的事了。她的爸妈持续吵架，爸爸虽然只剩最后一口气了，却把这口气全部用来咒骂唐母猪。破旧的扫帚被唐母猪紧紧握着，竭尽所能地抽打她卧床的丈夫。唐小甜没办法让他们停止，她掐着脖子哭，最后瘫坐在地上。她的妈妈把眼皮提起来歇歇，才看见了她。医生把了脉，给唐小甜吃了一个白色的药片。

唐小甜爬上我家屋后的椿树，半夜敲我的窗户。那对她来说是一个惊心动魄的晚上，她装作哭得太厉害喘不过气来，从而让爸妈停止了打斗。她担心不吃药片，唐母猪会识破她是假装的，免不了要挨打。她吞了下去，又担心白色药片会要了她的命。

"你睡醒一觉就叫我一下，时不时推推我啊。"她叮嘱我说。我说行，你放心吧。我妈点的蚊子草在月光下烧出幽幽的烟，那晚唐小甜睡得又香又沉，我却睡得不好，星星在天上碎了都能听见。唐小甜说，她做了一个梦，梦见自己去了一个城堡里面，看到高处一扇门徐徐打开，一排穿着华丽衣服的人，沿着螺旋楼梯鱼贯而下，让她给他们医治不能摆动的脖子。

黑暗有神奇的魔力，它给怯懦的人能说会道的嘴。唐小甜在我身边躺下，并无睡意。

我们回忆起小学墙壁上的标语，"今天的辍学生，明天的贫困户，知识改变命运，勤奋决定未来"。语文老师骑着三轮车卖雪糕，厚厚的棉被一揭开，一块块雪糕像月亮躺在沙漠里一样。我爸每次开拖拉机前都先让发动机猛烈地空转一会儿，坐在驾驶座上潦草地抽支烟，我妈呵斥他费油。说到余星日的名字被大家嘲讽，我们俩模仿了几遍，故意把"日"读得很重。唐小甜还说，她妈前一阵儿走了，在去集市回来的路上被一辆卡车撞倒，鱼头撒了一地。我隔着被子将她紧紧抱住。

聊到后半夜，我俩一下子亲近了许多。

"你记得我家厨房着火吗？"唐小甜问。

"当然记得。"我回答她。

"我点的。"

我吃惊地抬起了头。

"我们那天去吃婚宴，有个亲戚说新娘脸上的痣是用香烧掉的。我也想变美，由此受到启发。到了晚上回家，我心血来潮点了一根香，想把这颗痣烧掉。因为太疼了，我急着去冲凉水，忘了香还在麻袋上插着，里面是喂羊的草料，风一吹就着了。我不敢跟我妈说，她会打死我的。每当听到我妈诅咒放火的人不得好死，生孩子没屁眼，我都想逃跑。"唐小甜说，"你爸你妈跟泰山一样，我爸我妈都是纸糊的。我妈就剩骨头撑着了，我不想让她难过。那时候你不知道我多想变成你啊。"虽然看不清她的表情，但我能看到她的眼睛闪闪的。

君自故乡来，唐小甜带回许多儿时的感觉。

我渐渐沉入睡梦，朦朦胧胧中，仿佛睡在老家小铁床上，黑色的风攀爬墙壁，吹过萧条坚硬的梧桐树枝。门窗玻璃仅仅用几颗小铁钉固定，扑棱棱的响动让人心里发慌，似乎铁钉稍一打瞌睡，着魔的风就会进来把人吞掉一般。成捆的玉米秸秆竖着堆在街角，像一群女人，被风揪扯着头发，低头抱在一起。干枯的叶子彼此急促地刮擦，仿佛暗街有人提刀疾走。风的斗篷里什么都有，沙土、枯叶、碎玻璃、树枝、塑料袋、橘皮，应该还有苍耳种子和秋蝉的尸体。灰褐色的冰冷割进皮肤里，黑夜将危险、亢奋和恐惧播撒进空气中。

十

我们都在家时，唐小甜会主动做饭。她喜欢做芹菜炒肉，同时焖一锅硬硬的米饭，把菜汤泡进米饭里，每次吃都一脸满足的样子。据她说，那是她一直渴望的味道，一辈子都喜欢吃。

"你记不记得，我们小学时的小卖部，中午做盒饭，两块钱一份。泡沫盒一打开，香喷喷冒热气的米饭被菜汤浸得粒粒分明，上面铺着的就是芹菜炒肉。每次都是。"唐小甜说。

"好像是，我记得吃过几次。"

"我只吃过一次，永远都不会忘。我堂哥结婚，我给他提尿壶，他给我十块钱喜钱。我只给我妈八块，剩下的，我买了一份盒饭。"唐小甜说，"我还记得是'非典'时期，我们读四年级，中午不能回家吃饭，天天喝老师们熬的药汤。当打开那个泡沫盒子的时候，我觉得里面有光。我让老板浇了不少汤。"

她的胃总想抓住一切机会包裹美味的食物。单位发了一箱橙子，堆在厨房的角上。过一阵儿，再打开箱子时，里面还有两个。她很会剥，先用水果刀把橙子拦腰浅浅地割一圈，再拿把勺子，从刀割的痕迹处伸进果皮与果肉之间，剥出一个完整的橙子，留下两半蛋壳一样的果皮。

"吃吧，非常甜。"唐小甜说。

有一段时间，我俩天天去宜家小食堂买一块钱一个的冰淇淋。我顶多吃两个，唐小甜每次都买五六个。她两只手掐着它们，像安抚自己众多的孩子一样，这个舔舔，那个咬咬，融化的奶油一滴都不会掉在地上。

刚住进来，她就四处跑，最后在会议大厦找到一份工作，帮助引导来大厦开会的人，给他们挂衣帽、端茶倒水，在他们准备入座时撤皮椅子，伺候他们坐进去。据她说，她还去小剧场面试了，工作内容是帮助检票，剧场演出时，看到有观众用手机拍照，就用激光灯提醒拍照的人。但是他们没要她。可惜，那份工作挺好的，还有免费的剧可以看。唐小甜感到遗憾。

除了做饭，唐小甜挺懒散的。我出差或者不在家吃饭时，她会把所有的盘子用完才清洗脏盘子；内裤袜子攒一个星期，丢进洗衣机一起洗，每次洗完后阳台上就花花绿绿的；用过的姨妈巾随便丢弃在垃圾桶里，好几天不倒。后来我发现，她有脚气，反复发作，用的药都过期了，好像她从来都不希望根治。我们的棕色木地板上到处散落着从她脚上抠下来的死皮。她没事儿时能花一中午去抠脚，抠完不洗手直接拿饼干吃。有时抠得严重了，脚后跟裸露着粉红色的皮肤，她把我擦脸的乳液涂在上面，走路一跛一跛的。

我们出租屋里的家电都是20世纪90年代出产的。洗衣机甩干时,桶壁被砸得咚咚响;冰箱冷藏室内壁上有个大冰坨,一直不化,只要丢进去新东西,它就一直嗡嗡响个不停。唐小甜有时会失眠,有几次我半夜起来上厕所发现她还在看书。还有的时候,她半夜敲我的门,说冰箱又疯了。

周末我中午起来,看她拿着剪刀,坐在一个大纸箱前,箱子里是白色的玫瑰花。她说从昆明斗南花市直接发来的,新鲜又便宜。我对鲜花没什么感觉,烧钱、短暂,每次看鲜花枯萎被扔掉,都想起美人迟暮什么的。她把多余的枝叶剪掉,然后把塑料花箍网摘下来,轻轻攥着花苞往里吹气,样子有点搞笑。花苞一下子膨胀起来。她摘掉几片坏掉的花瓣,把花插进一个干净的玻璃瓶里。她说花朵被花箍捆太久,不吹气花就开不了,只能烂掉。她很专业地噘起嘴巴把剩下的花苞全吹完。半个多小时,她总共吹开了四十支玫瑰花,分放在两个卧室里。吹完后她说有点头晕,躺下就睡了,留下一地的叶子,直到晚饭前才起床。

修剪花枝是在花店学的,切洋葱不断给刀冲水可以不辣眼睛是在快餐店学的,快速换被套、水果摆盘是在酒店学的……唐小甜只要想干,好像什么都能学会。

有一天我加班,回到家后已经十点多了,感觉特别累,卸妆后一下倒在床上,晚饭也没吃。

"你要不要体验一下一秒放松的好办法?"唐小甜靠在门上问我。

"不用了。"我说,"我躺一会儿就好了。"

看着悠闲地吃着苹果的唐小甜,我心里酸酸的。

工作乱七八糟。分给我的稿子都是些名不见经传的作者，写得好的真的太少。我负责翻邮箱的自然来稿，有的投稿人自我介绍比作品还要精彩。她是某县文联主席，妈妈是市旅游发展委员会办公室副主任科员，爸爸是高级人民法院综合处处长，派出所所长是她哥哥，表姥姥是协和医院退休老中医。另外，我还要接待到访杂志社的写作爱好者。早上，一个满怀文学激情的老大爷给我们带了两个箱子，一箱是他种的地瓜，另一箱是纸稿。他告诉我们一定要认真对待这部八部曲小说，它能在国际上获奖。我看了稿子，基本的文通字顺都略勉强，大量重复，还没达到出版要求。给他倒水的时候我心生感慨，他是怎么从密云来到这里的，在客车、公交和地铁上辗转，送来这两个大箱子。每天除看大量的垃圾稿件之外，我还得挤出时间小心翼翼地接点文字私活赚钱。

我觉得委屈。唐小甜除了主动买菜和牙膏沐浴露之类的，从来没有说过要和我分担房租的事情。不光房租，我还要缴纳水电费、煤气费，灯坏了换灯，锁坏了换锁，出去下馆子、在家点外卖大部分也是我在结账。本来想找个人分担，不承想是现在这种境遇。一开始我就应该想到的。这样我也理解，她赚得太少了，何况，我住着主卧，侧卧只有主卧的三分之一大。但是，这些理性的想法总会在情绪不好时找到出口倾泻出来。

唐小甜倚坐在床边，让我侧躺在她腿上。她身上弥散着会议大厦的香薰味，闻起来有点像小时候吃过的菠萝糖。

"你准备好了吗？"唐小甜问。

"迫不及待。"我说。

她把挖耳勺轻轻探到我的耳朵里，金属温柔地刮擦耳道，用力均匀，各个方位都照顾到了。我真的一秒就放松了，感觉眼球回到了眼眶，膝盖也扣在了腿上。

"这位小姐，您对我的采耳服务还满意吗？"

"相当满意。"

"那下回来请您还点我的钟。"

"没问题。"

"大保健您看您还来一套吗？我给您八折。"

"话啷个多哦！"

唐小甜还赠送了我一次配套故事服务。说是很久以前，古镇有一家饭馆，餐食一般，生意却出奇好。镇上的更夫看出了其中的蹊跷。每日清晨鸡叫第一声，饭馆里便会亮起一道白光，随后白光幻化成一只大鸟，翎羽冷艳，优雅轻盈地飞到田间觅食。天边出现霞光前，大鸟收翅破窗而入，再躲进饭馆。但是有一天，饭馆的生意突然不景气起来，无论怎么费力经营都无济于事。几年前，更夫落魄时，饭馆老板曾施舍过他一顿饱饭食，于是更夫就想帮帮他。但他不懂神神道道，又害怕说出所见冒犯神灵。这可愁坏了他。不管那些，先到店里看看再说嘛……

唐小甜功力不浅，我还没听完，就睡过去了。第二天问她故事结尾，她又偏偏不告诉我。她要求看我的小说，以此作为交换。我一直不愿意让她看到我写的东西，发表的样刊都改寄到单位，不带回家里。我害怕她否定我，接受不了她说我写得不好。

我推说以后再写新的会给她看，但采耳服务要有始有终嘛。最后，我用一盒她爱吃的半熟芝士蛋糕换来了完整的故事。

更夫在店里细细考察一番,也没发现什么踪迹,急得团团转。没想到一回头却突然发现了机巧。灶王画上有一只小鸟,和他见过的那只极其神似。只不过画上粘了一枚饭粒,不大不小正好盖住那只鸟的眼睛。更夫小心地抠下饭粒。第二天凌晨,神鸟再现,饭馆重新人声鼎沸。

"你从哪儿听的故事?"我问她。

"我瞎编的。"我吹嘘她一番,她接着说,"还有一个版本,更夫抠米粒的时候把画弄破了,鸟瞎了,饭馆关张。"

"一个朋友劝我,别老看一些文学作品,有的没的的,多出去玩玩,有益身心健康。"她说。

"那你还看吗?"我也咬了一口蛋糕。

"看啊,我喜欢看。文学作品嘛,他说'有的没的'不对,我读过的文学作品里,都是有的。哎呀,我也说不清楚。不过,我要是像你一样,也能写写的话就太好了,我不能写。对了,我看过你写的东西,有一次在报摊乱翻,看到了你的名字,我就买了,你写得挺好,好好写吧。真没想到啊,我竟然还认识个作家。你哪天要是有那啥了,你们叫灵感?你也写写我吧,写写我这个糖一点也不甜的唐小甜。"

十一

唐小甜坐在小客厅,铺排上了各种吃食,寿司、烤猪排、炸鸡、甜甜圈和一大碗火鸡面。她对着屏幕扭动身子,为了不把口红吃进肚子里,她的嘴要比往常张得大一圈,身后就是那张有点孤寂的日本风景画。手机支架坏掉了,不能伸缩,为了让画入境，她在支架下面垫了一本第七版的现代汉语词典。

唐小甜只干了半年多点，就从会议大厦辞职了。她说，她想重新找一个工作。没几天，她就经自己小姐妹的推介进入平台开直播。

一开始，她把我公园年卡上的照片揭下来换成她的，出入北京的各个公园，在那里做直播。

"这叫平衡石。"她说，"就是把形状不规则的石头通过多次尝试垒起来，有点像竖鸡蛋。关键是要有耐心。"

她第一站就去了北海公园。我蛮惊讶，心想那会有几个人看。按她的说法，那叫和大自然亲密接触。在繁复的棱角中存在一个神秘的支点，能让万物达到看似不可能的平衡。周末时，我有空就会跟着她。为了省钱，景点我们不去，专挑免费公园。意料之中，观众寥寥无几，评论里好多人怀疑她，说图是P的，石头上有胶水，有让她唱歌跳舞的，还有让她化化妆换件衣服的。

制作平衡石的那阵子，她顶看不上所谓的吃播，尤其是大胃王。"我不要这么低级地赚钱。"她说。但在我看来，那不过是借口罢了，以她的流量，可能买不起一只俄罗斯帝王蟹。在对平衡石感到无聊之后，她转战吃播。而且，吃各种东西。

她刚"开吃"不久，我下班打开门，看见她在做猪血炖豆腐，旁边散着辣椒段和海米，锅里咕嘟咕嘟冒热气。唐小甜用炒勺盛了一点汤，喝了一口尝了尝，又往锅里加了两撮儿盐。她喜欢尝正在炒的菜，炒啥都尝。

"你这要是给皇上做饭，早被砍了头了。"我说。

"知道你做的饭为啥那么难吃吗？就是因为你不品尝，厨师尝菜才能日日精进。"她回我。

"哎，今天有人送了我一辆法拉利。"唐小甜一边吹汤，一边说。

"可以啊，人品守恒定律证实了，我就说吧。"我为她感到开心，感觉她的吃播生涯大有可为，"值多少钱？"

"你知道谁送的吗？"唐小甜看上去一点也不兴奋，反而因为捡了钱一脸丧气。

"谁啊？甭管是谁，不都应该感到高兴吗？"我说。

"你都想不到。"唐小甜把炒勺往灶台上一扔，"新华书店优秀店员：余星日。"

"我还以为已经迈进了发家致富的门槛，看到是他，愉悦的火光瞬间熄灭。他从小学就对我示好，最近不知道从哪儿搞到我的微信，隔几天就撩一下，以为给我送法拉利就能成？什么啊，就他也想泡我！"唐小甜越说越激动，像锅里的豆腐一样慢慢膨大。

这我一点儿也不惊讶，余星日那点心思早就是司马昭之心了。余星日是我见过除姑姑外第一个坠入爱河的人了。不过，谁都知道，唐小甜不会嫁给余星日这样的人，不只是因为他的身高，还有更大部分的别的原因。怎么说呢，一个陆地，一个海洋，中间还隔着两栖动物那么远。

之后的一段时间，她享受着余星日的殷勤，百无聊赖时就找他聊天，天南海北地扯。她基本都歪在沙发床上跟余星日视频。

"唐小甜你头发油了。"余星日说。

"你不值得我洗头。"唐小甜回道。

手机里的余星日特别温柔，叮嘱她一定要吃早饭，不然胃会坏掉；还说他的爸爸又在县城广场边给他买了一套新房子，正在装修。

"我真是贱骨头，为啥要找他撩骚。"唐小甜挂断视频盯着天花板说。

有一次，他们大吵一架，唐小甜拉黑了他。余星日觉得委屈，跟我吐苦水："她还想要什么呢，她还有什么不满足的啊？"

唐小甜一开直播，我连稿子都没办法看，先是厨房叮叮当当，我的词典要给她举着手机支架，她还时常喊她的"小助手"——也就是我——帮她递东西。我给她拿一包新的纸巾，她回头接时紧紧皱眉，火鸡面把她的嘴唇辣翻了，红色的一圈超出了口红的边界。她接着吃寿司，假装掉在地上，借机少吃一个。其实，她完全可以自己搞定所有的事情，许多主播都是自己起身拿纸巾、续可乐。照唐小甜的说法，有小助手显得主播人气旺。我问她，我上班的话，谁是你小助手？她说，那时，小助手就向她的"老板"请假了。

人是可以完全改变性情的吗？唐小甜小时候心事重重，一转身就变成了开朗澄明的人。但这个想法产生之后我立马又把它推翻了，或许，唐小甜只不过换了一件表面衣服而已。她来北京不久，就认识了挺多朋友，路边卖菜的、医院护士、文学评论家、卖房的、念书的、给空调加氟的，门卫大爷大妈两口子都喜欢她。只要有人约她，她马上就踩着高跟鞋嘟嘟嘟去了，有时候搭末班地铁从石景山回来，有时候有人开车送她回来，有时候不回来。

不断与过去划清界限,仿佛是唐小甜永远的姿态。我妈老早就总结说,唐小甜可不是盏省油的灯。只有持续出逃,家长们不可冒犯的权威和千斤难移的偏见才不会将她压碎。她的眼睛里时常充斥着狂风暴雨之势,只要有一半把握,就敢像啤酒一样冒满整杯自信的泡沫,赌徒般压上全部。

不过,小助手也有不请假的情况。后来张世纪告诉我,他到家里给唐小甜当过一两次小助手。如此,他才对唐小甜的室友产生了兴趣。

那段时间,唐小甜剪了短发,耳朵以上那种,漂染成淡蓝色,打扮中性。出门时,她总是把胳膊搭在我的肩上,跟别人说我们住在一起,好像很愿意被别人误会我俩是同性恋。

"哎,给你介绍个对象吧?"

"你不就是我'对象'吗?"我一边敲字一边说。我那会儿还在心心念念楼下的美编小王,准备创造机会表明和他同甘共苦的决心。

据唐小甜说,张世纪是写剧本的,有一部电影真的让他赚到了不少钱。他是独生子,开特斯拉,有套郊区房,就是没北京户口。他妈是老师,二胎怀孕两次都流了,怕丢掉公职。他现在就想找个有北京户口的,生一大窝孩子,让他们在首都的蓝天下快乐地成长。

"你们合适。他有钱,你有户口。"唐小甜说。

"瞧你说的,有板有眼的还,别瞎撺掇。"

我们第一次见面是在丽都公园的婚礼小草坪上,唐小甜叫了几个朋友,大家一起去野餐。她浮夸地向他们介绍我:"陈卿,未来的大作家、名编！"大家一阵欢呼，我尴尬地回："快别这么说。"唐小甜又说道："她是我最好的朋友，没有之一，人有点内向，你们对她好点儿！"到了张世纪，唐小甜说："这位，也是名编，编剧的编。她是编辑的编。这位呢，户口登记员给他写成了张世纪，他其实叫张纪世，大家也可以叫他张鸡屎。"一阵哄笑中，张世纪笑笑，双手合十向大家问好。

后面我们一起玩"天黑请闭眼"，每次我都很早被投死。有一对大爷大妈路过，观摩了一会儿，大妈问这是干吗的，大爷说快走，传教的。他们闭着眼睛，我趁机端详每一个人。

众人中，唐小甜的小姐妹极健谈，她出生在湘西，能歌善舞，人长得好看，靠直播赚得盆满钵满，还在淘宝经营自己的服装店，去年和一个社会学博士结婚。她是唐小甜的偶像。唐小甜有个和她一模一样的 MK 包，不过是 A 货。从她轻描淡写的自我讲述中，能提炼出只要肯努力，就能够成功的个人奋斗史。

张世纪长得确实挺帅，一米八几，宽肩膀上肌肉灵动，嘴唇丰厚，单眼皮，眼神总是很好奇的样子。他不怎么说话，偶尔讲一个新鲜的段子，缓解一下气氛，其余时间都在为大家开酒瓶、扔垃圾、跑腿什么的。总之，我在那次野餐中没有收获什么乐趣，除了看看张世纪。当然，后面这句我没告诉唐小甜。

"小姐妹跟咱们一样，也是过过苦日子的人，后妈把她打得钻床底。后妈不仅打她，连自己的孩子也那样打。"唐小甜说。

"这个后妈倒是能够平等对待。"我说。

"博士是真的配不上她，以为自己读了点书了不得。我跟他见过几次，他是一个刻舟求剑能把船刻漏的人。"唐小甜评价说，

"那也没什么,吃得开心才是最重要的。他带的香辣面包蟹可真是太棒了。"

十二

我在内衣区转了一圈,挑了一条非常臊气的男士内裤,豆绿的底子,上面一对一对的男女抱在一起跳舞。我数了一下,总共有六种姿势。接下来,再准备去买一件XXL的裤子。

张世纪还在一楼的厕所里等我,我慢慢悠悠的,报仇一般,故意让他多等一会儿。排队付钱时,我不断脑补他现在的样子,不用说,他肯定想钻进马桶的眼儿里从此消失掉。手机一响,张世纪发过转账来,我没收,给他回了条消息:你请我吃饭,衣服我送你。

这是我俩第一次单独出来吃饭,一家有名的日式餐厅,我从来没吃过,因为太贵了。他其实是个挺能讲的人,在他的眼里,北京充满了机会。他说他看了我发表的小说,我说我看过他的电影。我们沉浸在彼此芳香的彩虹屁中。他低调谦逊,又野心勃勃,说有一天他也会写出真正的好剧本。我们聊了不少。有一个感觉是,他把我当作一个涉世未深的小姑娘,时刻在用一种大哥般权威狡狯的语气同我讲话,这点令人讨厌,别的都还好。我们加了微信,他叫"世纪猛汉"。

张世纪喝了好些梅酒,中途要去点别的饮料。当他站起来时,我想我当时的嘴巴一定可以塞进一个酒瓶底。猛汉同志屁股上开了一朵大牡丹。卡其色裤子上一片鲜艳的血红,比经血的量还要大。

我马上叫住他，让他回来。当他看到蒲团上的血，倒吸了一口凉气，马上意识到发生了什么。据张世纪后来的解释，是蒲团太矮了，久坐导致他的痔疮破裂。我说你不用马上去医院吗，他说不用，之前也发生过两三次这样的情况，不过都是在家里，血很快就止住了。

我给他借了餐厅里的围裙，上面印着《神奈川冲浪里》，汹涌澎湃。张世纪将围裙反围在屁股上，冲进了商场厕所，等待我的救援。

我纠结的那阵子，唐小甜总想创造机会让我们相见。后来，大家还去景山附近的游泳馆游泳。看着张世纪在水里紧实的上身，我深感自己的身体出卖了自己，它不断给我信号，命令我去靠近他，去和他说说话。

商场事件后，张世纪痛下决心去做了痔疮手术。就是那段时间，我去医院看了他几次，最后放弃了小王，决定跟张世纪处处看。

期间，唐小甜回家了一个多月，她说要去处理一些家里的事情。

我和张世纪在我的出租屋里，用投影仪把老电影重新看了一遍。当然，我们还发生了一些别的事情。不出意外，他果真穿了那条我买给他的内裤。

我没有体会到他带给我的快感，疼痛，只有疼痛，但这猛烈的接近让我感到快乐。之前我和唐小甜讨论过她和独龙的恋爱。唐小甜说，当时和他上床一点快感都没有，只是在配合他而已。我问，那你为什么和他上床。我说到"上床"停顿了一下，那个年纪说这个词让人感到非常不自在。唐小甜说,他急切地想要一种东西,让她感到难过。她可怜他。

我和张世纪在一起后,因为痔疮的功劳,我们很快脱离了情侣初恋爱的羞涩,进入了直言屎尿屁的阶段。一次完事儿后,张世纪躺在床上,问我有没有童年心理阴影,我说没有。张世纪说他有,从来没跟别人说起过,要给他保密。他还是个小孩儿的时候,体检测肺活量,吹得太卖力了,一下蹦出来一个屁,是一个实在敬业的屁,特别臭,被全班同学嘲笑,因此大家才都叫他张鸡屎。

唐小甜回来了,我告诉她我跟张世纪好了。

"我就知道,我一点儿也不感到惊讶。"唐小甜平静地说,"祝贺祝贺!"她贼眉鼠眼地笑着打量我。

她那阵子精神焕发,直播不怎么做了,她说她真的赚不到什么钱。之前她穿着光鲜亮丽的衣服,走到哪里都像个明星似的。其实,那些衣服大都只穿一次,吊牌隐藏在背后,七天后就要退货,收到退款后她再购买新的高档衣服。但这次从老家回京后,她花钱变得敞亮大方,衣服也不总退货了,喜欢就留下。

"你一下哪儿来这么多钱?"我问她。

"这你别管了,不是偷来的,也不是抢来的。"

她过生日那一天,约我去国家大剧院听音乐会。公交有点堵,时间来不及了,我俩坐在剧院外面的台阶上,吃了两份她在胡同边买的烤冷面充饥。

"你这烤冷面都不热了!"我说。

"烤冷面,冷面冷面嘛。"

81

"我大老远来,就请我吃这个。"

"你知道这叫什么?"

"叫啥?"

"这叫逛窑子吃豆腐渣,该省省,该花花。"唐小甜说。

十三

我们租住的小区当年是社科院的宿舍,20世纪80年代末建成,重新装修过,六层高,没有电梯。当时来看房,房东是个和蔼的奶奶,她当年在图书馆做馆员,丈夫是古代文学的教授。奶奶告诉我,九几年,这里望出去一片麦田。听说我学文学的,她就给我讲起望京的来源。按她的说法,明代建了望京墩,以便瞭望,寇至能知其远近。当年乾隆爷途经此处,回头一看,一眼望到了东直门城楼。奶奶能说会道,张口就来,东皋薄暮望,遥望洞庭山水翠,望江南,望岳,望天门山,望庐山瀑布,望断天涯路。她一口气说了好多,我只记住了几个我听过的,还有几个忘了。

"'望'字好啊,它给人一个遥远的高处。"奶奶说。

腊八节那天我回到家,每个房间里都找不见唐小甜的影子,电饭煲里是温热的八宝粥,黄瓜已经拍好倒上了醋和香油。我重新穿上羽绒服,看到通往楼顶的门有一条缝儿,风呼呼地灌进楼道。我打开门,看见了唐小甜,她搬了一把家里的红椅子,坐在楼顶的最南端,棉帽上已经落了一层雪。

一眼看去,天下尽白。车不多,井盖上的雪融化了,像街道的扣子。

"你这房子最好的其实是这个看景的好地方。"唐小甜说。

"之前门都锁着,你怎么上来的?"

"锁是坏的,一拔就开了。"唐小甜说,"以后,咱们可以来这儿直播一场火锅。"

"北京可真是大,只望京就望不到边。"唐小甜回忆起来,"冬天,我们家只买两麻袋煤,大多时间不烧炉子。我家真的太冷了,冷得牙齿打架,屋顶上的雪,一星期都不化……当年把家里所有能吃的东西配鱼丸一起吃、单饼卷糖的时候,没有觉得自己是个穷孩子,直到走出来,才知道我有多穷。张世纪所宣扬的机会平等也不过是场幻象。"

"怎么突然这么多感慨?"我搓搓手。有只乌鸦落在我们身后很远的地方,它站在雪里,仿佛一滴墨水,叫了几声便往机场方向飞去。

"我妈的车祸赔偿款下来了,我回家后,分得了一笔数目不小的钱。"唐小甜说。

我感到愧疚,为了国家大剧院那场奢华的池座音乐会。

"雪真好看啊,它不仅落在好人的屋顶上,也落在坏人的屋顶上。"唐小甜看着远处的阴云,"我要拿这笔钱干些大事情。"

干什么大事她没有告诉我,她不喜欢向别人透露她的计划,从小就这样。她还是特别喜欢暂时保守秘密,把猜测和疑惑留给我。影碟机快要完蛋那会儿,我爸有次去县城买回来一台崭新的影碟机。为此我妈和他吵了一架,让他退货。我爸坚决不退,他说这玩意儿放在电视底下,用多用少的,是个摆设。接下来,我和唐小甜每周末都趁爸妈不在家时打整整两天的《超级玛丽》和

《魂斗罗》，还看了不少香港僵尸片，男孩骑过树林，漂亮的白面女鬼就飘下来坐在他的后座上。那么多碟片不知道唐小甜从哪里搞来的，问她，她也不说。等我俩的热情冷却，影碟机就被放在那里吃灰了。

我们吃饭一般都会打开家里的电视机，有时候也不认真看，就是听个声儿。有天，电视里在放美食节目，讲到北京卤煮，一个人在表演吹大肠。

"我来这么多年，还没喝过豆汁儿吃过卤煮呢。"我说。

"卤煮真的味道好极了。哪天咱们去吃一次，东四有家小店正宗地道。"

"你吃过？"

"没，博士告诉我的。别的我不信他，吃这方面听他的准没错儿，他是老北京。"

"这得多大的肺活量啊。"我看了一眼电视说。

"我一个朋友，"唐小甜夹了口咸菜，"小时候测肺活量蹦出一个屁，被群嘲。哈哈哈。"

我一愣。

"谁啊这么寸？"

"就是一个朋友。"唐小甜淡淡地说。

我和张世纪的相处还算顺利，但总感觉有哪个地方不太对。我问他和唐小甜怎么认识的，他说在会议大厦开会时丢了钱包，唐小甜捡到了。她后来成了网红主播，人也漂亮，大家交个朋友。

那个晚上似乎应该早一些到来。

张世纪请我和唐小甜一起过圣诞节，饭还没吃，酒已经喝了不少。张世纪饶有兴致，他开始不停地说话，给我们分析经典电影，讲述名人风流韵事。聊得开心之际，他无意间点燃了引线。

　　"有一次我和唐小甜还一起猜你是不是处儿呢，没想到你还真是。"他指着我阴阳怪气地说。

　　我瞬间感到被冒犯。想起我们甜蜜而窘迫的性爱，张世纪的温柔体贴，但我敏感地察觉到他有一丝丝的不满足，因小心行事而故意消退了几分激情。

　　"谁跟你瞎讨论啊？记错了吧大哥。"此时，唐小甜端着的玻璃杯里，啤酒来回晃动，泛着细微的光。

　　我扭头看着张世纪。

　　"这年头也真是搞笑，不是处儿要被指责，是处儿要被嘲笑，你们凭什么！"

　　"开玩笑的，干吗这么严肃。"他的笑僵在脸上。

　　我一直瞪着他，不时瞥一眼别处。

　　"你和她谈论我是不是处儿？"

　　张世纪眼神有些虚晃。

　　"不是你想的那样。"唐小甜试图拉我的手臂。

　　"你和她什么关系，讨论我是不是处儿？"我对张世纪说。

　　背叛！彻底的背叛！我在自己的脑子里立马剥去了他和唐小甜的衣服，赤身裸体，恶心透顶。我声嘶力竭起来，张世纪意识到情况不妙，他喝了口啤酒，拉我坐下，说别闹别闹，这么多人都看呢。我瞟了一眼四周，众人眼珠乱转，后背仿佛不自觉地往后倚靠，好把舞台让给两个女主角和醉醺醺的张世纪。

正合我意。

剩下的时间就是我一个人的表演了。我甚至做起了比较,在发泄的间隙想象了一些场景,在性那件事情上,唐小甜比我经验丰富,比我更会取悦张世纪。我愈发受挫。

唐小甜来京后,悄悄藏匿的优越感偶尔让我飘浮,每当我不如意时都会安慰自己:你比唐小甜已经好多了。我觉得我顺风顺水的一切都是应得的,而同样如此,唐小甜的节节溃败也是她应得的。"应得",这个词语充斥了多少理直气壮的傲慢与狂妄。

我并不知道自己反应为什么那般大,甚至没有证实他俩是不是真的有一腿。但我敢肯定,勇气并不是酒给的。其实,我白天情绪平静,没有被领导骂,没有来大姨妈,小说写得也算顺利,什么事情都没有发生。但压抑的情感早就已经开始偷偷膨胀,我说服自己他俩有鬼,我感觉自己孤身一人,我没有足够的钱和美好的前途,我预感一切永远不会变好。

张世纪念我没吃晚饭,给我打包了一份外带的比萨,他把我送到门口,想要送那个发疯的人回去。在有些微光的街道上,唐小甜的大眼睛呼应着张世纪发亮的金边眼镜,他们呼出的白色气体在头顶汇合,多么美。我倒觉得他俩极其般配。节日的气氛里,人心肠变软,我觉得我应该成全他们。我把张世纪递过来的比萨奋力扔了出去。比萨旋转着脱掉盒子,吧唧掉在了张世纪的车顶上。

"祝你们干出伟大人生!"我说。

我打了一辆出租车回家,自西向东穿城而过,我他妈还从来没这么奢侈过。之前我去南城,都要搭乘驾校的班车。它经过小区门口,直接上东四环,四十分钟到驾校,下车后再坐地铁或打车都方便。只要别拿太多东西,一般不会被司机认出来。我因此省了不少钱。而那天晚上打车花了我三百多块钱,都够我坐高铁回一趟老家了。我心里想,没事儿,这回的车钱我只要写六百字再走个狗屎运发个好刊就回来了。自从开始发表小说后,我经常这么换算。

到家后我又喝了一些别的酒,第二天醒来,头昏昏沉沉,侧卧的墙上还留下了我光辉灿烂的字迹:东郭先生与狼。

十四

我在三里屯的一家咖啡馆里见到了她,她们不像,尤其是眼睛,她的眼睛小而长,一笑就看不见了。

这个女人有些发胖,皮靴里塞着两个饱满的小腿肚。她的长头发染成轻微的闷青色,睫毛是嫁接的,美甲和淡妆让她看上去特别年轻。实际上,她比我大七岁,已经有了一个女儿,她的女儿真真倒是很像唐小甜。

"你最近有没有见过她?"那个女人问我。

"没见过,你找她有什么事吗?"我忍不住好奇。

"哦,那倒没有。"她不自然地笑了一下,"就是长时间没有她的消息。真真,快把你的鞋子穿上。如果她联系你的话,能不能……能不能给我打个电话?"我被她弄得莫名其妙,前几天打电话,我才搞明白她是谁。今天说路过附近,就约着见一见。

"我知道你们是好朋友,从小一起长大,她可能会想起你来,她一定会想起你,到时你能跟我说一声吗?打个电话就行。"女人又说了一遍,她向我这边微微探着头,等待我的回答。

她是唐小甜的四姐,当初她被送到东北时我还没出生。我喝了一口咖啡说好啊。她马上拿出名牌包里的一张小纸条,写了她家的住址,还邀请我有空去她家玩,显得非常诚恳。

那个叫真真的女孩儿,扎着两个羊角辫,自己去点了四块蔓越莓西饼。看她踮着脚尖抬起头,自信地跟柜台里面的服务员说话,我一时陷入恍惚。

过了三个多月,我接到了余星日的电话,他支支吾吾地问我是否能联系到唐小甜。我不明白为什么全世界都在找她,她好像昨天还坐在我家的楼顶上,而今天已经哪里都找不到她的影子了。余星日说唐小甜前后借了他二十万,被他妈知道了。"我找不到她了。"余星日在电话那头有些哽咽。"你放心吧,她要是联系我,我让她给你打电话。"我不知道该说什么好,只能那样安慰他。"她会还你钱的。"我无来由地补充了这么一句。

我突然想起唐小甜四姐临走时也讳莫如深地问我:"她有没有借你的钱?"

据余星日讲,多亏了唐小甜,他们家失散的几个亲姐姐竟然都被她辗转联系上了,七仙女也算集齐了。不为别的,就为了借钱。唐小甜对她们说,妈妈得了癌症,需要钱住院;自己没有钱,实在没办法生活下去;后来,又说自己摔断了腿;又说妈妈死掉了,家里实在太穷,没有钱安葬。这些谎言从嘴里出来的时候,唐母猪的坟上都已经长了好几茬野草了。她把能借钱的人都借了一遍,借口五花八门,软磨硬泡,让人不好意思拒绝。

之后没多久,我去杭州参加一次文学活动,在酒店吃早餐时,碰到了张世纪。他戴着口罩,拍我的肩膀,我一下没认出来。他说没想到你也会来。已是相视一笑,风轻云淡了。

"那会儿她用我钱,各自都有需求。不是同时进行,是两条线儿。"张世纪解释说。他说话还是老样子,总是线儿线儿的,讲个事儿,都要归纳到几条线儿上去,"一前一后的事儿,就是没告诉你,是她不让说的。"

"听朋友说她挺惨的,被人忽悠被人骗,欠了好多钱,有亲戚的,还有网贷。搞她根本不懂的投资,给人当韭菜。"末了张世纪还说,"你俩倒是很相像,都有一个热乎乎的、充满诗情画意的脑袋。"

别别扭扭地吃了一顿早餐,之后我再没见过他。

除了千禧年买字典的三毛五分钱,唐小甜始终都没有向我借过钱。

我有两年多没有她的消息了。当时唐小甜是在一个上班日我不在家的时间,把她的东西打包运走的。桌上放了两万五千块现金,说是算作她住在这里的房租。除了电话,我删除了她所有的联系方式。这两年间,也不想想起她了。

家里的花瓶里还有她制作的白玫瑰干花,已经变黄了。之前还有一束满天星放在冰箱上,因为它不断地往下落花瓣,我把它扔了。从杭州回京后,我百般思量,还是给她打了电话。拨过去,是空号。我从电视机后面拿出一个小盒子,盒子里放着朋友们寄给我的明信片,各种演出、展览的门票。当然,还有唐小甜压在一沓人民币下的一张纸条。

你曾问我，为什么不能安安稳稳找个工作赚钱养活自己，非要这么折腾。你可还记得那一回从集市上买的几条小金鱼？它们在鱼缸里不断变色，我们都觉得神奇又好玩。我也只不过在变色而已。你平稳安定，是因为你在色彩变化中妥协了。但仔细想想，你是简单的，我才是真正在做一件艰难的事。

当天晚上我做了一个梦，梦见唐小甜还住在侧卧里，她早早起来做了丰盛的早餐，煎了蛋和土豆饼，煮了小米粥，焯了一碟西兰花，还买了油条和榨菜。她说后背一直发痒，让我帮她涂药膏，我脱掉她的衣服，发现她的背上裂开了蓝色的伤口，上面长了一对透明的蝉翼。后来她没有吃饭，只说了一句话，"我今天来跟你告别"，就从窗户里飞走了。

十五

我其实早早就向房东奶奶提出放弃整租，她也及时降低了我的房租。新住进来的室友是奶奶的孙女，比我小。她不想和父母住在一起，所以出来住，又觉得一个人孤单，奶奶就问我愿不愿和她一起住。第三天，她说冰箱太吵，早上下单，下午我们的新冰箱就安安静静地工作了。

那时候快过年了，她去了香港旅游。我菜也不买了，饭也不做了，天天点外卖，等着回家过年。那段日子可真是不充实。有一天，我为了省九块钱配送费，到附近的麦当劳吃汉堡，吃完百无聊赖，准备去超市买点东西，这时手机响铃，打进来一个陌生电话。我丢下购物筐就往超市外面跑。单向的通道极其漫长，一排排货架从我身边闪过，酱油、红酒、一大片鱼，然后是金黄色的柚子。我从里面出来，仿佛整整跑过了两年。

是唐小甜。

她支支吾吾的，问我在哪儿。

我说我在家乐福。

她说在家乐福买什么。

买壶。

她问你准备买个什么样的壶。

我说热水壶，冬天水凉得快。

她说，我们见见吧，然后又说要不还是改天吧。

接着她情绪崩溃，开始大哭。

她说，求求你来看看我，马上来，我要死了。

我跑到路边，天下起雨夹雪，半天不来一辆出租车。好不容易开过来一辆，是个老外叫的，我用蹩脚的英语和那个外国姑娘解释，请她把车让给我，我的朋友可能在自杀。

这两年，她一直住在中央美院对面的一个小区里，那幢有设计感的漂亮红房子我每天上班都会经过。可以说，她跟那座房子半毛钱关系都没有，她住在房主存马铃薯的半地下室里，阴冷潮湿。我进去，看见了唐小甜。她坐在狭小的卫生间里，头发盖住脸，一抽一抽的，已经没有意识。她没穿裤子，血从她内裤里渗出来，沿着她身下粉灰色的地板，迟疑着流到地漏里。

我坐在医院外的长条椅子上，天空被风吹得很蓝。草地上，两个小女孩正在吹泡泡，其中一个孩子手上贴着滞留针管。她们跑来跑去，尖叫声把周围的喜鹊吓飞了。远处是一棵光秃秃的流苏树，天暖和了树下会开满虞美人。风中有新鲜的鸟粪味道。

好多年前，也是这样一个雨后傍晚，我和唐小甜去苹果园采蘑菇。林中空地上，盛开着一片一片的指甲花。当我们蹲在河边捉虾的时候，领口里看见的一幕让唐小甜惊慌失措，放声哭起来。她脱掉自己的外衣，一个鲜红的小乳头像从没出洞的老鼠一样，发抖地嗅着阳光下的空气。那时，班上女生流血事件没过多久，唐小甜以为是血，我们都被血吓怕了。可我猛地从惊恐中清醒，坐在地上笑了。我把她的外衣口袋翻过来给她看，是一朵被压扁的指甲花，它倚靠在我的手指上，流出了丰盛热情的红色汁水。

我就那样坐在椅子上，救护车开走了一辆又一辆。在那样一个时刻，我特别心疼我的好朋友。我向老天爷祈祷，祈祷这只是她人生的分号。

她杀死了自己的第一个孩子，打开煤气想要死去。她现在躺在十八楼蓝色的病床上，双目紧闭。警察正在等待他们的嫌疑人苏醒。

从医院回到家，已经凌晨两点一刻，我洗了澡，不料吹风机坏掉了。我困意全无，坐在客厅暖气片旁等头发烘干，还给自己倒了一杯橙汁。对楼隐没在爬山虎干枯的枝条间，偶尔听见小区绿化树上鸟失足拍打翅膀。车不多，穿行在路灯与杨树影影绰绰的路上，红绿灯变换时间格外漫长。远处大厦的航空警示灯闪着黄色的光，SOHO的灯带在夜晚柔和平静。望京的街道不是正南正北，我在这里生活的几年，从来没有分清楚过方向。

从这里望出去，一片潮湿的灯雾在阴冷中上升。

我转身倚在窗口，抿了一口橙汁，看着屋里的一切。它们在夜灯的柔光里仿佛呼吸起来。最后，我的眼睛落在客厅装饰画上。那是一幅川濑巴水的日本风景版画：几间房子隐在远景的夜幕下，一湾水沿着房子一直流到眼前，小河周围星星点点的萤火虫在飞舞，房子的小窗里亮着暖黄的灯，灯光正好辉映在黯淡的河面上。

突然，我怀疑自己的记忆产生了偏差，放下杯子，细细地看，还打开笔记本，搜索同一幅画。键盘里，唐小甜之前撒进去的红糖水已经被暖气烤化了，Ctrl 键按起来有不舒服的黏滞感，控制不了它自己。

没错，屏幕里的画上只有一个亮灯的窗子，而这幅画中，在隐蔽的树丛里，有人用油画棒涂上了另一个黄窗子。在那个作陪的窗子上，还有作画人的一半指纹。

两个窗子，互相望见。

两个窗子，像一对不凡的神鸟眼睛，盯着这徒劳的夜晚。

通过窗口，我看见了梦魇中的我们自己。思绪赋予我眼睛看不到的很多东西，还有它们的背面。此刻，楼宇和街道，正洒满黑色的雨水。凄冷的空气伴随着破碎的梦，一同降落到嘈杂的地上，落在水坑里。那里有汽车崭新轮胎的印痕，落魄小狗身上抖落的水珠，还有，这座城市向下生长的美丽倒影。

羽 人

校长的记忆被蒜臼捣碎了。

莫名其妙地,他的大脑一下就变成挂在墙上的那面镜子,平静又光滑,像从没有人航行过的海面。这时,思绪就必须跟那只河里的螃蟹一样,顺着淤泥表面的细小爪印,爬上苔藓密布的河岸,从野菊花和扫帚梅潮湿的根系里找到方向,看见院子里被蚂蚁钻空的红辣椒壳子,依赖大家的提醒,想起他自己坏掉的肠道和为数不多的亲人,想起为什么床腿上绑着一只母鸡。在正面画满小人儿的纸上,核对斜杠数量,计算赖窝母鸡再多吊一天,它体内的血液流速就会减慢,体温下降,颈背部的羽毛不再竖起,重新醒来,成为一只翅膀放松继续下蛋的好母鸡。

但是,类似的流程也不是每次都能顺利进行。小舅的王炸拍在桌上,校长盯着院子里蓝色的猫,轻飘飘的空气被踩在脚下,还没记起眼前人是谁,就停留在自己名字的陷阱里打转。

"乖乖,我又不见了。"校长迷惑地站着,他手里提着一把菜刀,忘了将菜切完应该干什么。我跑进厨房里看,案板上的山药和秋葵歪七扭八地流着汁液,很不体面。

老房子在山脚下的栗园里，没有后窗，挂钟报起时来，好似在山洞里。世纪初雨特别大那年，耗子在地板上游泳，校长拿着笊篱，我提着桶，抓它们，圆南瓜也在脚下滚来滚去。房子倒是没倒塌，全靠校长一口气顶着。八仙桌上摆着一块长有紫色水晶的石头，那是校长用一瓶蝎子酒跟一个欧阳姓货郎换来的。左边抽屉里每次拉开都有零钱，后来分币用不上了，沉在暗黑的抽屉木板上，闪闪发亮。不用仔细看，墙上的蝴蝶都是真的，好多年前，校长用蒲扇将它们扑落，图钉穿过蝴蝶肚子的时候，噗的一声。木床粗陋的雕花里，蜘蛛在里面留下许多卵袋，六月雨一过，蜘蛛纷纷吊下来"打水"，红色褐色都有。蚊帐外面挂着发黄的芭蕉美人图。

那时我爸已经走了几年，我自私又天真，觉得校长是个好玩的人。他听从我的建议，把大舅杀鱼刮下来的鱼鳞用彩笔涂上颜色，反面抹上固体胶，在左右下眼睑各贴一排，我们就是同一族类了。他坐在板凳上一连好几个小时看我玩贪吃蛇，跟我排练六一节目，有一个动作是拍大腿，然而每次他都使劲拍在自己的屁股上，我哈哈大笑停止不了。

校长还做校长的时候，在我们中心小学上班，每天六点钟准时到校。别人夹公文包去工作，校长扛农具去学校。我上学那会儿，校长栽的树已经长得很粗壮了，核桃、玉兰、银杏、海棠、合欢……还有一片春天开的梅花。据说，当年往学校运种子和包土块植株的货车来回了好几天。池塘南边有一棵很好看的树，那时并不知道叫什么。当年小学要合并到新城区去，校长安抚大家莫慌，他奔波了半年，让小学校留存下来。他不做校长了，大家

95

还叫他校长。这么多年，月亮上的尘土一粒一粒朝他落下。

"嗨，今天你好吗？"我问校长。

"嗨，今天好，昨天也很好。"他笑眯眯地说。从他客气的眼神中我就知道，今天他不是我姥爷，我们又是陌生人了。

"手表不错啊，能不能借我戴戴，改天还你？"

校长将拐棍放在一边，右手捂住左手手腕上的表，充满防备。"这个总是走得慢，赶明给你拿个好的。"他将下巴一抬哄我，自己补笑几声，免得大家尴尬。

校长清醒的时候，知道自己大名叫迟日江。谁也想不到，以必须物归原处要求别人的校长，把冰箱里的排骨放在了卧室的床上，大舅午睡时蹬了一脚肉泥。大家在看电视，校长不知所措地问我妈，你是不是那个奸细。直到后来，校长上街打牌后没回家，大家半夜找到他的时候，他正蹲在一棵花椒树下打盹儿，大人们才想到要带校长去医院。他糊涂之后干了一件大事，跟一个超大的气球有关。每当说起这事儿，我妈总会很不屑地说，真是裤头子错把自己当裤子——风凉极了。

校长在我们的栗园里喂了一群鸽子和一堆鸡。鸽子还好，它们群居在附近一棵梧桐树上，树干被它们的粪便涂成了白色，上面有灰色箱子供鸽子下蛋和孵化。鸡是后来养的，它们就不那么好运了，一开始，晚上我们总能听见无花果树下鸡的惨叫。被叼走了死得还痛快些，要是被咬伤，鸡就会被黄鼬吓破了胆，几天后会更凄苦地死去。后来校长用修屋子剩下的红砖砌了一个鸡舍，每天傍晚，我们分头从栗林里把鸡赶到里面。鸡很不听话，你永远都跑不过它们，校长说这是因为鸡把眼睛长在脑袋两边。

当然，赶鸡之前先要去林子里捡鸡蛋，如果忘了捡，第二天，鸡蛋壳壳都没得。我们每天都能捡满那个竹子编的小篮子。鸡在固定的地方下蛋，后来不用赶，晚上也知道去鸡舍睡觉了。

鸡蛋大部分被卖了，鸡大部分被我们吃了。大舅妈是猪肉铺老板的女儿，她擅长杀鸡，杀鸡时大家就坐在一起吃饭。大舅妈在一家人的饭桌上问我，大舅好还是小舅好。我想着小舅让我骑在他的肚子上弹他咚咚响的喉结，还告诉我他的喉结是塑料做的，我觉得很有意思，咽了那口扁豆和肉，说小舅好。我大舅和我妈脸上立刻不对了，大舅妈说："瞧这档子事儿，小孩儿说话还不都是大人教的。"校长站起来，把我大舅妈请出了院子，他说："你不配吃我们的鸡。"大舅妈走了，大舅也跟着走了。

大舅妈晚上做饭的时候，一块墙皮掉进了锅里。她越想越气，端着热腾腾的锅，边走边骂，说校长给他们盖了一座烂房子。她蹚过小河，走过公路，抄栗园里的小道，歇了三次，将那锅黄澄澄的南瓜汤泼在校长家门口。

校长不慌不忙地把鸡舍的门打开。闻到香味，公鸡带着母鸡，母鸡撅起屁股，在门口啄食南瓜汤。大舅妈站在旁边看着，脸上悻悻的，表情好像报仇报过了，端起锅子走了。

林子里什么都有。有次我在草丛里捡完蛋，回身碰到了一条蛇，那时我六岁，还没有去学前班。校长告诉我，如果遇到它们不要怕，小孩儿要是害怕，蛇就会把他们的魂儿吃掉。我的腿走不了路，脑袋啪啪响，唯一能做的，就是紧紧握着手里冰凉的鸡蛋，如同攥着我的魂儿，大声叫我姥爷。我问他："我的魂儿还在吗？"校长说："你的魂儿比老鹰还要厉害。"不管怎么说，那

97

条年幼红花蛇的自信还是震慑到了我。之后,我感到焦虑时,都拿一枚鸡蛋在手里握着。

爸爸走的第一个暑假,小舅骑车带我去买瓜,回来放在井里冰镇一下午,绳儿钓上来,刀子一碰就炸了。大家都说吃瓜,唯独小舅和江姗丽说喝瓜。我也觉得喝瓜更合适,西瓜到嘴里直接咽就行了,哪用得着大动干戈地吃啊。要是裙子滴上西瓜汁,我妈是要发疯的。所以,每次吃瓜,校长都要给我脱个精光。以后一说要吃西瓜,我就自己开始脱衣服。这件事被提了有上百遍,我早不记得了,即使他们多方作证我也不会承认。

怎么说呢,这个小舅很特别。当年,姥姥去世后没多少时日,校长就和语文老师江姗丽好了,婚礼上洋洋得意地说,迟日江,江姗丽,迟日江山丽,我们是天生的一对儿啊。这是我妈和大舅颇不待见校长的缘故。大舅不喜欢在校长家吃饭,他没有一丁点儿和小孩子玩的天赋。他总是留着很长的小拇指指甲,我觉得里面随时都装满耳屎。小舅是江姗丽带过来的孩子,我妈心情好的时候叫他的名字,心情不好了就喊他"后窝子",说快了就像说"猴子"一样。

天气变凉,动物都靠近我们点着的炉火,蛇在石灰墙壁里冬眠,耗子也咬开水泥住到家里来,每天晚上都把花生壳子搬得到处都是。

不想上学的时候,校长就把体温计放在母鸡翅膀下,过一会儿取出来给我妈看。我妈急急忙忙去上班,叮嘱校长给我吃药。有那么一次我真发烧了,烧糊了躺在床上,看见校长家的电视机一片雪花，刺刺啦啦响，电视里我妈用小推车把我推来推去，坐在上面很不舒服。我大声喊叫，让校长把电视关掉。校长没办法就让我攥着插线板的头，告诉我他真的没有开电视，电都断开了。

　　我爸在的时候，他们俩忙各自的事情没空照顾我，我早早就被丢给了校长。后来我爸去了南方，上学后，假期里我妈也安心地把我扔在栗园里。我们的家在妈妈的职工宿舍里，狭窄阴暗，转不过屁股来，脏衣服覆盖了半边沙发，果皮生的蝇虫一代又一代，窗台上永远积着一层土，塑料花都凋谢了。而爸爸又有洁癖，他会为了找一只果蝇，把排风扇都拆掉。因为拆排风扇淌了汗，他又会不停地洗澡。我妈做的饭很不好吃，比嚼硬币好不了多少，她还经常在饭桌上一刻不停地抱怨我爸。我抬头看着我爸，仿佛他把到嘴边的话全部就着饭菜咽了下去，憋出来一圈胡子。

　　说起我爸，就不得不使劲想一想，才能想起来一些东西。大人都说他去了南方，只有小舅说，你爸死了。我随我爸，我们俩都是单眼皮。我爸走的前一天下午到学校来看我，他的头发乱七八糟，脸上还带着我妈给他抓的彩。他给我买了一盒凉面，凉面是他最爱吃的。他们吵架后我妈就不做饭了，我爸会跑出去吃凉面。那天他把面塞给我说："回去快吃吧，还是热乎的。"热乎乎的凉面，哈哈哈哈，我现在想起来都要笑出声。和面一起的，还有一个带小熊的钥匙扣。我那时一定觉察到什么不正常，因为不是饭点，干吗要给我送饭呢。

　　"回吧。"他说。我看见他裤兜里的手连着裤子一直抖个不停,太阳下的热风吹得他睁不开眼。他的脚尖没有转向我,我断定他时刻想走。

我爸连续一个多月没有回家。之前他也走过,在他的办公室里睡觉,但从来没有走过这么久。直到事情发生了,我也不确定它有没有发生。我觉得我爸要是永远都不回来,我妈应该会很难过,但我妈看上去很好,做的早饭花样繁多,饭桌上还出现了从没喝过的皮蛋瘦肉粥。她很早就起来蒸馒头,面团发酵过度,每一个馒头都像冬天的麻雀那样蓬松。根本没有人吃那么多馒头,那些比石头还硬的剩馒头都被小舅拿回去喂鸽子了。妈妈不发脾气,家里也喜气洋洋的。她还为我买了一箱山楂味的冰棍儿,平时她一个都不让我吃。

现在回想起来,妈妈有多可怜。一次快午休的时候,她在自己的办公位上帮我编辫子,她说她刚学会一种四股头发的编法。我的头皮都被她拽下来了,眉梢在天边吊着。空调坏掉,我妈热了一头汗。期间,有个女生去问她数学题,她用三种方法给她讲了半个多小时。编完头发,妈妈又说左边的不是很好看,于是她帮我拆散,梳了两下重编,才让我回去上课。

那天中午放学,她把我从教室里叫出去,骑着自行车载我穿越整个县城,到一个照相馆为我拍艺术照。那个大叔给我涂了厚厚的粉,涂完口红还在我的眉心点了一个红点。那天,我一个下午都不用上课。我妈骑过人民电影院,在上坡的时候和卖鱼的马胖子打招呼。太阳的光斑从行道树上漏下来,我闭上眼睛试图将快速闪过的明亮与黑暗全部记住。红旗桥下的荷花开了,我爸带我去河边捞过虾,虾玩一会儿就死了,被爸爸扔进垃圾桶里,和沾血的棉球在一起。听声音应该已经到了大市场,那里天天有人借故买菜在梧桐树下打够级。再睁开眼睛,已经到了医院门口,我妈让我下车,去找我爸拿备用钥匙。当我再回来的时候,我妈站在卖肉火烧的摊位前,透过炉子上的空气,我看见她的脸被烤得频频跳动。我告诉她,他们说我爸辞职了,那里没有备用钥匙了。

我过八岁生日,妈妈给了我十五块钱。她说:

"十块钱你去买个蛋糕,三块钱买可乐和转转糖,剩下的你可以去买印哪吒的双层铅笔盒,你不是一直都想要一个吗?记得回来给捎两包小苏打。"

"嗯,我再买个大轮船好运你的小苏打!"我说道,"这些钱只够买一个蛋糕和一听可乐!"我那会儿正为我妈不带我去吊桥套圈生气。

最后是校长带我去的。到了之后,才发现套圈的那个大爷换了奖品,毛绒玩具一个都没有了,改成了套大鹅。

"是真的鹅哎。"我对校长说。

校长也很激动,他站在外面走了好几圈,鉴定哪只鹅能长到最大。它们被圈在矮栅栏里,被丢过去的红圈吓得嘎嘎大叫。我们用光了手里所有的圈也没套到,后来校长说套到一只咱们就赚到了,把剩下的钱全买了吧。他把我叫到一边,让我一次把圈全部撒出去。果真,有一只红额头特别大的中了圈套。大爷不愿意给我们鹅,说我们犯规。校长说孩子过生日,宽容一回吧。鹅真的太沉了,校长提着鹅脖子过吊桥很滑稽。他把我的帽子戴在头上,还将帽檐转到后面去。晚霞烧得通红,校长说:

101

"看到没，那是羽人在熬粥。"

我问校长：

"羽人是什么？"

"长翅膀的小人儿，白天在山里，晚上就飞到屋檐上睡觉，保护小孩儿不做噩梦。"

"那咱家有吗？"我赶紧问。

"听话的小孩儿家有，不听话的就没有！"校长说。

我忍不住想，早上还和我妈顶嘴，我家肯定没有了。吊桥下赌牌的大哥要出九十块买我们的鹅，校长没有同意。校长带我去了学校，指着池塘边那棵很好看的树说，这棵树叫云杉。我围着树走了几圈，捡了一把果子。回家的路上我给校长背诗："夕阳无限好，只是近黄昏。"

校长望向两边长满艾蒿的路："你啥时候能晓得啊，晓得为啥要'驱车登古原'？"

那之后没过几个月，我妈就去住院了。我妈是被大舅、大舅妈和小舅架去医院的，据说到医院门口，还差点被她跑了。江姗丽说妈妈不舒服，动个手术几天就好了。我就问她是哪里得病了。她就告诉我，妈妈身体里长了一个栗子壳似的东西，需要把它拿出来，这样妈妈就好了。

快开学的时候，妈妈果然就出院了，她去栗园接我回家，江姗丽和我在午休，小舅在园子里折腾他运栗子的小卡车。

校长坐在院子的台阶上，我妈问他："你见过戴绿帽子的人笑吗？他和那个人，他们的同事切开我这里，我就知道我在笑。"

那时我凭直觉认为那不是一个好词，我翻过身来把江姗丽晃醒，问她绿帽子是什么。

"绿帽子嘛，"她的眼珠滴溜溜转，想了半天才告诉我，"就是一顶绿色的帽子。"

又过了两年，校长清醒的时候已经不多了，我和江姗丽把土豆切成块，每块上留一个芽，用炉灰滚一遍，和校长去种土豆。马上就要种完了，校长说其中一个土坑没有放土豆。江姗丽给他解释，都放过了，没有一个不放的。校长躺在地上打滚，把土豆块一个一个扒出来放在旁边校对。他提着的小竹篮就是我们几年前捡鸡蛋用的那个，只有两根藤条断掉了，但是不影响使用，没想到校长的脑袋坏得比它还要快。

蓝猫经常在篮子里睡觉，和土豆一起埋到土里的，还有它掉的毛。那是一只暴脾气的猫，那会儿要是能学着城里人给它取个名字就好了，怀念它的时候可以直接叫名字。自从校长变得暴躁以后，猫就不喜欢在家里待着了，它每天晚上都出去，有时带回一只死耗子给我们看，有时候回来毛是杂乱的，那样我也不想摸它了。猫只要在校长身边，校长就会拿起拐棍敲击它的脑壳。终于有一天，那只蓝猫决绝地走进黑色的山林里，再也没有回来过。

猫走了没多久，校长在疗养院住过一些日子，原因是江姗丽受不了校长了，她天天哭得眼睛都看不见东西。校长在春天来后变得烦躁和愤怒，他睡得很少，开始无休止地走动和说话。

他说在红虾湖的小船里，看见江姗丽和别的男人通奸。湖底最深处的鱼群突然兴奋，纷纷跳入船中，那是一种圆形的鱼，他把鱼说得跟小鹿似的那么能跳。其中一条正好落在他妻子张开的大嘴里，所以，集市上的马胖子卖的根本不是海鱼，而是红虾湖里的淡水鱼。校长说这些话的时候，我妈捂着我的耳朵，但是我都听见了。

"可恶的胖子，愚蠢的女人。"校长生气地说道，眼泪从他眼睛里流出来，像冰糖。他难受至极，因被抛弃而失落，持续愤怒，愤怒过后是无边的孤独、恐惧和虚空。校长说，就类似你站在山下茂盛的栗园里，最开始鸟飞走了，树叶掉光了，树陷下去，山也化了，什么都没有了，就剩你自己。

校长那场名震几个县城的飞行事件，最让他妻子伤心欲绝。他从跑了五十多公里的车里出来，电视台的人把他围住。江姗丽挤进人群，把他的头抱在自己胸前。她太高了，抱着他仿佛提了一捆水芹菜。校长没领她的情，抬头骂她是荡妇，深吸了一口气，将口水吐在她坚挺的鼻子上。

她不再流泪，昏了过去，搬到了妹妹家。

没有谁能分辨校长是不是在胡说八道。他详尽地描述山里的那场剿匪战斗，还说自己开枪打死了土匪头子长脚高粱。告诉我们那人现在就埋在裁缝铺后面的羊圈底下，而且是竖着站在土里。裁缝家那只用角扎穿狼狗肚子的公羊，天天踩踏他光溜溜的额头。后来他又说，长脚高粱看见他们攻入洞中，用最后一颗子弹打烂了自己的脑袋。谁知道呢。

疗养院里一排大理石板条凳，那里正对一个幼儿园。小舅开车带我去看校长。他正和一个体态微胖的老太太散步，很安静，让你一点儿也想不起栗园那个高声咒骂的老头儿。季风吹得厉害，在一棵苹果树下，老太太的假发被风吹掉了，校长很紧张，他丢下拐棍，跟着地板上翻滚的叶子跑，追那顶微红的假发。老太太被他笨拙扭动的身体逗得捂着肚子笑，她光滑的头皮远远看去，好似一个鼓满风的塑料袋。

那一刻校长是快乐的，他忘了我们所有人，忘了和他天生一对的江姗丽，只想快快追上那顶假发。在凋敝之后，那可怜的快乐混合了尴尬与滑稽，转瞬即逝。试图跑起来的男人，既是校长，又不是校长。也许在心事重重的童年，我已体会到荒凉的词义，到后来才把那种感觉和词语对应起来。

"你晓得吗，我的脑子里塞满了鸡毛。"校长坐在长椅上，讳莫如深地告诉我。他身上不断出汗，隐隐散发出蛤蜊的味道。校长望着湖中的鸭子说："你去茅厕看看，看看我是不是把肠子一截一截拉出来了？"

校长很担心自己的肠子，他年轻的时候因为中弹，切掉了一块肠子。不知道为什么他总在怀疑伤口没有长好，熟睡时，噩梦就从那里钻进去，穿心走肺地吓唬他。

"姥爷，我看过了，不是肠子，那是你的屎，粉红色的。"校长放心了，他说自己吃了冰镇西瓜。

"姥爷，怎么和你害怕的人说话？"我问他。

"皱皱眉头，"他想了想又说，"去看看他的眼睛是什么颜色。"

没过一会儿，校长就忘记了自己是谁。

"请我到城里吃饭好不好？"我问他。

"你不晓得哦，"他整理自己的衣襟，企图将早上吃粥留下的痕迹抠掉，"钱全在老婆手里，我一毛都没得，日子苦啊。我的钱攒多了，也只够买一包盐。"

雷雷就是骑摩托车的那个人，他很瘦，摩托车再跑快一点儿，风都能把他刮下来。那辆摩托车就是一头野兽，我怀疑他根本没有足够的力量控制它。他要是没有车，我都敢不给他钱。雷雷说，要敢告诉别人，就开车把我撞死在麦地里。我害怕。校长他们找不到我的话，整个山谷的苍蝇都会来我身上产卵。

他出现得没有规律。从省道拐下的小路上，他在废弃的工厂围墙后喊我名字，让我过去，叫我把书包里的东西倒在地上，翻开所有的衣兜。他有时候不要钱，铅笔橡皮只要他喜欢就会拿走，还把我爸给我的小熊钥匙扣别在腰带上。有一次他吃了我一个黄桃，那是早上班长送给我的。我想回校长家后蘸白糖吃，听说那种桃子只要碰到糖就是罐头的味道。他吃得很投入，还说他吃过的黄桃都不离核，这个桃子很特别，既离核，还特别甜。他在一株苘麻下挖了个坑，把那个干净的桃核埋了，画了一个扁扁的圈，在圈里写上"此树是我栽"。最后，他百无聊赖，摘了把苍耳一颗一颗扔在我衣服上，拍拍手，骑车走了。

有一天，我按照校长的办法，去看他眼睛的颜色，发现里面很粗糙，一条条明显的棕色沟壑延伸，好似冻伤的花瓣。他退后好几步，骂我："离老子远点！你确实跟那个杂种很像，怪不得是他女儿。"他吐掉嘴里的狗尾草说。

路边，小舅停下车，问我跑到围墙那里干什么，我说看见了一只大蚂蚱，被它跑了。小舅警告我，不能随便乱跑，放学就赶紧回家。说完，小舅开车走了，他载了一车带皮的栗子去卖，栗子新鲜坚硬，宛如一车绿色的刺猬。但是车厢挡板并没有扣好，每颠簸一下都掉下几个栗包。我喊舅舅，他根本听不见，我一个一个捡起来，在后面追他的车。刺把手和肚皮扎破了，我想起我妈身体里的刺，这让我难受，边跑边大哭。

天气太热，卡车越跑越远，在太阳下冒着飘飘忽忽的热气。这时，身后的大摩托轰鸣起来，雷雷骑它追上小舅的卡车。小舅打开车门，在发光的尘土里朝我走来……

其实，前几次我害怕雷雷，后面我就不怕了。他和我们班长住在一个小区，我知道他是谁。那张照片，就是医院职工的大合照，以前我爸爸把它压在办公桌的玻璃板下，爸爸站在最后一排，旁边的女人就是雷雷他妈，他们笑得都很开心。

他没再找过我了。暑假期间，他在我们学校附近的小卖部卖冰棍儿。在一把撑开的阳伞下面，他教我们几个小孩儿玩一种扑克牌游戏。雷雷晚上在马路边用石头砸集装箱的时候被司机逮到了，司机追他，他摔破了右胳膊。

"他们没啥错，"他将石膏上落的蜻蜓赶走，转着一张黑桃六，看着天说，"你爸没错，我妈也没错，人往高处走，自己快活了，有什么错呢？"

后来，我就没见过他了。

从早上发现一只打呵欠的母羊开始，就注定那天不是一个平淡无奇的中秋节。

我们班长在窗户边叫我："迟老师喊你呢。"我走到窗户那里，果真看见我妈，她一边急匆匆往停车场方向跑，一边喊我的名字，脚都要走到鞋前头去了。她说要去姥爷家，我以为校长突然死掉了，心中大骇，早上来的时候他还好好的。听了半天也没听清楚我妈在说什么，班长听清了，他转告我说："你姥爷飞走了。"我朝他大叫一声："放你×的屁！"

班长果然没放屁，我姥爷真飞走了。我坐在电动车后座上，我妈骑着车打电话，对小舅破口大骂。小舅卖板栗声称百分百绿色无污染，鬼才信，那些老栗树，只要不喷药，虫子能给它吃得栗子皮都不剩。舅舅赚了钱，伐了一些老树，弄了草莓园，城里的游客到季来采摘，秋天还可以乘坐氢气球打栗子。听听，多么新鲜，据说我小舅是受到了坐氢气球采松子的启发，才买了一个二手氢气球放在栗园里。那个气球真的夸张，上面印着一朵很大的玫瑰花。

在我影影绰绰的记忆里，事件是一块一块的，一直滑向模糊的镜像，情绪则不一样，它们反复回来找我，一遍一遍不厌其烦地印证彼此的相似性。就是这些犹如胶水一样的情绪，把干裂出藕丝的事件牵连起来。小舅带我坐过那个气球，但我全然想不起是怎么上去的，只残存了一些气球上的观感，以及对高度的敬畏。那时气球并没有升得很高，我向东看到了邻居家的苹果园。他们的园子被荆棘墙傲慢地圈起来，是一块广阔的地，形状有点像公鸡头，在黑绿的叶子间结满了妖艳的红苹果。听说苹果园里有很多金蝉的幼虫，这点从夏天那边传来的蝉鸣中得到了肯定。主人在苹果树树干底部缠了光滑的宽胶带，幼虫从地里钻出来，就无法爬到树上蜕皮，只能在地上乱爬。他们捡拾的金蝉幼虫成桶成桶地往外出售。我心里满是羡慕,希望小舅和校长把栗树砍了,改种苹果树。

也就是那个才买没多久的氢气球,带着校长上天了。专家信誓旦旦地说有两种可能:第一,气压让气球爆炸;第二,校长会在平流层游荡。想起我可怜的姥爷此时还不知道在哪儿,我吓得直哭。

我和我妈赶到栗园的时候,气象部门的人正说着风向。大舅在打报警电话,警察听上去并不相信这种荒唐事。大舅妈蹲在林子里一棵树后大便,她嫌弃校长家的茅坑,每次都跑到林子里解决。通讯、林业部门也来人了,院子里人头攒动。小舅联系氢气球厂家,确认应急降落装置的事情。

屋子门前的绣球花丛间挑着鸡的黑尾巴,鸽子粪的味道从林子深处潜过来,混着野蘑菇汁液的气息,迅速钻进我的头发里。天空一片蓝,飘着几朵浆果色的云彩。校长可能正飘过芬芳的丘陵和谷地,一片又一片的树林。阴凉慢慢刷过屋顶,没有人顾得上喂鸽子,它们饿得跑到院子里来吃粗糙的鸡食。江姗丽坐在电话旁边一动不动,她的眼睛让我想到梦游。水库里的波浪如狸猫的花纹,我采来栗园里的指甲花,在那棵栗树下看了半天,滑溜溜的木梯上只剩下蚂蚁在运输游客们掉落的面包屑。我试图推测拴氢气球的绳子是怎么松动的,然后发现我的脑子想不了这么复杂的问题。

我总结出,试图用想象理解一件事,远远比不上用耳朵追述它。校长盯着水间的鱼背,企图说出那次完美的旅程。一阵飘着香气的风解开了绳子,气球缓缓上升,云越来越近,一粒一粒的。他看到整片栗林,山的走向,飘得近时,气球都能碰到树的叶子。恐惧让他的腿比发面团还要软,根本站不起来。几只惊讶的鸟飞过去,他离地越来越远。最后,他拔下自己早已松动的牙齿,把气球扎开一个小口儿,才慢慢开始下降。

有很长一段时间,我对自己的道德产生过质疑。如果当年我的老好人姥爷飘走了没再回来,那倒是一个很好的故事结尾。所有虚空的等待和有一万种答案的揣测或许都将随着气球的消失结束,它在我想象的浪漫范围内释放了压抑的恐惧,在那些意味深长的时间里,还给我诸多美妙又邪恶的希望:妈妈没有办法,必须把我接回职工宿舍,爸爸看到校长的电视新闻,猛然想到应该回家来看看。

在去世前一天,校长坐在躺椅上,盖着毯子。他仿佛一直在直视太阳,妈妈问他感觉怎么样,校长头也不转地说:"像在飞。"那是他说出的最后一句话,从那以后,他不再饮食。大家说他已经忘记吞咽。但后来我仔细回想,其实不是那么简单,我坚持认为,那是校长最后仅存的意志,杀死一个没用的自己。

校长的肉身终于死去,与被犁铧先埋入土里的记忆汇合。我有时候又不住地思考,人的死亡竟然可以被如此分割,校长忘记一切的时候是死的,间歇回来的意识让他断断续续地活着,经历一遍又一遍不连贯的死亡。他和妈妈不一样,妈妈是流畅地奔向那个结点。那天羽人熬的粥格外明亮,我妈郑重地告诉我,她胸部的那个"栗子壳"没有取出来,医生打开它的时候已经太迟了,他们没敢惊扰它。我攥了一枚鸡蛋,手指温凉,好似被狗舔过。

有一天我疲倦至极，睡后入梦。在一片长势良好的麦田里行走，前面有一个大水坑，幽暗隐约，风萧萧，四下无人，我很害怕。心里正打鼓，猛一回头，看见校长坐在老宅屋檐上，背上一对小翅膀，阶边生苔，鸡和鸽子都在，麦穗和房顶一样高。瞬间心安了。醒来感慨，校长去世二十年，还在给我胆量。梦里他在拔翅膀上几根杂色的毛，校长死后也是一个固执的鬼。

他们把姥爷安葬在栗园里。我跟小舅通电话，问他："你还坐氢气球打栗子吗？"小舅说："栗树伐了，氢气球早坏了，今年雨肥，小麦丰收。"

炽　风

　　天已经慢慢黑下去，借来的车子在蜿蜒的山路上爬得有些吃力。我打开车灯，成群的乌鸦在车将要开过时舒展身体，它们轻飘的翅膀在灯光里黑得发亮，每一只都像从我的身体里起飞。我没有按响车喇叭，因为这些黑鸟知道在哪段时间飞离是最合适的。颠簸的山路好像并不会通向某个具体的地点，而真正要到的地方是盘旋的乌鸦群里。

　　我赶到聚风山时是下午六点。路左侧又出现了这条河，它从聚风村的石桥流下来，与另两条河流汇合。河里结了冰，冰面宽广，近处有一堆烂苹果、酒瓶渣，一条野狗站在冰面上充满敌意地看我，嘴里咀嚼着。

　　早上我接到一个陌生电话，打电话的人叫陈察，他说："你是马宋吧，终于找到你了。"过了一会儿，他又说："我妈快要死了，她想见你。"陈察的妈妈就是李彩虹，那时大家都叫她李寡妇。我坐上回去的火车，为了将要死去的李寡妇。十年前我离开聚风村，没有想到还会再回来，并且是为一个寡妇回来。

　　这儿，一个世纪以前是片大坟场，后来聚风村在这里兴起，房子统一是红色的瓦片。那场大火以后，高树被烧得黢黑，墙壁坍塌。谁都不知道从何时起乌鸦们开始习惯性迁徙，冬日，它们要在黄昏飞来这里，在高大的树木上过夜。现在，乌鸦的白色粪便就倾泻在不太纯净的黑夜里。

再往前开，拐一个弯，车的灯光直射到聚风村公墓。坟包被车灯扎漏，稀稀拉拉的几个，干瘪地趴着。再过几年，恐怕都不能称之为坟了。我知道，我的母亲马来凤埋在里面，我的父亲王川北埋在里面，越来越多的人被埋在里面，现在，李寡妇也要被埋在里面了。

我已经能远远地看见山顶的养老院，白色的房顶隐约在黄褐色的山间，几团橘子大小的灯光谨慎地跳动，房顶上空漂浮着源源不断的衰颓气息。在坟场兴起以前这个白房子就有了，据说是一个传教士设计建成的。很多年以后，那里成了肺痨病人集中居住的地方，他们在那里疗养，死后被就近埋到聚风村公墓。

我的母亲曾不止一次向乡村医生陈可宣布，我的父亲王川北已经染上了严重的痨病，他必须马上被转移到山顶的白房子。有一次，王川北醉酒后差一点进去，他为了向医生陈可证明自己没有得病，从聚风山山脚把一根粗壮的松木扛到了白房子门口。陈可对我母亲说："回家吧，他没病。"后来，那根松木被用来顶住白房子北向的变形墙壁。

陈察说，李寡妇住到养老院后，有时把那根松木当成她的丈夫陈可，有时把它当成我的父亲王川北。她对着木头唱跑灯曲，但她的嗓音已经被时间侵蚀得只剩呜咽。

车子停在白房子门口，一个佝偻腰的妇人拉开门口的灯，像等了很久一样说：

"你来了……"

时间与神

那几年，每天太阳西沉时，我的父亲王川北早已经喝下一斤劣质白酒，他靠在破旧的雕花大床上一遍又一遍地念叨："一寸观音一寸金，寸金难买寸观音。"在我的词语系统里，"观音"要比"光阴"入驻得早。

据说，那时我的父亲王川北是聚风村唯一一个到县城读过高中的人。那几年他在聚风村上蹿下跳，吃饭的时候要系着围巾，早晨要站在田垄上背唐诗，每天还要用一种奇怪的盐巴刷牙。我英俊的父亲同时赢得了两个姑娘的青睐，一个叫马来凤，一个叫李彩虹。他系着围巾站在一棵樱桃树下，同时约会了这两个姑娘。我的父亲清清嗓门说："你们倒是说说，看上我哪一点？"

马来凤想了好久说："你的牙又白又整齐。"李彩虹把钢鞭一样的两条辫子向后一甩，指着不远处的河流说："王川北，你看那边。"我的父亲眯起他的小眼睛看过去，长河在秋末的高空下弯弯曲曲，像在空旷里丢失了方向。马来凤也顺着李彩虹的手指看过去，没有看见什么，她又回头看看李彩虹，看看王川北，她肯定心急得不得了，预感到将要输掉一场重要的比赛。王川北专注地看着李彩虹手指的方向，李彩虹说："看吧，我看上的就是你现在的样子。"

后来，我家底殷实的外祖父从外面买回一匹白马养在院子里，那匹白马也是聚风村唯一的马。它站在院子里吃干草，聚风村的人都围在我外祖父家的围栏外观看,他们像看一幅画一样去观赏白马,臭气烘烘的马粪也阻挡不了他们议论的热情。

王川北也去了,他看见马的毛比他的牙齿还白,他还看见马站在院子里谁都不理,吃饱了就打响鼻、拉屎,用一个眼睛看人,他想起了白马绕旌旗、饮马渡秋水、春风得意马蹄疾。马来凤还让王川北进到院子里摸了摸,王川北摸了白马就有了拥有感。

我的父亲王川北骑在高高的白马上迎娶了我的母亲马来凤,他们的迎亲队伍围着聚凤村走了两圈才回到王川北的家门前。那时聚凤村的乡村医生陈可已经光棍多年,就在大家以为他会一直光棍下去的时候,他却娶了村子里最好看的姑娘李彩虹。

再后来,我的父亲没有考上大学,幼儿园教师的职位也被人挤掉。他好吃懒做,白马瘦得像柴火。他的地里长满了野草,好看的牙齿被烟草熏得焦黄,狗都不会舔一下。

等我长大,王川北还学会了更多的本领。他在衣橱底下的旧内衣夹层里找到二百三十块零两毛钱,钱是马来凤卖年糕赚来的,她在最后一次点数家里所有积蓄的时候被王川北看见了。他偷了我们仅有的钱。

我父亲让我用他偷来的钱去打酒。这次的饮酒他邀请了住在山上的养蜂人。聚凤山上被疯长的荆条占据,我对那些淡紫色的花没有一点好感。六月到七月,站在山下仰望,聚凤山被那些魅惑的花包裹起来,像一个臃肿的女人,火也没能烧死这些狡猾的植物。养蜂人在每年荆条花开时载着他满车的蜂箱来到聚凤村,他的胖老婆一瘸一拐地跟着他。

我也像我父亲一样是个混蛋，拿着王川北偷来的钱去打酒时丝毫没有愧疚感，正相反，我在期待一些不一样的事情发生。王川北成天醉醺醺地躺在床上，马来凤每五天蒸一大锅年糕，这些事情让我感到疲倦。

　　我时常期待一些具有仪式感的日子，把它们当作时间的刻度。我将许多个刻度点放大成片刻的欢愉，或者虚空，这样就可以与那些重复而又庸碌的日子划清界限。

　　我打来了酒，养蜂人下山来到我家，他手里拿了一个啤酒瓶子，酒瓶里装着浓稠的蜂蜜。我家坛子里腌着长毛的芥菜，养蜂人和王川北就着芥菜喝起酒来。我举起养蜂人的荆花蜜，让阳光在蜂蜜里穿行，倒过来看蜂蜜滞拙的流动，再倒过来看它流回去。一直让我想不通的是，为什么那么丑的花可以产出这么美丽的液体。养蜂人醉醺醺地拍着我的头：

　　"小鬼，想吃吗？很……甜的……"他说甜的时候闭着眼睛拖长了声调，摇了几下头。我说我想吃。

　　"想吃就把这碗酒喝了。"

　　"对，让这小婊子喝！"王川北说。

　　我有名字，可他从来不叫我的名字。村里的孩子说蜂蜜是绝好的东西，吃了之后长生不老，但我从来没有吃过蜜。我端起酒来，咽下半碗，身上的血被烧热，喉咙炸裂，我猛烈地咳嗽起来。这东西如此难喝，我搞不明白王川北为什么喜欢喝这玩意儿。我父亲把头塞进两腿间笑，养蜂人用手拍打着桌子，剩下的半碗酒都被震了出来。他们一边笑，一边指着我说：

　　"这小婊子！哈哈哈！是个好婊子！"

养蜂人倒出一盖儿蜂蜜递给我，有一滴落在了他的食指上，他立刻舔进嘴里。呛出的眼泪让我看不清东西，我在接瓶盖儿的时候不慎将它打翻在地，蜂蜜像鼻涕一样瘫在红砖上，我无比失落。养蜂人又笑起来：

"喃……没有了……没有了怎么办呢？"

我时常捉摸不透这个从南方跑来的养蜂人，那种感觉不太好说。就比如，马来凤是一如既往地溺爱我，王川北是不遗余力地厌恶我，但是，养蜂人就很难讲了。他在路上见了我，有时会满脸微笑地招呼我过去。他会用温热的大手摸我的头发，摸我凸起的眼球，让我感觉很舒服。但在我享受那种温暖的时候，他的手会慢慢滑向我的脖子，死死地卡住它，把我提起来，说是这样我就可以看到我姥姥家。然而，我连姥姥的毛都看不见。那时候的他面目狰狞，仿佛一只野兽。我不停地抓他的手，抓疼了他就会把我扔下来，猛拍一下我的后脑勺说，滚。他喜欢我还是不喜欢我全不挂在脸上，而是必须让人揣测，这是很费脑筋的一件事情。

乡村医生陈可不会像养蜂人那样让我看姥姥家，他让我产生了他才是我父亲的错觉。我能得到陈可废弃的听诊器，给全村的孩子"看病"，但他的儿子陈察没有。

陈可说，聚风山上的黄荆是宝贝，荆叶可以采来做药，治疗咳嗽哮喘，花可以酿蜜，果实可以填枕头。秋末，人们还经常看见陈可带着陈察，陈察扛着锄头，他们去聚风山刨黄荆根，挖荆疙瘩。陈可把各式各样的荆疙瘩做成根雕，拿去集市卖钱。

有一次，陈可刨出了一棵金黄色的荆疙瘩，他如获至宝，把枝枝丫丫的部分修剪掉，坐在我的山羊旁边问我：

"你想要个什么，我给你做。"他这个问题太难回答，因为我想要的太多。

"我想要蜂蜜。"我说。

"你为啥想要蜂蜜啊？你想吃？"陈可问我。

我点头，然后又说：

"我还想要个观音。"

"怎么又想要观音了，你想要的还真不少。"

"我听我爸说，一寸观音一寸金。"

"你爹还真把自己当秀才。"陈可抿嘴笑了。

后来，陈可真的送我了一尊观音。观音慈眉善目，手里的玉净瓶倾倒出波浪一样的东西，陈可告诉我说："你的观音正在为你倒蜂蜜，想要多少要多少。"黄荆的色泽真的像蜂蜜一样，阳光下的金光让我感到无限满足。

我有了自己的神，我的神低眉顺眼，俯视人间。

乡村医生陈可精通妇科病，我母亲马来凤刚结婚没多久就成了他的固定病号。他给我母亲开了不计其数的草药，除了父亲的酒气，我记得最深的味道就是马来凤的草药味儿。

马来凤好像从来都不畏惧草药的苦，她总是很享受地喝下一碗又一碗。据我母亲马来凤说，她曾经跟乡村医生陈可哭诉："我要是怀不上孩子，估计很快就会死掉了。"

我来想一想，我还是记得陈可长什么样子的，虽然他在我和陈察八岁的时候就去世了。陈可有络腮胡，头发自来卷，他红斑斑的脸就藏匿在茂盛的毛发里，远远地看，像一棵包心大白菜。

我疰腮发作，陈可用捣蒜的石臼把仙人掌捣烂调成药，给我贴在耳根下边，冰冰凉凉的，让我感觉自己一下就能好起来。我问陈可：

　　"陈大夫，疰腮是因为我的腮坏掉了吗？鱼会不会长疰腮？"

　　"人有人的大夫，鱼有鱼的大夫，改天我帮你问问鱼大夫。"陈可说。

　　"陈大夫，他们说我不是我妈生的，我是别人生的，你儿子陈察也这么说，是真的吗？"我又问陈可。陈可大吃一惊说：

　　"陈察放屁，这是什么疯话，我给你妈接生完，赶回来接生我们家陈察，没想到这小子心急，自己就跑到世界上来了。你刚生出来很瘦，这么长，"他用手比画着，"像个刚出坑的萝卜。"

　　陈可欺骗了我，他从来都没有给我妈接生过。估计他从来都没有干过接生的活儿。陈可在麦地里捡到一个弃婴，他把弃婴当作一味药送给了马来凤，告诉她，有她你就能活。

　　王川北一定是酒气熏熏地看着那个被冻成萝卜干一样的小孩儿。他坚决不让孩子姓王，他要等待马来凤给他生出姓王的孩子，于是我就随我母亲马来凤的姓。

　　我叫马宋。

两个女人

　　马来凤每五天要蒸一锅年糕到集市上卖。她举起巨大的铝锅盖子像举起银白的月亮，瘦小的腰肢随时可能被折断。盖子被她立到地上。她往大锅里倒进一桶半井水，倒进淘好的糯米、大米、薏米、黑米、豇豆、红豆、绿豆、花生、大枣、桂圆等十八样原料，盖上盖子，在锅下烧起玉米秸秆。

锅沿儿开始冒热气的时候，马来凤打开锅盖，操起大勺子，把它伸进满是气泡的锅底正转三圈，倒转三圈，舀出一口温吞吞的水浇在锅台凹陷处的一个鸡蛋上。每次如此。我知道，那是马来凤在诅咒与我父亲通奸的女人。听老人们说，将沸的米汤可以让漂亮女人掉头发，最后变成尼姑那样的光头，女人没了头发，王川北就不会中意她了。

那个鸡蛋就是李彩虹，乡村医生陈可死掉以后，李彩虹就成了李寡妇。李寡妇和我父亲王川北躺在了一张床上，这是人尽皆知的事情。

我们也不知道王川北和李彩虹具体是什么时候躺在一张床上的，也许是我最先在坟地发现了他们的奸情。他们欢乐的场地从坟地换到了李彩虹家里的床，又换到了我家的床，最后他们在夏季翻滚的炽风里交欢，在燃烧的荆花里交欢，以大地为床。

马来凤在一个有风的傍晚，换上了她那件最新的的确良褂子，还把头发梳得一丝不苟。我甚至还记得，她戴上了她那顶从集市捡来的花边帽子。她很认真地吩咐我要把猪喂饱，自己炒个鸡蛋吃，炒鸡蛋的时候可以放点醋，预防感冒。

马来凤跑到了聚风山的山顶，她找了一块干净的岩石，褐色的岩石上盛开着湖绿的苔藓。她慢慢坐下来，眼球滞涩地转动，血丝已经像荆条的根一样占领了她的眼白，攀爬进瞳孔深处。迟钝的马来凤终于听说了我父亲的不忠，她的目光从疯长的荆丛里扫过。

荆花漂浮在墨绿的叶子里，马来凤一定想到了她蒸年糕时紫米泛起的泡沫。在那妖冶的泡沫里,她看见了我的父亲王川北和一个黑头发的女人,他们在滚烫的阳光里隐没进荆丛里。马来凤完成了一件事,她松了一口气,回家继续蒸年糕去了。往后的日子里,她的灶台上多了一个生鸡蛋。

我喝酒后的第二天,放学回家时,看见李寡妇摇头晃脑地走出我家的栅栏。她像个疲惫的醉汉拿着啤酒瓶,瓶里装着棕黄的蜂蜜。蜂蜜最终都被李寡妇拿走了,那是我父亲对她"劳动"的奖赏。

李寡妇抽的香烟很好闻。我曾经捡拾她丢在地上的烟头点燃来吸,学她倚在我们家的大床上逍遥地吐烟圈。她一连可以吐出好多圆圈,烟圈在空气中犹豫着上升,排队等候着被屋顶的蛛网过滤。李寡妇还会写字,她家墙外的粪堆上零散着很多白色的纸团,人们都在流传李寡妇会画咒符。我有一段时间对李寡妇着了迷,她那么骄傲,甚至都不看我一眼。她有好看的锁骨,我那时还不知道锁骨,只是在心里暗暗称呼它们"那对漂亮的骨头"。李寡妇暗合了我对仙女的想象。

我对李寡妇的纸团充满兴趣,有一次我心惊胆战地偷回了她的纸团。当我打开那些纸团的时候,它们却是空白的。我又把纸团在马来凤蒸年糕的灶台上拿火烤,期待它们会受热产生一些我想要的东西。不过,它们直到被点燃也没有丝毫痕迹。我还把李寡妇的烟盒收集起来存在抽屉里。烟盒上的大公鸡蜷缩着一条腿,梗着脖子向某个空洞的存在张望,像虚荣的李寡妇。烟盒上的公鸡被我剪下来贴在了算术本上。

我放羊,李寡妇放牛,我放羊的时候有时能碰到李寡妇,碰到了我就远远地看她。山坡上盛开着密集的野菊花，我的黑狗就在菊花丛里撒欢，它往空中一跳就会咬掉三四朵花，有时它也会追逐自己的尾巴，从东跑到西，风仿佛是它带来的。柿树在金银花丛的掩映下显得笨重矮小，幸运的话我可以在石头底下捉到蝎子。我把羊绳末端的楔子拍进土里，羊抖动着胡子吃草，它们的肚子会撑得像石头一样坚硬。

有一次，我在山坡上躺着实在无聊，突发奇想要骑在羊身上，像多年前我父亲王川北骑马一样。这个想法让我激动不已，我在等待附近田里的人走掉，我好骑在羊背上威风一回，要是摔下来被他们看见，我会感觉很丢脸。但是他们并没有回家的打算，我有点不耐烦。羊一边吃草，一边甩动它短小的尾巴驱赶苍蝇，羊皮也一动一动的，像是在挑逗我。

我从地上爬起来，拔出楔子把羊牵到一个相对隐蔽的地方。四五头黄牛在不远的坡地上吃草，一头小牛犊把头塞到一头母牛的腿间喝奶。没有人，是的，没有人了。我提了提裤子，深吸了一口气，准备大展身手。我甚至用手量了一下，准备坐在羊背上三分之二的地方。我家的羊是只公羊，它只要饿了便一刻不停地吃草。我走到它的身边，它把屁股往一边转了转，像是为了方便我骑上它。而当我抬起脚来坐在上面的时候，它突然抬起头，屁股紧急收缩下降，瘦骨嶙峋的背把我的屁股狠狠硌了一下，我能真切地感受到我的屁股是两瓣了。羊还往前猛跑了一下，把我掀翻在地。我懊恼地用羊绳抽打它的背，羊一蹿一蹿企图挣脱楔子，狗围着羊团团转。我听见一个女人的笑声，不远处的牛背上坐着李寡妇。

"马宋,你过来。"她招呼我说。

我站在那头公牛面前,抬头仰望,它体型高大、健硕,目光阴沉,嘴巴一张一合地咀嚼青草,尾巴灵活地摆动。李寡妇弯下腰来,我看见她黝黑的双乳。

"愿不愿意骑到它身上去?"她问我。

我点了下头,她把我抱了上去,牛"哞"地叫了一声,我的屁股仿佛感受到它声带的颤动。

"这头公牛叫声洪亮,所以给它起名叫'雷'。"李寡妇说。

给畜生起名字这件事马来凤也干过,我家那头又瘦又臭的猪,马来凤管它叫"长白",她每次喂它都要用勺子敲着铁桶喊长白,希望它长得又长又白,卖个好价钱。"长白"这个名字完全没有"雷"洋气,李寡妇放牛回家的时候,都会拖长了音调呼唤:"雷呦……雷……"

于是,我受到启发,给我的黑狗起名叫作"电",因为它跑起来像闪电一样迅疾。

雷的背踏实可靠,我坐在上面感觉好极了。李寡妇跳下牛背,抚摸了几下雷的左脸,雷开始慢慢走动起来。它小心翼翼,头也不回,我在它的背上感受地势的起伏。就在那时,我扭头看了一眼李寡妇,她疯长的头发胡乱地披在那对好看的锁骨上。

我在雷的背上坐够了,跳下牛背,做了一个大胆的决定。我走到李寡妇面前站定,咽了一口唾液。

"你可知道,我妈妈马来凤每次蒸年糕,都要把温米汤浇在生鸡蛋上,咒你掉光头发,像尼姑一样。"我听见自己说。

这件事没过多久,我就后悔了。马来凤才是我妈,我背叛了我妈。我又想起来，有次马来凤去茅房拉稀，让我给她看火。我往炉灶里猛塞几把玉米秸秆，锅下升起橘黄的火焰，锅里逐渐有了窸窸窣窣的沸腾声。我学着马来凤操起大勺子舀了一口沸腾的水，浇在鸡蛋上。马来凤从茅房出来，腰带都没有系好，一把把勺子夺了过去。

"热水要把她浇死了！"她紧张地说。马来凤只想让那个女人掉头发，她没想让她死。

霸　王

陈察虽然是陈可的儿子，但他一点儿也不像陈可。陈察经常挨揍，李彩虹曾经指着陈可说："你要是再打我儿子，你就快点去死吧。"

陈察长得不胖也不高，可大家就是怕他，所以，除了陈可敢揍他，没人愿意和他有半毛钱关系。有次，陈察在放学的路上把我拦住，一脸赖皮地对我说："你知道大家为什么害怕我吗？因为我的眉毛是连接起来的。也就是说，你们都长了两条眉毛，但我长了一条眉毛，所以他们都不敢惹我。"

陈察会把擦屁股的卫生纸放进讲台的抽屉，把唾液吐进同学的杯子里，打劫低年级小孩儿的泡泡糖。他经常挨揍，只要看见他侧着屁股坐在凳子上，同学们就知道他又挨揍了。陈可死掉以后，就再也没有人可以揍陈察了。

陈察经常把李彩虹气得直哭。在他家，换来的馒头都得藏起来，一旦被陈察发现就遭殃了。陈察会把馒头咬进嘴里，咀嚼几下，再从嘴里抠出来，把馒头攒成一个小球，再放进嘴里嚼几下,再拿出来捏,如此反复。

陈察很小的时候就已经做了几件惊天动地的大事。夏日午后,他去邻居家的鱼塘里抓黄鳝,一群鹅吃饱睡足后在鱼塘里漂着。陈察拿蚯蚓逗它们,它们不理他,他就用石头丢它们。鹅被惹毛了,气势汹汹地去啄他。雄壮的鹅啄伤了他的胳膊和额头,把他扑进了鱼塘的淤泥里,差点把他的眼睛啄下来。他一路跑回家,鹅一路追到家门口。他拿出了割羊草的镰刀,狗狂吠,鹅也嘎嘎乱叫,叫得他脑子发热。

那天,陈察坐在讲台的桌子上,挥舞着树枝说:"我就是这样,你们看到了吧,这样斩鹅的。"他向我们绘声绘色地讲述了他的英勇事迹。鹅被斩断脖子的瞬间,血会喷上天。它们的羽毛在河里洗得白白净净,血落回羽毛上,细腻的油脂让血珠扑簌簌滚到软绿的草上。掉落的鹅头留下一个惊讶的表情,还会咂几下嘴。

陈察经常要与我比一比谁的鼻孔大,他伸出刚弹完玻璃球的两根黑手指在我面前晃来晃去,像玩把戏的人一样,故弄玄虚地说:"你看好了。"然后,陈察的食指和中指真的一起塞进了同一个鼻孔。"你看我厉害吧?"接着,他把那两根手指拿出来又戳进另一个鼻孔,自己解说道:"你看,这个鼻孔也可以的。"

老师们也都知道陈察从来不听课,点他起来回答问题,他就歪歪扭扭地站起来,老师问他:"陈察你是泥鳅吗?站直了!"从此,同学们都叫他陈泥鳅。

陈察是捕鱼高手,他和王京良他们一起下到河里,最先逮到鱼、逮到最多鱼的一定是陈察。他每次捕鱼前都要站在岸边闭着眼睛有模有样地念叨一番，说是召唤之术。

我的父亲王川北也爱逮鱼摸虾，他在水库放了一条虾笼，那是我落魄的外祖父除了白马外留给王川北和马来凤的一件有用的东西。虾笼是一种捕虾蟹的网，它可以一节一节舒展起来，伏在水库岸边的浅水里，像一条青色的龙。在贫穷的日子里，王川北的虾笼是我家吃肉的唯一依靠。虾有大有小，螃蟹不多，有时还会有一两条银色的白条鱼。最肥的虾一定是王川北的，有几条大虾，几条小虾，他比谁都清楚。在村里的小孩儿长个儿长得膝盖骨疼痛的时候，我却安然无事，想来是小虾吃多了，钙足。

入秋以后的好一阵子，王川北在我们家的虾笼里连片鱼鳞也没有见到。王京良告诉我，陈察偷收了我们家的虾笼，我对王京良说："神经病啊！"我不知道是在骂王京良告密，还是痛斥陈察的恶行。仔细想想，陈察这样的人，无论干什么看起来都不会太过分。

南大河干涸的那一年，陈察还在里面逮到三条金鲇鱼，而王京良他们则没有逮到这种鱼。三条金鲇鱼围着缸底摇头摆尾，把浅浅的水、碎碎的阳光搅得流动起来。别人甚至要出钱买他的鱼，陈察谁也不卖，他把它们养在李彩虹盛水的大缸里。缸沿儿上趴着被鱼腥味吸引来的苍蝇，陈察向来参观的人展示怎么徒手捉苍蝇。他的手迅疾地滑过缸沿儿，手一松，一只苍蝇就晕头转向地从他的手里飞走了。然而看他捉苍蝇的人不多，大家都是来看他的鱼的。

直到有一天，我在我的桌洞里发现了一份盒饭，是虾的味道。我打开盒盖儿，里面是几只红彤彤的大虾，它们在狭窄的饭盒儿里躺成一排，显得更大更饱满。我满足地吃光了它们，虾壳很完整，它们依然气鼓鼓地躺在里面，透明的虾壳还是可以给我美味的想象的。

是陈察给我做的虾。他听说王川北在外面吹嘘他的虾笼能网到很多虾，每次他都要吃掉最大的几只虾。陈察说，他偷收王川北的虾笼，也想让我尝尝大虾的味道。我说："挺好，大虾确实比小虾好吃。"

有一天，陈察还指着李彩虹的大缸说："马宋，我可以送你一条金鲇鱼，你想要哪条随便挑。"我只看见一些黄色的东西被包裹在闪耀的水光中，鱼的触须轻轻波动，像我奇幻的梦境。我看不清他们说的那些美丽的鱼，又不想趴在水缸边上看，于是我说："陈察，你的鱼真是丑死了，我哪条都不想要。"我看见陈察脸上肌肉松弛下来，圆睁的眼睛变小，翕动的鼻孔变大，仿佛可以放进三个手指头。他的自豪从微张的嘴巴溜到下巴、脖子，然后钻进领子里不见了。我说："我要最大的那条，你给我捞出来吧。"我的话刚说完，他的自信又像只老鼠一样从领子里出来，最后让他的眼睛睁得大大的。

有一段时间，陈察的位子就在我的后面。我在课上给大家读我的作文《魔术》，作文里写，王川北可以把蜡烛的火苗砍成上下两截，他快速划过的手也不会被烧伤，我夸张地赞叹那个神奇的时刻。陈察在我读完作文坐下后，把我的胸罩扣带隔着衣服揪起来再突然放开，扣带弹在我后背上啪的一声。清脆的声响每隔几秒钟一次，有的同学回过头来看我，有的幸灾乐祸地等着看笑话。有一天下午，我去学校外的河边倒垃圾，陈察尾随了我，趁我不备时他紧紧抱住我。他身上散发出一股公羊的味道，那味道让人反胃，我一把推开他说："去×你妈！"

那时候，我讨厌陈察，拒绝和他说话，我觉得像陈察这样的混混儿就应该早点受到教训。

有一年打麦的季节，王川北和马来凤好不容易在打麦场排到位置，他们要连夜把已经晒干的麦子打出来，不然几天之后的阴雨会让麦子在地里生芽。我坐在屋门口垒起来的空酒瓶上，那些瓶子都是王川北日复一日"劳作"的成果。马来凤擅长把那些空酒瓶垒得一丝不苟，屋檐上滴下来的水正好可以把酒瓶淋洗得干干净净。等到收废品的人来到村子里，马来凤就可以把干净的酒瓶出售，换来的钱继续买米蒸年糕。

我就坐在那些酒瓶上等待马来凤回家，屋子里太黑，我甚至不敢看一眼。蚊子在我的腿上咬了一个又一个的包。过了很久，湿热的风稍微变换了方向，马来凤还是不回来。我觉得我还是需要马来凤的。后来，我等得不耐烦了，就在酒瓶里装上水，用一根小铁棒敲击它们，酒瓶在如水的月光下叮叮当当。

突然，一个黑影走进了我家的院子里，我心里一颤，黑影说话了："马宋，你敲得还挺好听的。"黑影还嘿嘿笑了几声。

我知道那是陈察，虽然我讨厌他，但在那一刻能有人陪我，我还是很高兴。

陈察走到我跟前：

"马宋你知道吗？我把我妈的猫拴在了南大河那里，过几天就可以去收尸了，哈哈。"

我手里拿着那根不长不短的小铁棍，蹲在地上看着他。他的鼻孔在灯光里显得愈发空洞。我一度怀疑，他的鼻孔之所以那么大，是他自己活活用手指撑开的。他说这话后，我又开始厌恶起他来，想让他赶紧离开我家。在我思考他鼻孔问题的时候，陈察突然叫我的名字。

"马宋……"

我的目光从他的鼻子移动到他的眼睛，他的眼睛也随着他的鼻子扩大，他的身体突然变得又高又壮。

"马宋……你是不是很讨厌我？"

我没有说话。

"马宋，你为什么不和我说话？"陈察向前移动了一步，他想要蹲下来。

我突然紧张起来，感觉这个黑色的陈察比屋子里任何黑暗的未知都要可怕。我猛地站起来，把手里的细铁棒朝陈察用力一挥。我蹲得时间太长，用力过猛，一下跌倒在酒瓶堆上，玻璃发出混乱的脆响。我透过黑一阵白一阵的眼睛看陈察，他站在那里一动不动，几只蚊子围着他快速翕动的鼻翼，一股黑乎乎的液体在他的下巴上涌动起来，昏黄的灯束在上面反射着零星的光。我不安地看了一眼手里的铁棒。

陈察的声音颤抖起来："马宋……"

他转过身，跑了几步。他走的时候没有像泥鳅一样一摇三摆，而是一本正经地走了。我还没有见过那样的陈察。

后来，马来凤和王川北在清晨才满身疲惫地回来。在此之前，我竟然毫不犹豫进到了漆黑的屋子里，拉开灯，准备睡觉，我甚至还一丝不苟地刷了个牙。我躺在床上，熄灭了灯，我一点也不害怕夜晚了。我悟出了一个道理,当你感到害怕时,是因为你没有面对更汹涌的恐惧。

我没有闭上眼睛,因为只要我的眼皮合在一起,陈察下巴上的血就朝我铺天盖地流下来。天快亮的时候,我迷迷糊糊地睡着了,我梦见陈可张牙舞爪的根雕变成庞大的章鱼,把我紧紧地困住。李彩虹和她的瘦猫站在一片野菊花的尽头,她满脸微笑地向我招手,我向她靠近,没想到菊花全部变成李彩虹的缝衣针,扎烂了我的脚底。最后,陈察也出现了,他拿了一把崭新的砍刀,大手一挥,我的下巴吧唧砸在脚趾上。

边界消亡

在王川北整日喝酒的时日里,我们全家备受贫穷的苦痛。地里的粮食干瘪得可怜,长白也被卖掉。在马来凤每隔五天掀开的大锅里,年糕的体积越来越小,有些日子她为了省坐班车的钱,只在村里叫卖她竹篮里的年糕,叫卖声中带着哭腔。她走过聚凤村的石桥,站在那里弯腰去看水中,仿佛被飘摇的水草迷住。接着,她朝水里擤鼻涕,然后回头看着我,脸上倒是没有半点凄苦之色。"快点走。"我听见她说。

风从四面八方吹过来,我走过石桥的时候,她的鼻涕还在水里打转。我的衣服就是在这样的水里被她反复搓洗。

每次马来凤和王川北吵架都离不开钱的问题。马来凤喜欢哭,她每次哭都没有声音,只是大口大口地喘息,好像有什么东西捆住了她的声带,眼泪轻易地布满她扭曲的脸。

王川北哭不这样。他喝醉后,一开始是无休止地诉说、背诗,念他那句有关光阴的真理,屁大一点事儿他也能安放到人生的重大苦闷里。慢慢他就会哭起来,他的哭声会越来越大,像突降的暴雨砸在铁皮上。每当那时,我都觉得心里加了一把锯子,一来一回尽是恐惧和担心,生怕会发生什么事情。他也有哭累的时候,当声音小了,无止境的相同音节让我感到无聊烦闷。

我第一次见到马来凤放声大哭是在一个夏天。

空气里没有一丝风,太阳被聚风山吞吃以后,温度还是没有降下去。放学后,陈察第一次说我不是从马来凤的肚子里出来的。我推开门回到家,发现马来凤坐在院子里,她穿着晚上睡觉时的无袖汗衫,汗衫已经湿透一半。她在无声地哭泣,肩膀一抽一抽的,看她通红的眼睛我就知道她起码哭了有半个钟头了。

我走过去想问她怎么了,但是我说:"你又哭什么?"马来凤透过她哭肿的眼皮看着我,我没想到的是她双手紧紧地抱住了我,像一头母牛一样"哞哞"地哭起来,我还从没有见过人这样哭。我还想问我是不是她生的,可那个问题无论如何都显得不合时宜。她的哭声把我吓了一跳,在这样巨大的轰鸣里我的眼睛发酸,也开始往外滴水。眼泪滴落到她的头发里,粘在她的头皮上。她每用力哭泣一次,都让我觉得她的头发在向外生长一次。

我低头去看我的眼泪的时候,才看见马来凤参差不齐的发尾。

马来凤在地里拔了一中午野草,她睡午觉时,王川北又想喝酒了,但是他没有钱,小卖部绝对不会再给他赊账了。王川北那被酒精麻醉的大脑灵机一动,他发现了马来凤耷拉在床头的头发。

勇敢的男人王川北一刀剪断了我的母亲马来凤的辫子。

王川北拿着那截又细又黄的头发肯定会哭笑不得吧，因为收头发的老头儿只给了他二十块钱。马来凤因为她的男人剪了她的头发号啕大哭。

晚上我给王川北盛粥，朝他的碗里吐了一大口口水。

马来凤稀疏的头发已经不可拯救。自从王川北剪了她的辫子，她的头发就像停止生长一样，到了冬天还是那样子。我觉得她应该有一样工具来打理一下头发。有了这个想法以后，我打算为她做一根发簪，我见过别的女人把头发随便一挽，插上发簪，也不难看。

带着那把已经不锋利的短刀，我走向聚凤山的荆丛，风从其间穿过，梳理杂乱的荆条。聚凤村的土壤如此贫瘠，野风永远不会停下来，岩石深深扎进山体，没人知道它们从什么时候开始存在。这样的土地只能生长黄荆，它们的根与岩石比起来，不知道哪个更深远。

临近公墓，我听到了声音。风把那种声音传送得很快，我本能地捡起一根树枝，树枝一端被烧焦，那是祭拜的人烧纸后丢下的。我绕过一座坟，看见一条棉裤，王川北的棉裤。因为马来凤往布片里塞进过多的棉花，它跟我的棉裤一样，能直挺挺地立在地上。我看见了王川北白皙的屁股，我还看见了那个黝黑的女人。这两个人痛苦而又欢乐的声音传遍了整个公墓，地下的骨殖和我的牙齿被声音震得咯咯响。

好像是突然之间的事，我的眼睛看不清楚了，万物丢失了清晰的边缘。我深一脚浅一脚地跑开去，找到一个带檐的墓碑藏了起来。

盘旋的鸟、觅食的野狗和寒风里摇摆的狗尾草都模糊起来，天渐渐黑下去，无限高的夜空里星星变得硕大饱满。我眯一眯眼睛，仿佛看见了风。墓碑上的乌鸦很黑，我能看见它来回转动的头和不时伸展的翅膀。又过了一会儿，它还是没有飞走，像站在月亮里。风逐渐大起来，把星星的光吹得都变形了。远处的树梢上有一片肥厚的叶子，它随风飘摇，后来它被吹掉了，飘落的时候让我想到灵魂之类的东西。叶落时，墓碑上空了，我才知道乌鸦已经飞走。

直到公墓里一点声音都没有了，我才回到家里，马来凤正蹲在院子里垒我父亲喝光的酒瓶。黯淡的灯光里马来凤臃肿不堪，她在笨拙地干着一件卑微至极的事情，而我的父亲王川北却在干一件快乐到发疯的事情。我那时一定是觉得这个我叫了多年妈妈的女人蠢笨得厉害。这让我突然有点生气，走上前去，故意用脚把一只酒瓶踢得团团转，不料酒瓶却突然调转方向滚到台阶下摔碎了。马来凤瞪大了眼睛，用食指狠狠戳了我的头，我哇的一声哭出来，双手环抱住她的细腰。

我一边哭，一边告诉马来凤我把她的短刀弄丢了，还有，我的眼睛要瞎了。我说我突然看不清东西了，她以为我也要像我父亲一样，通过说谎的手段来谋求她的钱了。直到我下台阶时摔倒，她才相信我说的是真话。

马来凤带我去了医院。医生冰凉的手触到我的眼皮，我觉得我没有希望再变好了。医生最后的结论是：孩子近视，七百度，需要佩戴眼镜。

马来凤问最便宜的眼镜多少钱，医生说两百。我们走出医院，雨夹雪迎面扑来。马来凤问我，看不看得清对面有几个卖肉火烧的，我说三个，两个胖子，一个瘦子。马来凤说好，她带我去瘦子那里。瘦子笑呵呵地说："这个孩子一看就福气高，吃了咱家火烧，病痛全消。"马来凤给我买了一个冒热气的肉火烧，裹在棕色面条纸里。马来凤说："别光看啊，吃吧，医生说不戴眼镜不会瞎，说不定明年就好了。"

医生的话让我明白我为什么找不到知了的翅膀了。那年夏天，王川北把面粉洗出面筋，教我用竹竿粘树上的知了。

"你真是个傻子，养你这么多年，你还是一点儿也不随我。知了的背光溜溜的，你去粘它的背怎么能粘住，你得粘它们的翅膀。能让它们逃走的是翅膀，你粘住翅膀它还有跑儿？你怎么那么笨！"他说。

上过几天学的王川北还教我要用辩证法，无论什么问题都要用辩证法。为此，他还专门举了例子：

"就像你的眼睛，一方面你看不清东西了，这不太好，但是另一方面你会觉得所有人都变朦胧了，分不清好坏了，有些事儿你就不用看透，看不透就不用郁闷了。"

我说："我学会了。就像你喝酒，一方面你喝酒的时候很开心，但是另一方面，你喝酒花光了咱家的钱，我就没有眼镜可以戴了。"

其实，我在作文里写到的蜡烛把戏没什么稀奇的，只是在王川北砍火苗时，我们家才彻底放松下来，大家都是愉快的，火光暂时照亮了紧绷绷的黑暗。然而，一旦火苗上那个可爱的界限消失，我们又重新跌落回去。

那件事情以后，我经常会想一些奇奇怪怪的事情。我很不明白，李寡妇为什么看上了王川北。王川北惨白的皮肤至今难以从我记忆中抠除，那种白像泔水上漂的油脂，大小不均的麻子掺在里面，仿佛长白粘着粪渣的耳朵。我的肤色出卖了王川北，无论是谁，一眼就可断定，黑皮肤的我不会是王川北的女儿。

我花了很长时间来思考一个问题，一个男人和一个女人赤身裸体躺在一起会是一件多么尴尬的事情，哪里会有乐趣可言。如果非要有这么一个人，陈察肯定不行，王京良也不行……最后我倒很愿意和陈察死去的父亲陈可躺在一起，那时我还能想起他粗壮的手臂，他说起话来语速缓慢，声音传到我耳朵里，像湖水一样接触我的耳膜，我竟然感到些许满足和温暖。

我近视的眼睛看见荆花茫茫地融在一起。枫形的叶子像无数的手掌轻轻相触，盛开的淡紫色荆花就飘在表面，沉浮、游动，像滚来滚去的珍珠，像马来风蒸出来的年糕，绿豆、紫米、白色的蒸汽在一个锅里，彼此拥抱、进入、撕扯。我在黄荆丛里穿来穿去，浓郁的香气让我晕眩。风每吹一次，花就变换了位置，我那时就想，风那么轻易地就修改了这片花海。不远处石桥下，水漂浮着一层油亮的光泽，风一吹，水好像在变多。

夏天没有持续很久，黄荆的花凋落后，几场寒风就把叶子吹没了，整个聚风山到下午又栖满了乌鸦。一片肃杀的萧条景象一直持续到初雪那日，北风攀爬到半山腰，冷湿气流化为雪花。在我混乱的童年里，聚风山真的好高，每年的初雪降落在聚风山的北面，村子在肆虐的风雪中瑟缩在漫山的黄荆枯条里，乌鸦开始盘旋。我站在院子里，院子零落破旧，仿佛整座山上只有我一个人。

很多年后，马来凤住到了白房子里。雪刚开始落下时，我看见山顶的白房子，但是不消半日，山顶的白房子便遁逃了，住着马来凤的白房子找不到了，住着我母亲的白房子就那样消逝在人间，让我无比努力的寻找变得徒劳。

我想起那个建造白房子的传教士，他一定是见到了聚凤山的初雪，才在山顶修了一座会逃跑的建筑。每到那时，我的眼睛都会莫名其妙地像神一样飘到半空里，俯视荒凉的人间。我有一种不祥的预感，这里的一切能留下的，只有黑色的鸟。

我长大以后，曾经搜肠刮肚地想，在我和马来凤相处的短短几年里，有那么几个瞬间我差点就相信了她是我的妈妈。在我出卖马来凤的夏天过去后，秋日来得迟缓，蚂蚱和螳螂在花生地里潜行。我和马来凤提着竹筐去采摘绿豆荚。阳光像一剂毒药把我弄得昏昏沉沉，将近中午，我已经喝光了马来凤带来的水。然后我发现了更好玩的事情，满地里寻找饱满干燥的绿豆荚。它们已经熟透，用手指轻轻一碰，啪，豆荚就炸裂开来。饱满的绿豆从里面蹦出来，钻进干裂的土层里。这件事情我起码干了四五十次。

后来，这件事情也让我烦躁起来，于是，我就坐在一棵杏树下凉快。我看见马来凤把一颗一颗的绿豆捡起来放在铺了报纸的竹筐里，她小声地说："摘晚了，今年怎么炸这么多。"最后，她可能是累了，双腿跪在地上用干裂的手捡拾落在土缝里的绿豆粒儿。她抬头看见了我，有气无力地说："别站在太阳里，你傻呀。"我提着裤腰快速地走进杨树荫里。

裤子的松紧带已经气数将尽，一到饭点，我都得提着裤子走路。马来凤用卖绿豆的钱去集市买了很长的一根松紧带。她从上面截下来一段，让我脱了裤子站在凉席上。她给缝衣针穿进一根白线，让我过去。我在转凉的阳光里走向那个眼窝深陷的女人。她弯下身，用松紧带从前到后围了围我的腰，那时候她的头发扎着我的脖子，坚挺的乳房堵在我脸上，像把我抱住一样，的确良褂子下就是她温吞的皮肤。她手里的白线飘在我的大腿上。她问我勒不勒，我摇了摇头。我破烂的裤子在她的针里来回翻转，她把松紧带穿进去，打了一个结。

最后，她拿着剩下的松紧带说："你去跳皮筋吧，你不是一直想要来着，陈察他们都有，这回你也有了，你还想跳吗？"

忧郁动物

再见到陈察是两个星期以后，他在同学们做课间操时悄悄回到我们的教室，把他自己的书桌翻了个底儿朝天。同学们都回到教室了他还在找，他的课本、铅笔、鼻涕纸散落一地。陈察下巴上的痂已经脱落了，只有红亮的一道疤痕，从左嘴角向右下方延伸三厘米，像另一个嘴巴。他找得很认真，一点也不顾及同学们在看他。后来，他把最后一本课本扔在地上走出教室。

没过多久，陈察的父亲陈可就死掉了。

大家都说，医术不精的乡村医生陈可还是治好了几个病人的，所以他自己的寿限缩短了。

陈可每次要揍陈察时，都要花大力气逮住他，而陈察又是学

137

校的短跑冠军。所以，每次的追逐都是聚风村的一大看点，人们指指点点地说，这次儿子逃脱了屁股开花，这次儿子没能躲过屁股开花，这次老子用了诡计跑了一半倚在墙上不动，儿子回来搀扶，结果没能躲过屁股开花。

那次，陈察偷了陈可的根雕，拿去卖了换钱花，陈可在追过石桥之后就躺在了地上。陈察说："又要骗老子了，你在那里趴着凉快吧。"陈察说完就走了。

醉醺醺的王川北卖马回来，发现了趴在路边的陈可。他踢了一下陈可说："你狗儿子早走了，你快起来吧。"他把陈可翻过来，看见陈可沾满泥土的脸，于是吐了几口唾沫，把陈可的脸擦干净，才发现陈可的眼睛里也沾满了沙子。他觉得陈可好像已经死了。王川北先是吓了一跳，然后笑嘻嘻地说："你个狗大夫，兽医，真把自己当大夫了！你的眼瞪得可真大！"

陈可死于心脏病，他死后埋在聚风村村外的公墓里。坟堆高大，挡住了一大片阳光。聚风村的人就近刨来很多荆疙瘩，在陈可的坟前烧了，让他在阴间好有东西摆弄。李彩虹把陈察的头发剃成三寸，烟雾缭绕里，我看见陈察紧皱的眉头，李彩虹的脸被熏得更黑了。而我呢，我在所有人都走了以后，抱着我的观音，在陈可的坟前坐到天黑。除此之外，我有什么办法呢？

我知道陈察在桌洞里找什么东西。他在找那颗白色玻璃球。玻璃球是王京良的爸爸从泰国打工回来送给王京良的礼物，但他输给了陈察。

陈察不来学校以后，我偶然看见王京良爬我们班的窗户，从陈察桌洞里偷回了那颗玻璃球。我跟踪了王京良，发现他把玻璃球藏在了学校外面那棵杨树上的鸟窝里。我不会爬树,但我回家扛来了王川北粘知了的竹竿,把鸟窝捣烂了。干这事时,我的心突突的,跳个没完。

随着草屑坠落的不只有那颗美丽的玻璃球,还有两颗斑鸠蛋。它们摔在草上,两只已经成形的小鸟的头搭在蛋壳上,我的心被它们疲软的嘴啄了一下。这是对我第一次偷盗的惩罚。

期末考试时,陈察出现在校门口,他头发长出来了,嘴里叼着烟,和一群人围着一个低着头的男孩儿。我走过去拉过陈察,问他:"陈察,你为什么不来上学?"陈察看着我说:"以后都不来了。"说完他转身就要走,我喊住他,把口袋里的那颗玻璃球放在陈察手里,陈察和王京良都有点吃惊。

然而,我什么都不想解释,我说:"我去考试了。"

后来有好长一段时间我没有见到陈察。王京良突然问我:"你给陈察的玻璃球是哪儿来的?"我说:"我捡的。"王京良又问:"你从哪里捡的?"我说:"学校外边的大树底下。"王京良意味深长地"哦"了一声。陈察不来上学了,我猛然觉得校园空荡。王京良送了我满满一酒瓶从养蜂人那里买来的蜂蜜,还给我许多彩色的扎头绳。

王京良比我小两岁,他还有个哥哥,所以王京良的妈妈怀他时希望他是个女孩。可王京良一出生,他的妈妈就失望地坐在床头哇哇大哭。王川北从他们家门前经过,得知王京良妈妈大哭的原因后,幽幽地说:"菜汤泡馍不愿吃偏去舔屎——狗贱料。"床尾的王京良跟着妈妈哇哇大哭,全聚风村的人都能听见他俩的哭声。据说,王京良的妈妈哭完对王京良爸爸说:"看我厉害不,又给你生了个儿子!"

王京良对我很好,他给我抄作业、擦桌子,帮我做了不少好事儿。他白白胖胖,气鼓鼓的,每当他朝我轻盈地奔跑过来的时候,我都担心他随时会被风刮起来。有一天,王京良青着眼来上课。他站在我的课桌前,用他很软很翘的手指指着陈察之前的桌子说:"马宋,他打了我,他还说我从此以后再也不能跟你说话,陈察就是个瘪三!"他好像要我主持公道一样,我一时间不知道该怎么回应他。不过看他一脸认真,眼睛突出得像蜻蜓一样,我捂着嘴笑了。

一个月后,听说陈察去海边表姨家了,他走之前什么都没有对我说。我时常感到自己在丢失什么。

年后没几天,上元节就来了。人们在黑暗里点灯,向神灵下跪。我喜欢上元节,陈可把我从麦地里捡回的那天正好是上元节。马来凤说:"马宋,我就是在上元节那天生了你,所以上元节就是你的生日。"每年上元节在院子里磕完头,我还要回到自己的小屋给我流蜜的观音磕头,不知道该祈祷什么,只愿这只属于我的神保佑我安好,保佑我不断被捡拾,在生死边缘重新闯入繁华的世间。

马来凤还没去白房子之前,上元节那天她准备好了费用,想请跑灯队来家里串堂。跑灯队会经过聚凤村的每户人家门前,打开大门表明他们家要给跑灯队捐钱。跑灯队徐徐而入,"财神爷"先念一段吉祥词,主人再点一个戏剧片段简单表演。李彩虹是他们的角儿,她一开口众人就闭口,伸长耳朵瞪大眼。

跑灯队每年都有活动,每次我都希望马来凤从人群当中站出来，把我家的木头大门敞开，邀请跑灯队进门唱曲儿。

然而，他们再次经过我家门口时，我看见马来凤的脸色突变，她准备做一件大事的钱又突然不见了。那年是我家最落魄的时候，我、王川北、马来凤，谁都不敢预料在新年里我们这个艰难的家将出现什么新的变故。

果然，马来凤在大庭广众下暴露了自己的疾病。自从马来凤证实了我父亲与另一个女人的奸情，她就性情大变，年糕蒸了半年她就停下来了，灶台坑里的鸡蛋也没有了米汤的灌溉，她连诅咒都放弃了。王川北回家的次数越来越少，马来凤变得慵懒，有时候我中午放学回到家她还没有起床，有什么吃什么，没有就不吃。她迅速消瘦，脸颊开始烧起红色的晕。终于在那年夏天，大家都在看露天电影时，她吐了一口东西，坐在旁边的王京良妈妈用手电筒一照，血在惨白的灯光里流动。

我放羊回家，正好碰见马来凤跟几个人出来。她轻轻笑着，头发凌乱，招呼我过去。我松开手里的羊绳，陌生人把狗吓得乱叫，几只瘦羊也在院子里来回蹦。她说："你自己炒个鸡蛋吧，放点醋，我走了。"

我们家的大门实在太不像样子，马来凤这么隆重地离去却要打开这么零落的大门，一根凸出的荆条甚至还刮破了她的裤子。

马来凤因为痨病自愿去白房子"休养"。第二年上元节，我没在村子里看跑灯。我在喧天锣鼓中走出村子，在冰冷的黑夜里一直往前走，我的眼睛只能看清近处的公墓，却看不清远处的灯火。跑灯队的锣鼓声沉淀在山下，一条模糊的火龙正在贯穿聚风村。世界在发酵放大，光、声音、风在自然流泻，亲密拥抱，优

141

美的轮廓虚幻飘动,颜色甚是明丽。

我家的狗跑在前面,我们径直穿越公墓,坟堆如巨大的青蛙,我的狗还在某块破落的墓碑上撒了泡尿。

我照例来到白房子的后墙外,马来凤不让我进白房子探望她,我也没有坚持,我是个怕死的人,我害怕被他们传染。我和我的狗站在金银花丛旁,狗开始刨干裂的土层。墙内四个人围坐在一堆火旁,他们架起大锅煮着什么,庆祝上元节。

我看到了马来凤,她笨拙地把荆条折断添在火堆里,火苗是连续的、不容分裂的。天气湿冷,她们呼出的白雾上升,与锅里飘出的热气交汇。热气很香,像是肉汤,我的狗狂吠起来。马来凤听见了狗叫,她艰难地站起身,朝我走来,她说:"你来了。"马来凤看上去非常高兴,一直喋喋不休,她说这些病人晚上发烧盗汗睡不着觉,就起床逮黄鼠狼,她说他们的夹子夹住了一只特别肥的黄鼠狼。他们把黄鼠狼的皮剥掉,炖了,肉质鲜美。停了一会儿,她突然想到什么似的说:"你等我一下。"她急匆匆地绕过火堆,在一个拐角消失了。天气很冷,我期待马来凤拿副干净的碗筷给我盛一碗热乎乎的肉汤。锅边那些煮肉的人不时回头看我,还彼此说着什么,像议论一个贼一样。我盯着那堆燃起的火,看得久了,仿佛要被吸进去。

马来凤回来了,她跑得气喘吁吁,趴在墙上招呼我过去。她把一根长长细细的东西递给我。

"给你的,毛笔,杆是荆条,毫是这只黄鼠狼尾巴尖上的毛。"她激动地说。

"卖长白的那笔钱有这么多,"她伸出三个手指头,"在咱家门前堆起的酒瓶里,最下边那层,靠东的第五个瓶子,你拿去,去配眼镜,剩下的想怎么花都行,别被你爸偷走了。"

那笔钱我藏了两年也没被别人发现。

两年后的一天夜里,王川北捂着脸哎哟哎哟回家来了,他进门第一句话就说:"陈可的王八儿子陈察回来了,他竟然敢打我。把头套起来我也认得他,那么大的鼻孔,咱们这儿不会有第二个。"我对他的遭遇感到窃喜,终于有人敢惩罚一下王川北明目张胆的狂妄了。还有,陈察又回来了。

他们几个人在水库游完泳走下坡来,头抵着头点烟。陈察不一样了,他的头发长长了,逐渐盖过他看我时的忧郁眼睛,下巴上毛茸茸的胡须把那道伤疤掩藏起来了。

我站在路边看见陈察,看见他裸露的胸膛,肋骨阶梯一样排列着。他的腰修长,突出的血管攀爬在手臂上,我很想摸一下。他的头发还没有干,滴落的水顺着光滑的脊背往下流。他们开始吹口哨,把可乐瓶子踢得咔咔响。陈察很安静,他把吸了一半的烟从嘴里拿出来扔在路边,舔了舔干白的嘴唇,走过去了。

半截烟在青草间燃烧着。

晚上,王川北睡着了,窗子里传来他的梦话。月亮膨大,照着我流蜜的观音,风吹杨树叶子的声音升腾起来。我关了灯,从抽屉里找出一根蜡烛点燃,温暖的光把我破旧的房间撑满,房子反而变得空荡,橘黄到处流动,纱窗外的蚊子飞进来几只,围着我的火光打转,墙上它们的影子挥舞巨大的翅膀。

蜡油的味道让我想到过年。

我拿出陈察的烟,他抽了一半扔在草里的烟。我把潮湿的烟嘴放进嘴里慢慢抽起来，忽明忽灭的烟头把夜晚拉得绵长。

陈察回来后没多久，李彩虹和王川北的女儿陈安出生了。陈安的哭声成了大家的谈资。陈安姓陈，没有姓王。她皮肤白皙，头发茂密，戴着陈可给陈察雕的银手镯。她慢慢长大，从踏出家门的那一刻，没有一个人不夸她好看。

小小的陈安喜欢去人家串门。家里有小孩的，她去找小孩子玩，老头儿老太太家她也去，聚风村有了人人都爱陈安的日子。

没过多久，大家发现陈安不那么可爱了。有一天，王京良的妈妈抱着她第三个儿子，拉着陈安往村子最西头的李彩虹家走去。王京良的妈妈不仅会哭，讲起理来也是一套一套的，她对李彩虹说："小小年纪就学会干这种勾当，长大了还了得？大家伙看看。"

从几个月前的那件事后，我就担心陈安总有一天会被别人发现她的秘密。我知道陈安干了什么事。

我在石桥的麦垛边看见过她。她从麦垛里钻出来，明晃晃的银手镯戴在她又白又胖的手腕上格外好看。她的头发上粘了一根麦秸，窘迫地看着我说："姐姐。"我说："不准叫我姐。"

我问她："你在干吗？"她下意识地把一个粉色的东西藏在身后。那是一支假花，小卖部有卖。当我绕到她身后，看见麦垛被陈安撕出一个洞，露出里层金黄的麦秸。洞里什么都有，碎瓷片、灯罩、小镜子、玻璃瓶、钥匙扣、半截铅笔……我还看见一个坏掉的指甲剪。

陈安偷拿了王京良妈妈的高跟鞋，泄露了秘密。李彩虹因为陈安的事情犯了头痛病，被摔坏的头肿胀起来。陈察则在半夜悄悄把王京良家的玻璃砸碎了。

王京良虽然没有看见是谁砸了他们家的玻璃,但他一口咬定,就是陈察干的。他送我咖啡豆的时候,贴在我耳朵上说:"马宋你看,他们一家都是黄鼠狼,净干些见不得人的事儿,陈察这个王八蛋不知道安什么坏心呢!"王京良总是这样,他说话很小声,喊喊喳喳,越说离人越近。看到他这副样子,我把咖啡豆推给他说:"我也不是什么好鸡!你离我远点。"

有一天,王川北在院子里修自行车的车闸,陈安跑到我家。他看见漂亮的陈安手掏在衣兜里,大摇大摆地从我家大门走到我房间门口。王川北喊陈安的名字,并让她到他跟前。陈安看了他一眼,冬日明亮的阳光让她的眼睛眯缝着,她理都没理,站到我的门口。王川北气愤地说:"小婊子,连你老子都不认!"陈安站在我门口说:"姐姐,你在家吗?"

我本不想理她,但我从窗子里看见她从我家院子穿过,还是打开了门。她站在那里向屋子里张望,并没有打算离开的样子。我猜她看见了我的观音根雕,我甚至觉得被她再多看一眼就会进了她的麦秸洞。我用身子堵住门口,问她:"谁是你姐?"

她从口袋里掏出一张纸条,说:"这是我哥给你的。"

火的胜利

我十五岁那年的记忆时常如洪水一样冲进我的梦里,它们繁杂汹涌,经过多遍演绎,故事好像被熨烫过。我甚至有点搞不清哪些是真的发生过,哪些是我黑夜里运转如飞的大脑增补的细节。

梦里的印象总是不甚明晰，为此，我也曾多次戴着眼镜睡去，为了能看得清楚些。然而，一切都是徒劳，我想起他们的脸所用的时间越来越长。梦里面，我一直装着蜡烛，没有蜡烛我就觉得手足无措。梦里他们吵吵嚷嚷，还像活在世间一样，他们叫我的名字，忧愁又漫长，让我难忘。夏日里有紫色的风，冬日里有红色的风，吹来吹去，吹来雨雪，吹得荆条呜咽。

养蜂人坐在他卡车里的蜂箱上，飞机喷洒的农药把他的蜜蜂杀得所剩无几，他要走了。

大家慢慢知道，我也要走了。快来点转机吧！我向观音祈祷。

我是在一个星期一的早晨得知我被领养的消息。那天早晨，我在教室里上数学课，一个胖胖的男人把我叫出去。这个男人戴了一副眼镜，他的老婆也戴了一副眼镜，还递给我一大包我没见过的零食。女人问我："你就是马宋吧，真好。"

他们开着小车，带我去县城配了一副眼镜。我戴上它，远处事物立即镶了一道边儿一样。男人说："看吧老婆，马宋更像我们的孩子了。"他的老婆生气了："什么像啊，马宋就是我们的孩子了。"

聚凤村的人问我："马宋，你要走了吗？"我搜肠刮肚，实在找不到继续留下的理由。我坐在屋顶上，看着我的伙伴们在我养父的红色小汽车前热烈地讨论，我觉得我跟他们已经不一样了。不知何处滋生了优越感，新生活让我的牙齿咯咯打战。

十五岁那年的上元节，我终于有钱请到了跑灯队。之前在酒瓶里找到的马来凤的钱，加上养父给我过年的钱，我瞬间有种富足的感觉,这种感觉让我着迷。

晚上七点,跑灯队随着震天锣一声响,开始从聚风村西南边的陈察家串街走巷。他们扮相粗俗又夸张,衣服大红大绿,里面串着小彩灯。有八仙过海,有岳飞秦琼,有骑驴的,有乘轿的,皇帝龙袍加身,嫦娥衣带飘飘,红脸的吹唢呐,花脸的打镲。跑灯队已经更换了唱戏的主力,新女角儿身段好,嗓音娇媚,妆也艳丽。李彩虹依然热衷跑灯队的活动,她画着大仙女的妆走在队伍后面,站在院子里的一块石头上。

那时马来凤已经死了,我敞开我家的大门,就像许多次马来凤敞开我家的大门一样。王川北正站在院子里往水壶接水,屋门开着,灯光昏黄,屋顶的烟囱冒着青烟。王川北错愕地看着我,我从裤袋里掏出两张一百,郑重地交到领队人手里。跑灯队徐徐走进我家,李天王手托宝塔,猪八戒扛着耙子,蝴蝶精正忙着安装她掉下来的右翅膀……

"财神爷"捋着两串元宝边走边唱起来:

小灯泡,挂中央,
开门主家一片光。
流水声,响起来,
白雪归去春满堂。
左鼓三下增富贵,
右锣三声添吉祥。
大狮子,跳起来,
舞金龙,飞凤凰,

主家人财两兴旺，

世代都有粮满仓。

唱到我家时他的嗓子已经哑了，听上去凄凉又忧郁，他把这么好的祝福送给我家，我特别感动。

就在那时，我把那件重要的事情忘了。

随后，他们热闹地表演了一段小戏，围看的人把我们家的水壶都给踢倒了。王川北蹲在台阶上看着，不知谁给了他一截烟，他正吧嗒吧嗒地抽着。

我又拿出钱，央告"财神爷"说："你再唱一次吧。"在人群出现短暂的沉寂后，有人不明所以地鼓掌叫好。惊讶的"财神爷"右手一抬，向前一步又唱了起来：

鱼儿游，花儿娇，

小姑娘人美志气高。

桥好走，路儿宽，

小姑娘生来当大官。

……

啪！北边开始放烟花了，大家被闪耀的烟花吸引了。王京良在人群中大声说："我们家放的，今年比去年买得多，有新品种。"

大家伸长脖子望着村子北面的天空。王京良因为李彩虹踩了他的脚大声叫骂，王川北的烟烧到了手指头，几个小孩儿蹲在地上研究荷花仙子裙子上的彩灯，另一拨小孩儿则爬到我家的屋顶上去。"财神爷"站在我的身边，他这一身沉重的行头让他出了大汗，汗水顺着脸颊流下来，把白粉冲出一道浅浅的印痕。

五颜六色的烟花在黑暗的空中炸开，院子里的积雪踩起来咯吱咯吱响，房顶上的雪吸收了烟花的光，好似倒置的夜空。星星已经看不见了，众人呼出的热气上升、散开。我仿佛看见了乡村医生陈可拿着刻刀在荆丛里蹒跚，马来凤和白房子的人在天上煮肉，我的观音从窗子里飞出来，与众神汇合，朝人群洒着蜜……

烟花没有停下来的势头，北边的天上赤红一片。渐渐地，赤红向南蔓延开来，烧到了我们的头顶。有几个瞬间，我家院子里的人像一群根雕，一动不动地肃立着。红色越来越多，我仿佛闻到了烟花的气味，和烧着的柴一样。烟花也不过是人间的烟火。空气中有一丝热气飘来，是天空里马来凤他们的柴太好烧了，是烟花绽放得太久了，是我的心里太久不曾这么热烈过了。寒冬的夜晚，赤色的天空，人与诸神同在，人与亡灵相见，我与一切告别……我的身体太过燥热，流出冰凉的眼泪。

炽风被红色的天空带来了，所有人都感觉到了。着火了！着火了！有人惊呼。人群躁动起来，潮水一样涌出我家的院子。李彩虹尖叫着扔掉了大仙女的帽子跑出去，因为她家就在着火的方向。

我转头望向西南边的天，红色已经下沉，浓烟在燃烧云彩。我猛然醒悟过来，想起那件重要的事情。我已经迟到了。

陈察给我的纸条上写着：

149

上元节晚八时　石桥

这是回来后的陈察跟我说的第一句话。然而，我已经迟到了。

初春的雪薄薄一层，我跑得太快，路边树枝上的几只鸟被惊飞。越靠近石桥，风越热，我脱掉上衣，口中干渴。灰色的烟让我流泪不止，眼镜上也沾满泪水、草叶和灰尘，但我无比坚定地认为，我正在朝着石桥方向奔去。火舌贪婪地舔舐天空，四方奔突，火势越来越大，荆丛也开始染上火苗。聚凤山没有辜负它的名字，干燥的荆丛在风的鼓吹下不断飙升着燃烧速度。我清楚地记得，我看见了风的颜色和形状，又热又红的风。头顶乌鸦鸣叫，天空透过我的镜片盖住了我，它红肿着，逐渐上升，朝着更高的方向远去。脚下的雪开始融化，土地松软，地平线已经消失，我看不见石桥的影子。

炽风终于让我不再敢向前迈出脚步，我停下来了。一个人影瑟缩在电线杆底下，头埋在小腿之间，双肩一直打战。

"陈察⋯⋯"我轻声喊他。

他抬起头声音渺小地说："马宋⋯⋯马宋你在这里啊⋯⋯"

陈察的眼里蓄满了泪水，泪水里是燃烧的天空。

许多年后，我的梦终于给这场火灾一个完满的解答。是的，那场火是一个过于盛大的魔术。

七点刚过，风就起来了，陈察应该担心了，担心风会扰乱他的表演。

没过多久,陈察听见了石桥边的脚步声,以为我来了。我都来了他怎么能不表演。他早在黑夜降临前就收集了石桥岭地里残存的玉米秸秆,那些秸秆在冬日的暗夜站了太久,被乌鸦拉满了屎。陈察把它们从冰冻的土里连根拔起,堆在空地上,在八点的时候点燃了它们。除此之外,他还准备了一根包锡纸的棍子。

秸秆烧得最旺时,陈察用棍子一次次截断跳跃的火丛。最后,他终于满意了。他等不及火熄灭,就从他的舞台上冲下来找我。陈察的大鼻孔喘着粗气,他跑到一半,听见了陈安的声音。

那里站的不是我,而是他的妹妹陈安。陈安不希望李彩虹出去跑灯,她要李彩虹陪她玩。李彩虹给陈安画了一个鲤鱼精的戏脸,红色的眼睛,头发上还贴了流苏。陈安自己玩了会儿,觉得无聊至极,她记起陈察给我写的纸条。这个小偷在给我送纸条的时候偷看了它。而且,她送纸条时神不知鬼不觉地偷走了我的蜡烛。陈安来到石桥,她对一切充满好奇。起风的夜晚让她瑟缩起来,接着,她就看到了石桥岭上巨大的火球,火球越来越小后,她看见陈察冲下岭来,一阵风刮过,旁边的荆丛燃烧起更多的火光。

"哥,快看!快看啊!"陈安着急地喊道。陈察傻掉了。

他跑回去救火,用他裂纹的夹克衫抽打不听话的火苗。但是火越被打越高兴,开始舔舐他的脸,开始放纵地朝更高的黄荆扑去。

他朝陈安大喊:"快回家!"

陈安跑起来,朝着不远处她的家里跑去。但她突然站住了,

151

她看见了石桥边的麦秸垛，里面她的宝贝们不能被火烧掉。她的宝贝太多了，只好一次一次拿回家里，也许是火，也许是烟，也许是那根蜡烛，让陈安再也没有出来。

风野岩荒

我早已记不清聚风村的人怎样生，我只记住他们就那样死。

冬天来临，王川北依然在喝酒，李寡妇不知从什么时候不再光临我家，我也逐渐对她失去兴趣。我有时去白房子的后墙，站在土坡上看望马来凤。王京良送了我一副手套，里面还有两颗糖果，陈察去理发店剪了寸头，看上去很冷。

我没有想到疾病很快就夺走了马来凤的命。她提前一个星期预知了自己的死亡，她让人给我捎话说她快要死了，让我把她接到家里。马来凤没有躺在她的床上死去，那张床沾上了别的女人后她就再也不在那张床上睡觉了。她躺在蒸年糕的大锅里，头枕在一堆旧衣服上，脚悬在半空里。她没有戴胸罩，乳房干瘪，高烧让她浑身发烫，似乎锅下有烧着的干燥秸秆在熬煎她。那几天我除了规劝她去我床上躺着外，还仔细观察了她，这个女人其实挺漂亮，只是太瘦显得她有些阴森。她吃了药，高烧退去的一个下午，我回家的时候马来凤没有在床上，她又回到了她的锅里，死在了里面。锅台凹槽里的鸡蛋被拍碎，四处飞溅，蛋黄蛋清干结在水泥上。

我母亲马来凤死去的那天，村子里发生了很多事情。李彩虹那头叫雷的牛过马路时，被一辆大卡车撞死，雷头朝北横躺在马路中央。李寡妇从雷背上摔下去，脑袋磕了一个大窟窿，呼呼流血。她在医院里醒来，才知道我的母亲，王川北的老婆，已经死掉了。

马来凤的突然离去让我沮丧了好一阵子，我干什么都会想到马来凤。凉鞋磨脚，我把它脱下来放在地上，马来凤就出来，趁我睡午觉时打开房间的门，从地上拿起凉鞋把磨脚的地方补一块布片。晚上睡觉，马来凤总在我半睡半醒时从窗户里进来，把她温热的手放在我的眼皮上，缓解我视力的疲劳。我喝粥看到大米会想到绿豆，想到绿豆就想起绿豆荚，我就看见马来凤跪在地上捡绿豆。

马来凤无处不在，她站在课桌旁边看我上美术课，把我搞得很烦，我说："马来凤你快走吧。"

全班同学停下画画的笔一起看着我。就在这时候马来凤突然消失了，她再也没有找过我。

我的母亲走了，我的父亲醉着。我能想起的关于王川北美好的事情，就是他可以用手掌劈开核桃。他不爱吃核桃，只爱劈核桃，劈开之后他把核桃仁塞到我嘴里，有好几次我咽下核桃仁之后还要吐出其中的沙粒。还有，他和李寡妇苟合时欢快的叫声，唯有此，让我感觉他作为人还活在世上。但是那种声音渐渐地没了，王川北失去了性能力。

王川北好像也得知了我即将离去的消息，他经常在我做饭时惶恐地看我。他还是会偷偷喝酒，但是一看见我，他就立即藏起来。他喝醉了就去马来凤蒸年糕的大锅里躺着，胡子上粘着干草叶和蚂蚱翅膀，半夜里醒来仓皇大哭。

我对他说："你再喝我马上就走。"这句话管用，他没再当着

153

我的面儿喝酒。

　　我的父亲很有能耐,他在村里刚盛行赌博的时候就加入了他们。王京良的爸爸把我家找了个底儿朝天,带走了几样可以抵王川北赌债的东西,这几样东西里,就有我那尊流蜜的观音。我冲到屋里,王川北正在摆弄他的收音机,里面咿咿呀呀地唱着,我把收音机摔烂了,它分成了四块,电池在地上滴溜溜打转。我对王川北说:"你去给我要回来。"王川北低垂着眼睛,酒精肝让他瘦得只剩眼睛了。

　　王川北带着马来凤的一条被单去了王京良他们家。我在他身后跟着,聚凤村的人都停下来看着雄赳赳的王川北和我。"他这是要去打架吗?不可冲动啊,马宋快拉住你爸爸。"他们说。我觉得他们说得挺对,但我什么都阻止不了,也不打算帮忙。王川北那时的气势像一个英雄,让我突然感动,要不要拿回流蜜的观音,我在那一瞬间产生过动摇。

　　还没等我想得太明白,王川北已经踢开了王京良家的大门。王京良正躺在树下睡午觉,凉席把他的腮帮子上硌出三道红印儿。王川北径直去了屋里,王京良一骨碌爬起来。他的妈妈和爸爸正在院子里吃午饭,他们最小的儿子正坐在地上啃我的观音玩,小孩儿的口水顺着观音的脑袋垂到地下。王川北指着观音问我:"是那个吗?"我点点头。王京良的爸爸和妈妈早就惊慌地站了起来,王川北走上前去,站在王京良爸爸身边。

　　"那个根雕,我来拿回去。"他说。

　　"欠债还钱,天经地义。你没有钱,我拿你块破木头你还追到家里来了!"王京良爸爸的脸上还沾着两颗米粒,他一说话,一粒米就掉到了王川北的头上。

"你拿我的东西行,那个是她的。"他指了指我说,"拿她的不行!"被单挂在王川北的肩上,仿佛一件袈裟。

"想要木头,拿钱来换!"王京良爸爸用食指点了王川北的太阳穴。

王川北转过头,让王京良滚开。他提起凉席唰啦一抖,饭碗、筷子、痒痒挠哐啷哐啷都摔在水泥台阶上。他重新铺好凉席,脱了鞋,在上面躺了下去,用被单蒙住了头:"不还东西我就在这儿过日子了。"

他们的小儿子丢掉手里的玩具,大哭起来。我的观音抢在地上,沾了满脸的土。王京良跑到爸爸身后,他的妈妈指着我和王川北说:"你们……你们是无赖吧?"

王京良的爸爸气得喘粗气,将木观音捡起来朝王川北扔过去。砰的一声闷响,观音砸中了王川北的鼻子,两条弯弯曲曲的血顺着他的下巴流到了汗衫里。天气炎热,我透过眼镜的镜片,竟感觉鼻血是冒着气的,热气盘旋,马上要把他灼伤。那时候我觉得他什么都干得出来。

我最终还是到了养父养母家里。后来得知,王川北死在村北的麦秸垛边。一场暴雨过后,人们发现了他。他伸直了双腿倚在麦秸垛上,鼻梁上的伤疤因为雨水的浸泡发白翻卷,像一个嘴唇粘在上面,或许还有几只苍蝇在上面产了卵。他面带微笑,抱着他的酒瓶,没有瓶盖。他喝几口就醉了,瓶盖肯定不知丢在了哪里。有人告诉我,阻止酒精挥发的是一片卫生巾。麦秸垛是中空的,里面堆了整整十七个没有瓶盖的空酒瓶。

如今，十年过去了，这里除了坟墓早已找不到我父亲母亲的痕迹。我来到白房子，看到了李寡妇、满脸胡子的陈察和他的老婆。

陈察的老婆絮絮叨叨地说："我婆婆有一次看见了电线里的火花，她就坚决不再用电了，还不让养老院的护工用洗衣机，到后来连电视也让他们看不成，电灯也不行，只要她看见谁在用电，就破口大骂。院长说，她近一个月已经彻底疯了，她在第三次用剪刀剪断洗衣机的插线时触电把右手烧黑了。"

李寡妇躺在养老院角落的一个空房间里，里面只有一张床和几把崭新的扫把。房间的窗户破了个角，冷风灌进来。她被裹在肥大的黑色羽绒服里，眉毛高挑，微微张着嘴。我又看见了那对精致的锁骨，它显得突兀干瘪。我摘掉手套摸了摸，黢黑的纹路像被烧过一样。灰色毛线帽子下她的皮肤白嫩，与她黢黑的脸形成了鲜明的对比。我站起身，慢慢摘掉她的帽子。李寡妇没有一根头发，柔软滑腻的头皮扣在头顶上，好似一个正在生长的蘑菇。我吃了一惊，想起马来凤不太坚决的诅咒、我毫不迟疑的告密，瞬间脊背发凉。

临走前，我问陈察：

"你妈妈的头发是掉光的吗？"

陈察的喉结上下动了动：

"她快死的时候，让我老婆给她刮的。"

我想起在她右耳朵上方有一个不易察觉的伤口，一丝黑血已经干结在鲜亮的头皮上。陈察接着说：

"我老婆没有刮干净,她又让我给她刮,照完镜子,她满意了,这才咽气。"

陈察一抽鼻子,清了清嗓子,把一口痰吐出来:

"我妈还说,你来了,一看就懂了。"

金　刚

夜　风

　　我不知道自己是什么时候开始回想这些事情的，当我成年后回头去看鱼水村，耳朵里一阵又一阵的风声呼呼传出来，风携带着石头、鳞片和落叶吹过贯穿村子南北的土路。暴雨骤降，土路才停止扬尘。

　　土路一直通到我家门口，我家东面就是鱼水水库。水库的拦水坝有半米宽，我二姐告诉我，祖父就是从那二十多米高的大坝上掉下去摔死的。我听了以后无比震惊，村里的老人都是躺在床上死的，而我的祖父是坠落着死的。我站在大坝上的时候经常想起我的祖父，耳朵里呼呼的风声就要把我吹向大坝的底端。我的父亲告诉我，金刚石是世界上最坚硬的物质，比生铁还硬。但我坚信我们村的水库大坝才是最坚硬的，祖父的头撞到大坝下的水泥板后，他就死去了，而大坝也是水泥造的。

　　那场特大暴雨证实，大坝从来没有我想象的那么坚不可摧，一切都没有我想象的坚不可摧。后来，大坝被矿坑里挖出来的一车车岩石和土砾填平，鱼水村的人在上面种桃树。桃花开的时候铺天盖地，花粉在风里愉快地飘摇。一棵桃树供养不起太多的桃子，小桃刚成形时，就要摘除多余的果实。桃子变红，像我父亲养的肥硕锦鲤挂在枝头。

　　土路到达我家后，向西拐延伸到鱼水村公共墓地。我父亲得梦游症时，在一个有月亮的夜晚，借着月光把公墓的碑文密密麻麻地抄写在他的笔记本上，回来后表情木讷地把本子交给我母亲，然后睡下，醒来后一无所知。风吹拂坟头压着的火纸，哧啦声在黄昏将近的寂寥中显得更加清晰而辽远。我父亲没养鱼之前，我的胃总强烈渴望着肉食。我在七岁那年的清明节发现了一个重大的秘密：每当有扫墓的人从我家门前的土路上走回鱼水村，我沿着土路走向公墓就会找到芹菜肉馅的饺子。各家的饺子不同，有的白白胖胖，有的干瘪小巧，有的一口咬下去只有芹菜。有时候我懒了不想绕过坟包，就直接走上去，一步跨过压在坟头的火纸。公墓很大，如果走得慢了，水饺就会进了野狗的肚子。那些脏兮兮的野狗伸长脖子在乍暖还寒的春风里寻觅美食，竖立的狗毛被风吹出瑟瑟的声响。

　　从我家出去，走上土路，走过大坝，再走一段土路就到达七〇一矿。矿坑像一个巨大的鱼眼睛，永久地睁着。七〇一矿底下能挖出松绿色的金伯利岩石，岩石里就有我父亲说过的最坚硬的石头——金刚石。我父亲说他曾经拥有过一块鸟蛋大小的透明原生金刚石，足有一百多克拉，摸上去能感觉到纯正的滞涩感。我父亲还说，没有那块金刚石，就不会有我。

　　1992年麦子成熟时，我姑姑沿着鱼水村那条尘土飞扬的路把刚出生的我抱回她的家里。我的性别从一出生就辜负了所有人的期望,神婆说我身上有浓烈的戾气,外户的糠菜才能将它磨掉。一年以后,我姑姑又沿着那条土路把我抱了回来。

我长到七岁时,开始了对未知世界的想象,任何解释不通的事情都在暴雨的夜晚被湿淋淋地拎出来,一遍一遍在我二姐挂起的花布上演绎。麦子成熟后,经常会有几天几夜的暴雨。暴雨来临,听不见人的声音,只有雨点与雨点碰撞、风吹树枝与瓦片、闪电轰鸣的交响。那时我大姐已经嫁给邻村的小石匠,暴雨前风和日丽的一天,我父亲搬出一张小铁床放在东屋里,告诉我,我以后要跟我二姐睡在一个屋里。晚上我二姐脱光衣服,在我面前赤条条地晃来晃去,她的身体白得发亮,线条柔美,我产生强烈的羞愧和自卑。她在两张床之间挂起来一块花布,通风窗里刮进来的风吹得花布飘飘摇摇,闪电一次又一次地驱赶屋内的黑暗。每个夜晚我二姐都在花布那边磨牙,雷声越响,她磨得越欢快。

乡村的夜晚宁静安详,灯灭以后,有月亮的时候是月光,没月亮的时候是纯粹的黑暗,那为我漫无边际的想象和说不明白的恐惧提供了最理想的空间。我记忆里的夜晚总是来得很早,我先睡着,然后我二姐睡着,我二姐磨牙,我再醒来。我意识到这个家里只有我一个人是醒着的时候特别害怕。我一动不动地缩在毛毯下面,想我的床底下会出现什么,直到热出一身汗。我越想睡着越不能入睡,我想起冯家哥死去的祖母,她的肚子鼓胀,像一个朝天的鱼肚子。我二姐告诉我地球是圆的,从我家南边的土路一直向南跑,就会从我家北边的松林里回来,我那时琢磨过七〇一矿什么时候会钻到地球那边。

鱼水村的西侧是冯家哥的家,那六幢结实的小楼外侧攀满严严实实的爬山虎。我那时经常非常羡慕地跟着冯家哥攀登台阶到达501他们家。冯家哥住在顶层,他家有间小阁楼,冯家哥的妈妈长期待在阁楼里,我不常见到她。

阁楼旁边的楼梯口有一个大窗户,那个狭小的空间占据俯视鱼水村的制高点。初升的朝阳包裹鱼水村,村子北边的鱼水水库里盛满刚刚融化的翠玉,拦河坝在婆娑的杨树叶子中隐没。水从坝上俯冲而下,汇聚到鱼水河,鱼水河从村子西北边绕到六幢小楼前面,再从村子东南方流去。村子东面的七〇一矿在冰凉的太阳里留下一个黑影。

我母亲白桂枝不止一次提到,我家也曾在那幢漂亮的楼上住。贫穷的日子里,我千百次做梦携带大坝边上我家破院子的家具,走上九十九级台阶,打开一个发光的门,那就是我的新家,我们就住在冯家哥对门。父亲养锦鲤以后,我家能经常吃到肉了,我觉得我父亲有钱了。我问我父亲金良生:"我们为什么不到楼房上去住?"

金良生叼着烟卷,正在皱着眉头杀鸡,他一皱眉头就一条眉毛高,一条眉毛低。我大姐、姐夫还有他们的儿子李响到我家来了,上次李响来我家,我父亲杀了一条鲤鱼。

这次金良生拔了拔鸡脖子上的毛,横着锯了两下就割开了鸡脖子上的血管。鸡拖着脖子在我家院子里扑腾翅膀转圈。金良生端着一碗鸡血说:

"滚一边去!"

我想告诉他,他脸上有一个鸡血泡泡,但我选择不说。

我问我母亲白桂枝：

"我们住过楼房吗？"

我母亲白桂枝对我父亲说：

"你给她讲讲我们住过的楼房。"

我父亲叼着我姐夫给他点的烟，正在往盆里的鸡身上浇沸水。我立刻闻到了热鸡屎的气息，热气把他和我姐夫包在里面。我父亲嘴里呜呜说着什么，没有理她。我母亲指着墙角那个破旧的马桶说：

"看见了吗？我以前就坐在上面拉屎。"我还是不太明白。

我问我大姐金柳：

"我们为什么不能住小楼房？"

我大姐的儿子李响抢在前面说：

"我妈说了，是因为姥爷超生了二姨和你。是你和二姨不让我们住楼房。"

我二姐金桃放下水瓢，提着李响的耳朵说：

"你再胡说我撕下你的耳朵喂鱼！"

我的小石匠姐夫用胳膊肘捣了捣我大姐，我大姐金柳推开金桃，说：

"有个姨样没有？"

我们家最终有钱了也没有住上楼房，楼房是七〇一矿的工人们住的，我父亲不再是七〇一的工人了，所以我们不能住楼房。

十二年后我重回鱼水村，七〇一矿挖空了也没有挖到地球的另一面。矿坑被圈起来建了钻石公园旅游景区，博物馆玻璃闪闪发光。公园里游客三三两两，一个婚纱摄影棚杵在人工种植的花卉丛里，新人们在钻石模型前牵着白马拍照，一切看起来都很美好。只有巨大的矿坑像一个尴尬的伤疤嵌在地表上，夜晚的风吹过，仿佛大鱼的呜咽。前几年，巷道里安装彩色灯泡铺线路时挖出三个骷髅，那些白花花的骨头提示着凶猛死亡的存在。

回　归

听说，20世纪70年代，我母亲的美艳打败了村里所有的姑娘。白桂枝是鱼水村白中医最小的女儿，她用甘草熏衣服，走路带风。

我父亲金良生从部队退伍回来后的一个下午，天气燥热。他走出鱼水水库边我祖父留给他的屋子，沿着小路走到水库大坝。

几个人在凫水，和金良生一起退伍的冯虎站在坝上朝金良生喊：

"下来吧，水开始凉了，爽得很。"

冯虎钻进了水里。

金良生一边走一边脱掉汗衫，把衣服堆在杨树叶子的阴凉里。他把嘴里叼着的那枝石竹花扔在他的军装裤子上，一个猛子扎进水里。他在水里扑腾够了，就坐在大坝上晾身上的水。水库边传来女人的说笑声，岸边开始忽闪着两个影子，一红一白。金良生纵身像鱼一样滑下了水。

王皮一阵一阵地打呼哨。

两个影子逐渐走出灌木丛，白褂子匆匆走了，红褂子停住。他们阴阳怪气地笑。金良生看见红褂子走上大坝，这个女人没有避开游泳的男人们，反而走上大坝。

红褂子就是白桂枝,她穿着黑色的提篮鞋,迈着小碎步走上大坝,一边走一边卷起袖子,露出白皙的胳膊。她走到青年们放衣服的地方,盯住王皮的衣服。这时,她瞥见旁边一堆衣服上放着一枝石竹花,她迈了一步跨过王皮的衣服,抬起她小巧的脚尖轻轻往右一挑,那小堆衣服和一枝石竹花纷纷扬扬地落到大坝底下,白桂枝的脚尖又轻轻往左一挑,把王皮的衣服挑进水库里。

她干完这两样活拍拍手就走了,其实她根本就没有用手。

我的父亲金良生在那个下午赤条条地走下大坝捡衣服,他提上裤子,用褂子抽打芦苇。

夜晚微凉的风吹拂着他,空气里都是尘土的味儿。

一个月后,我父亲金良生在水库北边的松林里重逢白桂枝。他有晚饭后散步的习惯,他散步的时候有时向南,有时向北。

这天,金良生的蚊子草用光了,他走出小屋,向北走去,那里的山坡上长着丛生的蚊子草。蚊子草开着淡紫色的小花,隐藏在艾蒿丛里。他要把这些草连根拔起,再把它们一缕缕编成粗辫子,晒干,晚上点着蓄烟熏蚊子。他走到金银花的秧底下,一拔还带出几个灰色的土元,它们闷头闷脑地爬进稀松的土壤。天渐渐黑下去。

金良生抱着一大捆蚊子草,他看到了白桂枝。白桂枝站在小溪边的杨树林里,换上了一件崭新的的确良白褂子。林子里,蝉吱吱地叫,风热辣地吹。

白桂枝转头看见金良生。她招手让金良生过去,金良生皱皱眉头,一条眉毛高,一条眉毛低。他迈了一大步,走上土坡,站在一棵树边。

白桂枝说：

"你娶我吧。"

金良生说：

"我为啥要娶你？"

"那你胡喊什么？"

"不是我喊的。你要找去找喊的人去。"

他说完就抱着蚊子草要走。

白桂枝叫住他：

"你看看我的辫子好看吗？"

白桂枝梳的头发不是往常的样式，一条稀松的发辫从左前额攀爬到右耳后，油光水滑。

金良生说：

"中看不中用。"

"我能把你的蚊子草也编得这么好看。"

白桂枝抢过金良生怀里的蚊子草，就往水库边金良生的屋子里去。白桂枝一边走一边掉，金良生一路走一路捡。

白桂枝给金良生编了一条长长的蚊子草辫子，她编完说：

"这下行了，你得娶我了。"

金良生脱下他的鞋，磕了磕上面的泥说：

"你这个女人可真新鲜，我又没让你编。"

白桂枝啪的一声拍在自己脸上，捏下一只死蚊子。她拿起那条蚊子草说：

"你娶了我，我就一心一意跟你。"

金良生没有吱声，白桂枝又说：

"你别皱眉头,你一皱眉头就一条眉毛高,一条眉毛低,真丑。"

金良生去了我外祖父白中医家里。

"我决定娶白桂枝。我是退伍军人,我能到七〇一矿工作,我不少挣钱。我的新房就在西边的楼上。我爹金二没了,不用养老。"金良生自顾自说起来。

"将来我有了儿子,我让他来看你,他一溜小跑着就来了。"金良生嘟噜嘟噜说了一大串话。说完,他看见白桂枝倚在门框上,边嗑着瓜子边朝他笑。白中医和金良生喝完酒去喂鸡,他晒着太阳嘿嘿一笑,倚在鸡窝旁边睡着了。

我父亲金良生入伍后,家里只剩下我姑姑金凤生和痴呆祖父金二。

金凤生吃够了发霉的地瓜和粗糙的煎饼,家里连个劳力也没有,她要结婚,她要嫁给镇上那个做白面馒头的男人张宪普。

张宪普身材高大,他的妻子难产死掉了。金凤生觉得那个男人有本事,能做馒头,她给自己找好媒人就去提亲了。她去找那个男人的时候拿了一只银碗。金凤生早就打算好了的,她要拿一个容器吃一辈子白面馒头。

她拿着她母亲留下的所有银货嫁妆来到了鱼水村银匠的摊边,那堆银货里有一个完整的花头、两个宽戒指、三副半耳坠。这些装饰的东西是别的女人的宝贝,金凤生不美,她不需要这些,她只想要一只碗。她指着她左手里的那个暖壶盖儿,对银匠说:

"给我造一个碗,瓷实一点,要和这个盖子盛一样多的麦粒,外边给我雕上花。"一暖壶盖儿的麦子平沿儿齐正好可以换一个白面馒头。

金凤生并没有对银匠说报酬。银匠只会雕花,他从来没有练习过铸造,金凤生的话给了银匠灵感,他要成为镇上最好的银匠就必须学会铸造。银匠钻在冯家哥祖父冯三带家里整整半个月没有出来。

半个月后,他给了金凤生一只碗,那只雕花的银碗可以盛和一个暖壶盖儿一样多的麦子。他告诉金凤生,银子正好用上,一点也没剩。说完他背着手转身就走,走出金二家,走出鱼水村。

银匠熔铸七遍,终于做到正好用完金凤生的银子,铸成一只瓷实的银碗。

金凤生揣着那只碗雄赳赳地去了做馒头的张宪普家里,她一定要给那个木讷的男人演示:你以后再也不要用那个破旧的暖壶盖儿量麦子卖馒头了,让我来和你一块儿卖馒头吧,这样你就可以用雕花银碗量麦子卖馒头了。后来,金凤生的儿子就姓张,叫张国栋。

金凤生很矮,一点不如白桂枝好看,吃馒头的她白白胖胖的,像个发酵得很好的馒头。她的眼睛被挤在肥肉里,显得有点多余。她的手掌一摊开,像五条蚕。金凤生用她蚕一样的手指头指着我的头说:

"你大姐听话,你二姐勤快,只有你是个讨债鬼。一讨讨两家。"

她把大的话梅都给她的儿子张国栋,我的手掌里只有小小的

167

几颗。有一次我在她家吃完饺子,她让我必须把我碗里剩余的蒜泥吃光,还得把碗舔干净,张国栋则不用吃剩蒜泥、舔碗。

我的表哥张国栋偷偷拿出那个银碗给我看,是一只小巧的碗,模样好看有样子,内里光滑,外面果真雕满了花。是桃花,一朵压一朵的桃花,清晰的枝干伸展其中,缝隙里的灰垢增强了花纹的立体感。还有两行字:桃之夭夭,什么什么其华。我穷尽一年级学到的所有知识读出来。

很多年后,我才明白,我们村那个银匠早就洞悉我姑姑的心思,所以他刻上桃花和八个字来祝福我的姑姑。

金凤生在我认真观看银碗的时候一把抢过去她的碗,指着它说:

"看见了吧,我就是用这个东西给你喂馒头糊糊,把你喂到一岁还给白桂枝。"

我问白桂枝:

"是我姑姑把我喂到一岁还回来的吗?"

白桂枝一瞪眼:

"胡说。差一个月才一年呢。"

水　鬼

冯家哥是我最好的朋友。他从抽屉里拿出他父亲的墨镜,我们轮流趴在他家楼房的大阳台上俯视鱼水村。从高处向下看,村子变得陌生而又令人敬畏,俯视可以让人重新看待事物。

后来,我再回想鱼水村的时候,最能直观把握定位的是在冯家哥楼上俯视时形成的地图,它深深地印记在我的脑子里。哪个房子上脱落了一页瓦,哪个房子有漂亮的屋檐,哪个房子上撂起来金黄色的玉米……我都知道。

矿场在太阳的照耀下只留一个剪影,气冲冲地望着我们。风一吹,远处丛生的金银花荡起一层一层的绿浪。当然,还有几棵梨树站在土坡上,它们的形状自然,高低错落,不争不抢,很有礼貌。鱼水水库则显得沉静,隔得太远,我看不见水上的波纹,但我总在根据风的方向想象它们该有的样子。有一阵儿,冯家哥从他姥爷那里搞来了一架小型单筒望远镜,从望远镜里我看见过白桂枝在茅房里提裤子。

望远镜被收走后,我们最常用的还是墨镜。成群的鸽子从屋顶飞下来,落进槐树林里,又从屋顶飞到鱼水河的矮坝上。我和冯家哥看鸽子能看整整一上午。

不得不说,冯家哥的家真是太棒了,有冰箱,有洗衣机,还可以淋浴。最主要的是他家有个特别白的马桶,比我家墙角放的那只要好一百倍,上面还盖着毛茸茸的马桶垫。我刚开始坐在那只马桶上时尿不出尿来,过了好半天才挤出几滴,但我很享受坐在马桶上的感觉。我甚至还闭了眼,感慨了一番。所以,在他家,我总是频繁地尿尿。

夏季的热风吹来吹去,吹着地面,吹着高空,它们变幻莫测的行踪暴露在杨树枝头,叶子被吹得无聊又慵懒,簌簌的声音仿佛抱怨似的传进我们的耳朵。我们昏昏沉沉,有的时候趴在阳台上的毯子里睡好几觉,做些奇奇怪怪的梦,有的伤心,有的高兴。冯家哥说戴着墨镜这个鬼东西好像听不见我说话。我摘下他的墨镜,戴上,看见玻璃上印出一个女人,她披散着长头发,嘴

唇发黑。我摘下墨镜回过头看她,她通红的嘴唇在苍白的脸上像个精致的伤口。冯家哥对她大叫:

"快去戴上口罩!冯虎马上就回来!"

冯虎是冯家哥的父亲,他和我父亲金良生一起在七〇一矿工作。大队书记冯三带为儿子冯虎娶到了镇长的女儿,那个热爱口红的女人在我母亲生我那一年才生下她的第一个孩子——冯家哥。

冯三带只有冯虎一个儿子,只有冯家哥一个孙子,冯家哥在全鱼水村的鸡都不下蛋时还是一天吃两个鸡蛋。

茶碗里有一个圆圆的煎鸡蛋和五块红烧肉,冯家哥端坐在板凳上,拿起筷子舔一下,说:

"爷,我想喝水。"

冯三带瞪他一眼:

"就着水吃蛋,蛋味儿都给冲没了。"

冯三带站起来给冯家哥在另一个茶碗里倒水,冯家哥又拿起筷子舔一下,说:

"爷,水里能给我加点糖吗?"

冯三带吓唬他:

"吃多了糖,牙生虫,肠子生虫,屁眼也生虫,你又忘了痒了?"冯家哥的屁眼里经常生虫,冯三带坐在他家门前的槐树下,拿着火柴棒对着冯家哥的屁眼找来找去,冯家哥有时候嘶哑着喉咙喊:"有没有在褶儿里?"

这时候,冯家哥翻眼珠想了想:

"爷,你家没糖啊?我在家喝水我妈都给我放糖,我在我姥爷家喝水我姥爷也给我放糖,你家没糖,那我就不在这儿吃蛋了。"

"怎么没有糖,多着呢,蛋都煎好了,你去哪里吃?"

冯三带马上站起来,去里屋找糖罐子。他挑出砂糖里的蚂蚁,捏一撮加在茶碗里,试一口,水都凉了,一口气喝光再重新倒一碗热水,加撮糖端到冯家哥面前,茶碗里已经空了。冯家哥舔着油光光的嘴唇说:

"爷,你煎的蛋比我妈煎的好吃。你炒的肉比我姥爷炒的香。"

冯三带眯着眼睛给冯家哥端上加糖的水。

冯家哥打开那个油汪汪的塑料袋子,里面有个圆圆的鸡蛋和五块红烧肉,我吃的时候它还是热乎乎的。在我父亲养锦鲤之前,冯家哥满足了我贫穷的味蕾对美味的想象。

我们还没上学时,冯家哥吃饱了饭就沿着土路跑到我家,玩不到一会儿他就要去拉屎,他要拉屎我也想拉屎。我们家的茅坑容不下两个人,所以我们就只能并排蹲在院子外的枣树下,再用铁锨把粪便铲到茅坑里。冯家哥拉屎的时间总是很漫长,拉出来的屎总是颗粒状的,跟兔子一样。有一次我已经拿出铁锨了,他又解开裤子蹲下了。铁锨的木头把儿上有许多倒刺,我得小心地避开它们。当我铲起冯家哥那些圆溜溜的东西时,它们根本不想待在铁锨里,咕噜咕噜滚了出去,掉在了冯家哥的脖子里。他裤子都没提,扶着枣树呕吐起来。有一阵子,我们还像猫一样,先在地上挖个坑,完事儿后埋起来。

大坝下面的水沟里有挺多螃蟹,冯家哥从他爷爷那里学会了钓螃蟹。他把狗尾草拴在细木条的一端，螃蟹夹住狗尾草时他就猛地把木条向上提出水面。大多数时候，螃蟹还没有被提出来就松开了钳子，飘飘摇摇地在水里乱抓一通，逃回水草里。有时挑出来来不及找到它就爬走了，只有一次我们钓到了一只脾气很大的母蟹。小螃蟹容易找到，它们大多隐匿在石块下，一掀开，就可轻易捉住。冯家哥向我传授怎么捉不会被夹到手指，可他被夹到的次数要比我多得多。收获最大的一次，是冯家哥只带走了一只背上有漂亮花纹的小蟹，剩下的全部装在塑料瓶里被我带回了家。

　　一大瓶螃蟹在瓶子里吐泡泡，我把它们放在床头。早上醒来，先看一眼它们是否活着，但我只看到了一只空瓶子。不知瓶子是不是被我二姐半夜起来尿尿踢倒的。床腿处有片像鞋垫一样的东西，那是一只软塌塌刚褪掉皮的螃蟹，其余的都不见了。所以，整整一年多，我常感到威胁，睡着以后仿佛能听见喊喊喳喳的声音。我觉得那是它们在挖土，挖开砖缝，挖开地基，企图从房子里逃走。每当下雨，它们就会消停一阵儿，天气干旱时它们挖得更加卖力。我甚至梦见螃蟹们爬上我的床，我被那只大母蟹愤怒地举起来，抛向空中。

　　直到有一天我母亲清理鸡舍，拿开鸡喝水的瓷碗，那只红色的螃蟹把她吓了一跳。它安静地趴在那里，蚂蚁从它的一只眼睛里进去，又从另一只眼睛里出来。

　　"肉全被吃掉了。"冯家哥说，他蹲在地上看了半天，"是我们钓到的那只吗？"

　　螃蟹壳子被摆在我的床头柜上，和我二姐的指甲油们在一起。

冯家哥来找我,他站在大坝上,拿一串杨树叶子遮阳,眯缝起眼睛在水面搜寻我的踪迹。他冲我沉下的水面有气无力地喊:

"出来吧……金杏……"

我在水底听他的声音,怪里怪气,像病弱水鬼的喘息。我从水面钻出来,朝坝上那个白烟一样的身影喊:

"你要是不下来,咱俩就不要一块儿玩了。"

他坐下来,小心翼翼地把右脚伸进水里,又把左脚伸进水里,然后停住,央求似的看着我。他正要张开嘴对我说点儿什么,冯三带在远处叫骂起来:

"孽障。我打断你的狗腿。"

冯家哥立刻把脚拿出去,乖乖跟祖父冯三带回家了。

我们鱼水村把游泳叫作会水。我是鱼水村第一个会水的女孩子,冯家哥是鱼水村第一个不会水的男孩子。我问冯家哥:

"你爷为啥不让你下水?"

冯家哥抽一下鼻涕:

"我爷说好多年前我们村来过一个银匠,他告诉我爷,不能让我们家的小孩儿下水,小孩子下水就容易被水淹死。"

"胡咧咧。"我对他讲。

冯家哥最终也没有学会游泳。我抹一把脸上的水珠,坐在大坝上,冯家哥的那串杨树叶子奄奄一息趴在滚烫的水泥上。

后来,我能留下的唯一一样关于冯家哥的东西便是一颗牙齿。它又小又轻,躺在我的手心里,像一只死去的小鸟,像一颗冰凉的米粒。

在那个晚霞喷薄的黄昏,他头顶白麻布跑到我家门口,邀请我一起去看他的祖母。那个老女人躺在暗黄的席子上,脸上盖着火纸。她的肚子由于内脏发酵严重鼓胀,旁边有个破风扇有气无力地扇风降温。她头戴一顶金黄色的帽子,臭气从她鲜艳的衣服下钻出来,弥散在屋里。火纸被揭开的时候她闭着眼睛,平静而又骄傲,耳廓里、睫毛上有几只细细的蛆虫在兴奋地蠕动。

冯虎被剃了孝头,冯家哥的妈妈戴着口罩坐在麦秸杂乱的地上,冯三带躺在麦秸里喝着别人舀到他嘴边的白糖水。

冯家哥看见周围的人夸张地哭喊,他自己也哇的一声哭起来。我们跑到灵屋,他一边哭一边大口喘气,模样很滑稽。我不想哭,反倒想笑。这场神奇的仪式带给冯家哥长久的沉默,他带着不解的神情,向我转述他祖母的离去。

他告诉我他的另一颗牙齿也出现松动,并张开嘴让我看。随后,他把手伸进嘴里,把那颗就要脱落的乳牙拔了出来,有一小股血从牙床上汩汩流出。那粒带着一点血丝的牙齿是犬齿,有贝壳一样的光泽,它被庄重地交在我手上。

冯家哥没有告诉我应该怎么处理它,我也没有询问,就像他已经告诉我应该怎么做,而我也很明晰一样。他拔完牙齿,往地上啐一口血,粘连的口水贴在他的下巴上。他站起来走了,沿着那条尘土飞扬的土路朝村子西面的六幢楼房走去。

我没有想到,我们村的银匠比我更早地预知了冯家哥的命运,就像冯家哥说的,银匠早就对他的祖父冯三带发出了不能让小孩儿近水的警告。我不明白冯家哥为何做出那样的举动,但那颗牙齿仿佛一个极其珍重的礼物，我不敢轻易把它扔掉，或者用石头砸碎。我决定好好保存它。也许那时我也靠着小孩子的感应能力，提前知道了冯家哥的死亡、幻灭、销声匿迹，唯有这颗坚硬的东西能比他的肉身存留的时间更长久。

破　裂

我和冯家哥七岁时上了一年级。冯家哥有了更多的朋友，而我还是只有他一个朋友。我不习惯交谈，别人向我走来，我就开始紧张，他们说完一句话会等待我回应，我搜肠刮肚想找到合适的话语填补空白的时间，这对我来说是困难的。并且，我也不会和别人主动交流。

冯家哥旁边的位子上坐着一个长头发女孩龙娟，他们在上课的时候嬉笑打闹被数学老师撞见了。

我坐在靠窗的位置上，花圃里的月季花长得高过屋檐，花丛里有成群的蜜蜂。冯家哥和龙娟被罚站，透过月季花叶子，我看见他们在小声地说话，冯家哥捂住嘴笑，他捂着嘴是因为他的门牙也脱落了。

我很难过。我举起手来，老师问我：

"金杏，你有什么事儿？"

我说：

"老师，我想尿尿。"

这个年轻的女老师用力眨了一下眼睛。她频繁地眨眼睛，而且每次都很使劲。她说：

"你已经是这节课第二个了。你背一遍乘法口诀就让你去。"

乘法口诀在二年级的书上才有,这个老师一年级就让我们学。她让我们背诵时是竖着背,但我流利地横着背了一遍,一边背一边看冯家哥和龙娟。听我背完,老师微微一笑说:

"金杏,你现在还想方便吗?"

我不太懂方便是什么意思,我说:

"我不想方便,我只想尿尿。"

她连眨三下眼睛,摆摆手说:

"你去吧。"

我快速走出教室。冯家哥和龙娟还在花圃边说话,我走过他们身边的时候故意放慢脚步,把凉鞋的后跟拖得吱吱响,他们俩谁都没有看我。

我尿了几滴尿,回到教室门口,打了一个报告,老师说:

"进来!"

我慢慢回到我的座位。

"外面两个同学还站在那里吗?"

我说在,她又问我:

"他们在干吗?"

我说:

"在站着,说话。"

一只蜜蜂飞到我喝水的杯子里,我拿起盖子扣住了它。

老师把冯家哥和龙娟叫到教室里,大声训斥他们说:

"在屋里说,在屋子外面还说,我让你们说个够!"

龙娟的大眼睛里立刻有眼泪滚落下去。

老师处罚冯家哥和龙娟背对背站着,冯家哥要连续说一分钟对不起,他要一边说一边数,龙娟也要数但嘴巴不能出声。结束后两个人把数字分别写在两张纸条上,不一致就要再从头开始。老师经常玩这个把戏,来处罚"捣蛋二人组"。

冯家哥在下课后来到我的书桌前,他面无表情地问我:

"你为什么向老师告我状?"

我说:

"我没告。"

几个男同学指着我说:

"就是她告的,就是她。"

我不想辩解,可我心里充斥着巨大的失落。放学后,我快速收拾完书包逃离教室。冯家哥放学不和我一起走了。

我想和冯家哥和好,有一次我莫名其妙地走进那幢小楼,停在501的门口。501的房门紧闭,我听不到里面任何动静。我站了十几分钟,502的门突然咔的一声开了,我吓了一跳,出来的是那个很胖的男孩儿,他站在那里像门一样俯视我。他家门内有个假狼狗好威风,我没挪动步子盯着多看了几眼。这时他后退一步,把门哐的一声关上。我觉得受到了嘲弄,而这嘲弄是冯家哥带来的。我快速地跑下了楼。

班主任安排给我的值日任务是倒垃圾。每周五下午我都会提着我们班的那个红色铁桶走出教室,穿过操场,打开那个通往围墙外面的铁门,将垃圾倾倒在小河边的垃圾堆上。

有一个周五,我倒完垃圾站在小河旁边,看见两个毫不相干的人纠缠在一起。是那个住在502的胖男孩儿在拉扯一个瘦弱的姑娘。姑娘极力挣脱,但是她太瘦了,胖男孩儿的每一次拉回都

177

像要把她折断一样,她披散着头发,哇哇乱叫。我看见了姑娘好看的凉鞋,那是我数学老师的凉鞋,那条绿裙子也是我数学老师的裙子。我的心扑通扑通乱跳,胖男孩儿能把门摔得震天响,那我肯定打不过他。趁他们没有发现,我提着垃圾桶踉踉跄跄地往学校里跑去,我不太清楚当时是单纯逃跑,还是跑去寻人救我的数学老师。

我遇到的第一个人是冯家哥,他和一群男孩子在操场上踢球。我看了看,他们都太瘦弱了。接着,我遇上了陈校长,他抱着大肚子从我身边走过去。我张开嘴叫住了他。

我跟住陈校长穿过小铁门,来到河边的小树林里,陈校长突然停住,我差一点撞到他的屁股上。我看见令人惊奇的一幕:刚刚还在撕扯的两个人这时抱在一起,嘴对着嘴,像是吹气,又像是吸气。看得出他太过用力,像要把整个女老师都吸进嘴里。陈校长转过头抢走我手里的红色铁桶扔在墙上,□的一声,我被吓了一跳,抱在一起的两个人立即弹开了。陈校长走出小铁门,他扶了扶眼镜,厉声对我说道:

"去把桶捡回来!"

从此以后我过着心惊胆战的日子,害怕遇见陈校长,害怕碰上胖男孩儿,最害怕的是那个老师,我总觉得她会随时惩罚我一顿。她每次叫我的名字,我都能觉察出一丝咬牙切齿,但是她也对我笑,我看见她笑更害怕了。这件事情我谁都没有告诉,我把那个场景想象了无数次,他们两个人在金桃挂起来的花布上拉扯,合在一起,又拉扯,又合在一起。

没过多长时间,冯家哥起了水痘,他在家挂吊瓶不能上学。

一个周五，我倒完垃圾从学校回家时看见了在土路上站着的冯家哥。他说：

"杏，你怎么不理我了？"

他说的这句话让我觉得我应该不理他，于是我径直往前走。一辆拖拉机行驶过去，我看见他的嘴巴张合在飞扬的尘土里，但没有听见他说了什么。最后他说：

"我知道了，是师太问你，你才说的，对不起。"

我们语文老师说"师太"是恶魔的意思，后来我们管数学老师叫师太。他见我停住了，朝我跑过来说：

"杏，我好了，我已经不传染人了，明天早上去我家看日出吧。"

我渐渐理解，被我自己无限放大的忧虑其实只是我的虚构，一个站在高处四望的邀请瞬间就可以让坚固的执念土崩瓦解。后来，我接受了那个邀请，再后来，我也生了一场水痘。

我时常感到孤独，从操场西面走到操场东面，再从操场东面走到西面。有一次我从操场回来，看见同学们都围在我的桌边议论，桌子上放了一盒转转糖。转转糖是装在果冻盒的一种糖，糖液只占三分之一，用搅拌棒转圈打发，糖液会越来越多，但是无论怎么转都不会转满整个果冻盒。我的桌子上放着一盒满满的转转糖，同学们看见我回来，都在问我："金杏，你是在哪个小卖部买的转转糖？""金杏，你是怎么把它转满的？"

在大家都用贴纸贴铅笔盒的时候，我也觉得我的铅笔盒很丑，我也想把它用贴纸贴起来。冯家哥的祖父冯三带开小卖部，

179

冯家哥能不花钱就轻而易举得到贴纸。我问冯家哥：

"冯家哥，你能送我一板好看的贴纸吗？"

冯家哥把书包挂在头上，像个傻子，他正在学于小海他们吹口哨。他的牙齿脱落，满嘴漏风吹不响，只发出咻咻的声音：

"能，我送你十板，咻……咻……"

我说："我不要十板，我只要一板。"

第二天，冯家哥拿着十板贴纸，分给别的同学九张，最好看的一张被明目张胆地贴在了龙娟的铅笔盒上。

他把我遗漏了。龙娟可以和班上所有的男生要好看的贴纸，我只能和冯家哥要，他却没有给我。

我也没有想到，有一天，我和冯家哥真的不怎么说话了。

那时，我的头发超级短，只要一长就会被白桂枝剪掉。龙娟则留着长长的头发。她很漂亮，我不愿意承认。

我的同桌红玲整天脏兮兮的，有一天她突然把头发剪掉了，同学们跑到她面前问：

"红玲你为什么把长头发剪掉了？"

这个不引人注目的女生一下子受到大家的关注，她特别兴奋，向问她的每一个人解释：

"我头发上长了小虱子，我妈就把我的头发剪掉了。"

"你们要是也想剪掉头发，就得先长小虱子。"红玲说。

同学们都吓跑了。我的头皮也开始瘙痒起来，白桂枝把我刚长出来的头发又剪掉了。班上有了两个长虱子的小女孩，一个开心，一个伤心。

有一天，长头发的龙娟戴了帽子来上学。一个调皮的男同学把她的帽子揭了下来，大家看见龙娟也剪掉了长头发。三寸的头发暴露在大家眼前，让人难为情。她呜呜地哭起来，漂亮的龙娟一哭，大家都很伤心。

班长站在我桌子跟前，他指着我和红玲说：

"你们俩是谁把虱子传染给了龙娟？"

红玲也呜呜地哭起来，红玲哭了大家也觉得很可怜。最后我没哭，大家认定罪魁祸首是我。因为我上次向老师告状，这次肯定又是我干了坏事。冯家哥静静地站在他的座位上看我，一点儿都没有要帮我的打算。

上美术课时，美术老师问我们最想要一件什么东西，想要什么就画什么。一个女同学说，她想要一条小鱼。这提醒了我，我家有一水库的鱼。

我脱掉衣服跳进水库里，能一口气憋半天再漂上去。一群群红色的小鱼游来游去，它们叮在我皮肤上，很是舒服。这一次，我在水下模模糊糊中看到了网箱之外的一大群锦鲤，它们比我父亲养在网箱里的鱼要大得多。我打算告诉我父亲，但我立刻想到我是在偷他的鱼。

我网了四十六条最好看的小锦鲤准备送给同学们。

到了学校，一条鱼已经死了，我给每个同学分发完后，把我水杯里的小鱼给了冯家哥。

冯家哥的同桌是王大强，他的鼻涕无论春夏秋冬都挂在嘴唇上。他每一次吸鼻涕都会特别使劲，有时吸累了，就直接擦在棉袄袖子上。王大强夏天流透明的鼻涕，秋天和春天流黄色的鼻涕，每当看见他的鼻涕变绿，我就知道冬天来了。他的花棉袄袖子一敲梆梆响,上面盖了一层又一层的鼻涕。

下午下课时,小锦鲤的尸体已经躺在了垃圾箱里。我问王大强为什么把我的小锦鲤捏死,王大强满不在乎地说死了就是死了。冯家哥站起来,他指着王大强的大脑袋说:

"你为什么把金杏送你的小鱼捏死?"

王大强大声喊起来:

"送给我就是我的了,我就是想把它捏死,怎么样?"

"你个混蛋!"

冯家哥紧紧掐着王大强的脖子,王大强揪着冯家哥的耳朵和头发说:

"我早就看出来了,你喜欢金杏!"

这句话像命令一样,冯家哥立即松开手,他愣了一会儿,小声地说了一句:

"你……你才喜欢金杏。"

声音虽小,但是我听得清清楚楚,我感觉自己受到彻底的背叛——冯家哥把喜欢我当成一件令他羞耻的事情。那个下午,每个人的水杯里都有一条小锦鲤。我这个送礼物讨好别人的人,既没有锦鲤,也没有水杯。我独自下了一个很大的结论:冯家哥,不再是我的朋友了。

三年级时,冯家哥转学去了县城的学校,他每次都穿着好看的校服出现在鱼水村村口,只是他变得沉默寡言了。五月,冯家哥拿着做好的工具叫我去折槐花。那是他转学以后第一次主动找我玩。

冯家哥说闻到槐花香气就不想说话了。他很厉害，总能一句话就把我想了许久的感受说出来。他一边折槐花一边说，龙娟偷拿了他的贴纸贴在了自己的铅笔盒上，还非说是自己买的。那盒满满的转转糖是他把两盒倒在一起才转满的，他想送给我一盒满满的转转糖。冯家哥还说，是他跟我父亲金良生说我网了小鱼送给同学们，我父亲才打了我那一顿。他说你告我一次，我告你一次，咱俩扯平了。关于他和王大强的那次打架，他一句话都没有讲。

冯家哥三两下就爬到树枝开杈的地方，坐在枝干上用钩子一下一下把槐花串连着叶子折下来。我在树下捡拾槐花枝条，把槐花摘到塑料袋里。白桂枝给我们做了好吃的槐花面饼。面饼很腻，吃两块就饱了，和吃面饼比起来，我们更喜欢折槐花。

冯家哥从四年级开始快速生长，从他转学以后我就再也没有去过他家里，可我见到他时很想和他说话。我每次都是第一个看见冯家哥出现在鱼水村村口的，他穿着蓝白相间的干净校服，背着大书包松松垮垮地出现。每隔十四天后的星期五黄昏，放学后我都会在土路的尽头等他。我坐在那里等他的时候，有人问我：

"五万，你在这里等谁啊？"

我如临大敌，生怕暴露了等待的焦灼，于是命令自己掩藏起来。我对人说：

"我走累了，我在这里歇一会儿。"

冯家哥从公共汽车上下来，我浑身像要颤抖起来，就像我在得知他死讯时一样。

有一次，冯家哥下了车，对我说：

"我要送你一件礼物，一颗漂亮的石头。我知道你每次都在这里，就是为了等我。"

我羞愧得像小时候在他面前脱光衣服跳进水库一样，然而他说话时我没有水库可跳。接下来，我就沦陷到漫长的等待里，等他的礼物，等到了我们就和好了，一直好下去。最后，我迟迟没有等到那份礼物。

锦　鲤

在我心惊胆战的那段时间里，我们班级要选拔两名同学去县城参加数学知识竞赛，数学老师从我们班选了两个：我和另一个男生。我彻底放心了，老师没有记恨我，我说不出地高兴。

当我把这个消息告诉金良生和白桂枝，他们说：

"去，去拿个大奖回来。"

当我把还需要交两百块钱参赛费告诉他们时，白桂枝看了看金良生，金良生喝了一口凉白开：

"应该不是一个档次高的比赛，档次高的比赛一般都不收钱。"

我站在金良生和白桂枝面前不走，我的手掏在裤兜里，紧紧捏着一个五分的硬币。我在大坝上和冯家哥下棋的时候捡到了它。硬币在我的裤兜里待了太久，已经潮湿起来。我想告诉他们，你们不用给我两百块，你们只要给我一百九十九块九毛五分钱就好了。白桂枝坐了一会儿就去剪指甲了，金良生又拿起茶缸喝了一口凉白开。

金良生虽然那么说，但他下午还是去借钱了。我下午放学回家，看见桌子上放着三张钞票，一张崭新的一百，两张破旧的五十。

我拿起那三张钱，把它们叠得整整齐齐，走到金良生面前。金良生正在砌我们家的鸡笼，一根铁丝把他的手指划破了。他看着我把钱递给他，皱起了眉头。我学着我妈说：

"你别皱眉头，你皱起眉头来，一条眉毛高，一条眉毛低，真丑。"

我告诉他，我把名额让给了我们班的龙娟，所以不用交两百块钱了。放学的路上，我回想起龙娟兴高采烈地告诉同学们老师改主意了，要让她代表我们班去参加数学知识竞赛的样子。而且，她立马从口袋里像掏卫生纸一样掏出来两张一百的钱。我走在通往我家的土路上，闻到了谁家煎鱼的香味。

我本以为我会受到表扬，但我父亲听我说完，用他还在滴血的手拍了我的脑袋一下，虽然不疼，但我的眼泪咕噜咕噜掉出来了。我不敢看他的眼睛，我再也不说他的眉毛了。金良生摸了摸我的头说：

"你哭啥？"

我说：

"我想吃鱼。"

金良生承包了我们家东面的鱼水水库，水库里养了鲤鱼。渐渐地，我能吃到芹菜肉馅的饺子了。那些鱼让我父亲赚了钱，他把生我处罚的五万块钱都还清了，还买回来一辆二手的小货车去省城送鱼卖鱼。

185

我父亲去省城卖鱼时要么自己去,要么带我二姐去,他从来不带我。我二姐金桃每次回来都会拿回大把的扎头绳,可是我的头发一直连一个小鬏都扎不起来。

一个暑假的早晨,我起得早,自己穿好了衣服坐在大坝上,看我父亲从网箱里把鱼装上小货车。他走到哪里我就跟到哪里,我也不说自己想去,我只是一刻不离地跟在他身后,并在心里默念:菩萨保佑,菩萨保佑。我看见金桃跳上了小货车,我父亲轰开了油门。突然,他打开车门说:

"上来!"

我坐在货车上,一个半小时后开始呕吐,只能闭着眼睛一遍又一遍地问我父亲什么时候能到省城。胃要不断地受折磨是我对外面世界的第一印象。

不断增高的楼房上玻璃闪闪发亮,这里的楼房比六幢楼要高大多了。到了市场,我父亲把小货车开进去,我二姐金桃轻车熟路地带我去了动物园。我看见大家都从一个门里进去,也跟在他们后面,我二姐一把把我拽出来,她说从正门进去是要花钱的。我们从围栏上钢筋破损的地方钻进去,见到她经常说起的那只白孔雀、一群红屁股的猴子和一个巨大的坦克模型。

我二姐带我来到小摊前,羊肉串五毛一串,她自信满满地和卖羊肉串的大妈讨价还价,最后花了一块钱买了两串。羊肉串硬邦邦的一点儿也不好吃,但是我吐空的肚子需要它们。我吃完以后,金桃让我看她张开的大嘴,问我她牙齿上有没有东西,我给她剔出来一片辣椒皮和一粒孜然,这样我们的父亲就不会发现我们吃了羊肉串。

一个小摊主向我展示夜光手链的神奇,他让我拢起手来,在不太纯正的黑暗里,我果真看见萤火虫一样的绿色光亮。我二姐手里还有一块六毛钱,这就意味着买了她喜欢的扎头绳就不能买我喜欢的夜光手链了。最后,她慷慨地为我买下了夜光手链。走过一条街以后,她把那条看中的扎头绳从袖子里面掏出来向我炫耀,还问我:

"大姐好还是二姐好?"

我说:

"二姐好。"

我觉得那是伟大的一天。夜晚,我躺在鱼水水库边我家的床上,仿佛听见水库的波浪声。我觉得自己干了一件大事。夜光手链在我的手腕上散发微光,绿色光亮那不清晰的边缘让我联想到金刚石、星星和宇宙,我又在心里默念:菩萨你真好。

每次我父亲卖鱼回来,都会笑嘻嘻地数钱。有一次我放学回家看见了,我父亲立刻坐起来说:

"滚一边去!"

我偷锦鲤送同学的那天,水库里被人下了药,鱼翻了白肚子漂在水面上。那些鱼再长些日子就可以卖了,卖了鱼我父亲就可以笑嘻嘻地数钱了。

金良生在水库边上捞死鱼时,冯家哥已经把我网鱼送同学的事告诉了他。金良生看见我放学回来,吐出嘴里的烟卷,一脚把我踹到水库边:

"你给我滚!"

我的裤子浸湿了,一条小鱼在我裤管里扑腾了一阵。我站起来,哭着说:"爸,我做错啥了?"

金良生又踢了一脚水。

"连你也打鱼的主意。"

他吐了一口痰,回家去了。那口痰随着水漂荡,它就要粘在我裤子上了,我赶忙走出水去。

我从水库里出来,揉了揉被我父亲踹疼的屁股。我倒出鞋里的水,裤脚里还有一条小鱼,我把它放进水里。它白肚朝天扇动着鳃,在我的手里残留了几片红色的鱼鳞。我沿着土路往村子里走。

王皮的儿媳妇王晓玉问我:"五万,都快黑天了你去哪儿?"我擤了一把鼻涕说:"我饿了,你能给我点吃的吗?我吃得不多。"王晓玉把我领回家,她拿了三块威化饼干,给我两块又放回去一块。我吃后,问王晓玉:"你家会不会漏雨?你家的房子有一片瓦滑下去了一半,烟囱后边第二行。"

说完我就走了,走出鱼水村,一直往东走,走了一会儿我又决定往西走。书包里的课本都泡了水,它们死沉死沉的,把我压哭了。我走着走着就来到镇上,天黑下来,我看见我的姑姑金凤生,她的围裙上沾满面粉。

我姑姑给我换了干衣服,煎了馒头片,馒头片外面还裹了鸡蛋。张国栋坐在边上看着我,我姑姑说我吃剩下了他才能吃。

她骑着送馒头的三轮车载着我,我问姑姑:"你要把我送回家吗?"我姑姑说:"不回家你能去哪儿呢。"我说:"我不回家,我爸不要我了,他还要把我扔进水库里。"我姑姑说:"扔进去你也淹不死呀,你不是会水吗?"我摇头:"他要把我扔进去,我就不蹬水,等着淹死。"我姑姑哈哈大笑起来。

我舒舒服服睡了一觉,半醒半睡时有个人摇晃我起来。我还是很困,搓搓鼻子,闻到了浓重的烟草味儿,我说:"爸,要吃晚饭了吗?"他说:"是早饭,吃了去上学。"

水库的水经过一季的换养之后,我父亲又开始养鱼了。这次,他在水库源头的那棵粗壮的松树下挖了两个大池子,请了工匠用瓷砖砌好,养了几天水,用小货车运来了两种颜色的锦鲤。东边的池子养红色的火鲤,西边的池子养白色的雪鲤。一块石碑立在两个池子中间,上边写着"鲤鱼泉",是我外祖父的字。石碑的底座上雕刻着两尾肥硕的鲤鱼,是落碑的那天我的小石匠姐夫送给我父亲的,我父亲亲手撕掉了蒙在石鲤鱼眼睛上的红纸。

王皮的儿媳妇王晓玉生了孩子,我父亲在北边的池塘里捞了一条体高背宽、色艳肉厚的火鲤给王皮家送去了,给王晓玉补气养血。冯家哥祖母出丧的那天,我父亲捞了一条雪鲤拿去了冯三带家里,放在桌上祭拜。

从那以后,鱼水村的人添了人口就去找我父亲捞火鲤,有人死去,就去找我父亲捞雪鲤。我和冯家哥有次去摘酸枣,他趴在雪鲤池边看得入神,他说,这是世界上最好看的鱼了。

石 头

我父亲修鲤鱼泉时,矿藏基本被采空,七〇一矿宣告停止开采,矿坑原址上要修建钻石公园旅游区。职工们全部下岗。我同学王大强的父亲也下岗了,跟着我父亲养鱼,给我父亲打下手。

宣布停产的那天我父亲穿上工作服去了矿场,回来时他从口袋里掏出两块松绿的金伯利岩石放在写字台上。

"完了,真的要完了。"我父亲说。

后来,我回望矿坑的时候,在父亲金良生破烂的笔记本上发现了一段矿场的记载。二十世纪七十年代初,这里被发现蕴藏着大量的金刚石矿藏。勘探队勘探后,建成了七〇一金刚石矿。金伯利岩开采矿坑占地一百多亩,深近一百二十米,是全国规模最大的金刚石原生矿,它直接隶属国家建筑材料工业部。二十世纪八九十年代,曾先后开采出两颗重量超过一百克拉的金刚石。建成之初,总共有五百零四名职工。当年我父亲拥有这本笔记本时,他也是五百零四中的一员。

我拿出那颗牙齿,说:

"这是冯家哥送给我的牙,你给我打个孔行吗?我想戴着它。"

金良生问我:

"你为啥要戴他的牙?"

我觉得这不是一个问题,因为我找不到合适的答案,我说:

"我觉得好。"

他拿出在矿场工作时用的工具,先把上面的铁锈用砂纸擦干净,然后在那颗牙齿上钻了一个圆圆的孔,小心翼翼地问我:

"这样行吗?"

我点点头。

我祖父金二是个痴呆,我母亲嫁给我父亲金良生之前,他就终日在鱼水村游荡了。金二的头发长时间不修剪,他穿着破破烂烂的军大衣,和他的大黑狗一起游荡在街道上、田地里,隔得远了,分不清哪个是人,哪个是狗。

金二一个人住在大坝边的五间屋里,一觉醒来,头发上沾着几根残断的麦秸,黑狗在院子里打盹。金二虽然脑子不清醒,但他会计算我姑姑在哪一天来给他送饭。他算好了,早晨就坐在门槛上等,等着从他大门里进来的那个女人和她拎着的红包袱。

我姑姑金凤生多送点饭来,就可以少来一次。她嫁到镇上,每次从镇上回来,黑狗就一骨碌爬起来,深深地低下头去,围着她残存着面粉味道的裤脚打转。金凤生每次出门都会拎着她新婚的龙凤包袱,金二从包袱里找出馒头狼吞虎咽吃起来,吃完就在金凤生的包袱里拉了屎。金凤生发起疯来,一边追打金二,一边大骂:

"老不死!你个老不死!"

金凤生在金二把屎拉在她包袱里以后,就不给金二拿馒头吃了。她故意多隔了两天才去给金二和他的狗送饭。

那个早晨,金凤生骂骂咧咧推开柴门,发现狗死了,侧躺在院子里。门槛上没有金二,金凤生站了一秒钟定了定神,跑进屋里,看见金二睁着眼睛躺在床上一动不动,一只手垂下床来。她胳膊上的包袱重重摔在了地上,金凤生大叫一声,哭起来:

"爹啊,你这是咋了,我饿着你了。"

金二嘿嘿一笑,朝着包袱扑过去。金凤生一巴掌打在金二背上:

"你要吓死我。"

她破涕为笑，忙去给金二解包袱，又给金二烧水，还给金二炒了两个小菜。

金凤生第三天来的时候喜气洋洋，她又给金二带馒头了，还给金二斟了一盅酒，然后她好奇地问：

"爹啊……爹，你先等会儿吃，你是不是有块小石头？"

金二举起来手里的馒头：

"馍……馍……"他嘿嘿笑着，又吃起来。金凤生终究没有找到那块石头。

金凤生扛着铁锨，拖着老狗，准备把它埋掉。她铲了几下土，只挖出一个小坑。狗太大了，她得挖一个大坑。金凤生掀开废弃老井的盖子，把狗的尸体头朝下扔了进去，又往里盖了几锨土。

又过了三天，金二真的死了。金二从二十多米的水库大坝上掉下去摔死了。

我祖父金二还活着时，他把玩了好几年的透明石头在矿场建设之初突然受到大家的关注。金刚石渐渐成为鱼水村人谈论的话题。矿上运下来的废弃的小块儿金伯利岩铺在田地边，小孩子和大人拿着小锤子叮叮当当地敲打。大家都想在那些松绿的石块里找到米粒大小的结晶，黄的、红的都行，白的那就更好了。

王皮突然扔掉锤头，他拍打着自己的脑壳：

"哎，金二的那个宝贝，那块石头会不会是……"

突然之间石头也能卖钱，鱼水村的人多少有些惊愕。

王皮的心血来潮引起大家浓厚的兴趣。金二对周围突然到来的热情询问时刻保持警惕。

王皮神秘兮兮地对村里人说：

"前天晚上我去找牛，你们都知道我家牛的脾气，就是那头半大公牛，跑到林子里死活不出来。后来，我牵着牛往回走，走到大坝边，你们猜怎么着？"

"咋着，看见鬼了？"

王皮受到鼓舞，一拍大腿：

"蓝光。我看见金二的屋子散着蓝幽幽的光。我拴好牛，贴近了门缝看，金二床头上那块石头发光呢。金二还翻了个身子，抓了抓屁股。我再把门缝开大点，我的娘，一条红花蛇吊在门框上朝我吐信子。老狗这时候也叫起来，吓得我呢。"

大家将信将疑地看着王皮，王皮又一拍大腿：

"骗你是你孙子！"

勘探队员们还没来到鱼水村的时候，痴呆金二不知道从哪里找到了块好看的石头，他把石头当宝。村里人都知道金二有块石头，可能是块水晶石，大家见了金二就逗他：

"哟，金二又揣着你媳妇呢。"

"金二，把你的石头给咱也瞧瞧！"

金二裹一裹破大衣，骂人一句：

"宝贝也是你们能看的。"

矿场开始动工了，金二的石头引起了纷纷的猜想。

"金二啊，矿上要派人来鉴别你的宝贝呢，你这宝贝是捡的，就得还给国家。"

鱼水村书记冯三带蹲在鱼水村的大坝上抽旱烟，金凤生拐着

红包袱来了。冯三带甩甩烟锅示意金凤生过去,咳嗽一声说:

"你爹的那块石头我要他不给,你得做做工作,是不是都得交到矿上去鉴定。"

我姑姑听完,甩下一句话:

"你算老几啊,我爹不光有石头,他脚趾头缝儿里还有泥巴呢,泥巴要不要鉴定!"

金二的狗死了,过了几天,金二也死了。金二的脑袋摔得扁扁的,像一个竖立的巴掌。

派出所调查了一番,没有什么线索,以痴呆症老人失足摔下致死结案。

金良生从部队请假回来,顶着白帽子为金二送葬。他晚上睡觉的时候,琢磨了好多事情。白天他还发现,金二的屋子周围被翻起一大圈新的土壤。

十六年后,我父亲又重新住到了祖父金二的房子里。一天早晨,我二姐金桃被我父亲金良生叫醒,她随手把一件宽松的棉衫罩在身上。新苗刚出,必须赶在大太阳烧热前,把菜浇过三遍,菜苗才能活下去。

金良生在菜地种了白菜和萝卜,白菜是包心大白菜,萝卜是瓷实老白根,去年的品种。新苗钻出头,像刚挨过打的孩子老老实实地坐在饭桌上。菜园在自家桃园里,桃园有一口井,金良生和金桃来到井边,金桃脱了鞋踩在凉凉的土上,金良生用扁担钩钩住铁桶放到井下汲水,铁桶叮叮当当敲打井壁的石块。

菜苗基本出齐了,浇过两遍,金良生坐在扁担上抽起烟来。

他透过飘散的烟雾看着自己的二女儿,她吃不好,肋骨凸显,胳膊和腿细长,头发乱蓬蓬的。

待水浸得差不多了,金良生抓起扁担,把桶放下井,用力一甩,扁担变轻了,桶落在井里了。这井别人不用,自己偶尔用一次竟然吞了桶。他把烟头扔在地上,伸头一看井底黑乎乎一片,他试图用扁担钩钩起桶的提手来,然而只听见金属碰撞的声音,他转头对金桃说:

"回家拿手电筒来。"

金桃穿上鞋跑回去,不一会儿就回来了。

金良生咬着手电筒一级级踩着井壁的石头下到井底,石头上长着毛茸茸的苔藓。井底凉沁沁的,水刚没过小腿,金良生提起铁桶,拍打了一下,挂在金桃提着的扁担钩上,水滴滴答答落在水面和他的头皮上。

金桃缓缓往上提,快到井口的时候大叫一声,她把铁桶猛地往下放了一截才收住。金良生吓得忙用手捂住头,手电筒掉在了井水里。金桃在井沿儿上笑得前仰后合,井底传来瓮声瓮气的叫骂声。

手电筒在清冷的水里发着惨淡的光,金良生慌忙去捡,他一辈子也忘不了自己看到的景象。手电筒照向另一侧井壁的底部,一颗石头拨开飘摇的苔藓,正吞吐柔和的光,几根肋骨从薄薄的污泥里支棱出来,隔空护住它,一尾白条鱼一闪而过。他双手托着那颗石头,一屁股坐进井水里。金桃朝着井口大喊:

"爸,你咋了……爸……"

我的祖父金二把他的石头藏在了黑狗的肚子里,狗被金凤生

195

扔到了井下。

金刚石让我的父亲产生了许多美丽的幻想，他的心不安地躁动起来。最后他决定要用这个宝贝做一件大事情：生一个儿子。

我父亲要儿子的梦想在他最贫穷的时候就已经发芽了。

每年年初二，本家兄弟要在一起吃年饭，众兄弟坐一桌，众妯娌坐一桌。孩子们男孩儿坐一桌，女孩儿坐一桌。金良生看着男孩儿那一桌，他十五个兄弟都有儿子坐在那里吃饭，但那里面没有他的儿子。

性　别

白桂枝曾要求我父亲娶她，金凤生也曾要求我姑父娶她，这是她们达成的第一次一致。我还在白桂枝肚子里的时候，她们对我性别的鉴定达成了第二次一致。

我母亲告诉我，我姑姑那时与她做了一个占卜游戏，规则是我姑姑设定的。

"你和我一起数数，每人每次说一个或者两个数，谁先数到三十谁就赢。连数三局，你赢就打掉，我赢就留下。第一局谁先数？"

白桂枝："这是从哪里学来的哦？我先！一，二。"

金凤生："三。"

……

白桂枝："二十五。"

金凤生："二十六，二十七。"

白桂枝："二十八。"

金凤生:"二十九,三十!我赢了一局。"

白桂枝:"什么鬼伎俩!这次你先数。"

金凤生:"好,一。"

白桂枝:"二。"

……

白桂枝:"等等,二十五……二十五,二十六。"

金凤生:"二十七。"

白桂枝:"二十八,二十九……三……"

金凤生:"三十!你看,我又赢了,第三局不用数了。孩子留下,这是老天爷的意思。"

白桂枝和金良生结婚后再没有编过蚊子草,他们住进了六幢楼里。

白桂枝嫁给金良生的第二年生下了大女儿金柳。金良生从矿上下班回到家里,就端着脸盆到河边去洗尿布。其实家里可以洗,但他非端着盆子到河里洗,哪里人多他往哪里去。

鱼水河汛期,水把河道冲刷得干干净净,金良生端起洗脸盆,盆里装了半盆尿布。

他来到鱼水河旁边,找块干干净净的石板,挽起裤脚蹲下去,又从盆里拿出一块块尿布,尿布上有尿,还有青黄色的便,闻起来腥腥的,又分明带着些甜味儿。

一只小狗吧嗒吧嗒走过来,想要去舔尿布上的便,金良生捡起一块小石头吓唬它:

"狗崽子,吃得倒新鲜。"

金柳八岁那年的夏天,金良生不愿意戴帽子洗头,白桂枝的节育环出问题,意外怀孕。他们必须做出选择,工作和孩子选一个。

金良生背着白桂枝下楼,他们要去医院做人流。白桂枝说:"你必须把我背下去,一直背到马路边上,做完了你还得把我背回来,我就去。"

金良生把白桂枝背到了鱼水河边,鱼水村的人看见他俩都问:

"你们这是要去干吗?"

金良生气喘吁吁地走上了桥。

金良生看见王皮在河边洗东西,他看清楚了,河水里漂着尿布,尿布上有王皮儿子黄绿色的屎,还有腥腥的甜味儿。他看着一个小男孩背着书包走过来,走过他们身边时,还抽了一下鼻涕。他后悔了。

最后,白桂枝怀孕的事被举报,金良生把她藏了起来。他不再是一号岩管组长,他背上的皮带皮鞋印密密麻麻,还被拉去做了结扎手术。最后,金桃还是出生了,金良生被处罚,成了穷光蛋。

这年秋天,金良生抱着金桃,金凤生领着金柳,白桂枝推着一个半旧的马桶——那是他们刚结婚装修后换下来的,这一队人行走在向北的土路上,路边开满黄色的野菊花。他们不能住楼房了,他们要去大坝边金二的五间屋老房子。

从被拆卸下来搬出六幢楼,白桂枝的那个马桶再也没有发挥它的作用。

我父亲下定决心，要用井里的那块金刚石去实现他的梦，他想要端着脸盆第三次去河边洗尿布，洗他儿子的尿布。

金良生把那块石头送给了兽医于海，于海托自己在县医院工作的姐夫疏通了金良生结扎的输精管。我父亲金良生的手术很成功，他吃了几副汤药，那堵塞多年的输精管重新开始工作。

多年以后，我从外地回到家里，母亲带我去松林里采摘酸枣，用酒泡起来冬天食用。据说，我母亲就是在松林里鲤鱼泉边的小石屋里怀上的我。

那里的石头确实够老旧了，上面长了一种叫作石头花的苔藓，被松树繁盛的树冠遮挡得严严实实。我想象那是一个天气多变的夏天，我父亲和我母亲在花生地里锄草，那些长势汹涌的害草将根系扎进土壤深处，夺走庄稼的养料。雷声从高坡滚下来，雨来了，害草又有活下去的好机会了。

我父亲母亲冒着被雷劈死的风险奔到石屋里避雨。大雨倾盆而下，沟地里的水裹挟着泥土汇入鱼水水库。暴雨没有很快过去。

那样的傍晚总是令人莫名地恐惧。我父亲在大雨里抱住我母亲，开始他们抵抗恐惧打发无聊的旅途。草丛里的蛐蛐叫得欢快，闪电的光束透过郁郁葱葱的枝叶漏下来，屋外雷声大作，疯狂摇晃的树木遮挡了一切。

随后，我母亲提着一只大母鸡去了我外祖父家里。我母亲跪在地上，哀求我的外祖父：

"爹啊，我拿来一只养了七年的母鸡孝敬你。"我外祖父知道

199

我母亲的意图，她想让他帮忙号脉，看是男是女，女孩就去流掉。

我外祖父听了我母亲的话，头也不抬地说：

"你起来吧。"

他指了指床边的拐杖，让我母亲给他递过去。

我外祖父拄着拐杖颤颤巍巍走到院子里，从鸡笼里提出那只笨重的母鸡，用尽一个老人全身的力气扔到墙外面。我八十五岁的外祖父断然拒绝了我母亲的请求。

我父亲躲在门外，他看见没过多久我母亲提去的母鸡被隔墙扔到了街上。胖母鸡被绑了腿，不断惊叫着，扑打着翅膀钻进柴垛。

院子里，我外祖父坐在地上大叫起来：

"你回去告诉金良生，我是不中用了，可是谁也不能坏了我的功德。"

这可吓坏了我母亲，她忙把她年迈的父亲拉起来扶到床上。

我母亲从外祖父家里出来，看见我父亲钻在柴垛里逮我家那只受惊的母鸡，只露屁股在外面扭动，我母亲走过去又倒回来，在我父亲的屁股上狠狠踹了一脚。

我父亲又带着他的大母鸡去了于海家，重申他那块金刚石的不可多得。于海带着金良生和我母亲去找自己的姐姐于文爱。

当时在鱼水村，于文爱是卫生所的护士，她走到哪里都会高昂着头，她看村子里的男青年都像看狗屎一样。

我母亲白桂枝从来都厌恶极了于文爱这个女人。于文爱这个要奶没奶要腚没腚的女人，当时还与她争抢勘探队的一个高个子勘探队员,结果勘探队员谁都没看上,拍拍屁股走人了。

坐在沙发上的于文爱很年轻,我母亲低下头,奉承于文爱:

"你脸上竟然一点褶儿都没有呀。"

"是啊,还是和年轻时一样好看。"我父亲说。

于文爱假笑一声:

"哪里啊,你们……不容易吧。"

于文爱终于答应给我母亲做 B 超,她有一个条件:我母亲生孩子以后胎盘要送给她。我母亲从医院里出来,她扶着柱子开始干呕,对我父亲说,没想到于文爱那么恶心,竟然想吃我的肉美容养颜啊。

末了,我母亲甩开我父亲的手,说:

"她只是年轻,一点都不好看!从来就没有好看过!"

我父亲大气不敢出,跟在我母亲身后。

于文爱那天一共鉴定了两个胎儿的性别。其中一个就是我。

我的父母坐在板凳上,看着桌子对面的于文爱。他们因为紧张全身僵直。于文爱终于说话了:

"现在还看不明确,女孩的可能性大一些。"

我父亲放了一个屁,我母亲叹了一口气,他俩随着气体的排出一起松垮下去,像两个被扎漏的气球。于文爱又说话了:

"男孩也有可能,你过段时间再来做一次。"

我父亲母亲一起走出医院。

于文爱是在三天后被警察带走的,我母亲倒抽一口凉气。她开始和我姑姑金凤生平心静气地说话了。

我姑姑在纸上列出远近村里十二个神婆,她和我母亲排除掉九个。在接下来的三个月里三个神婆无一例外都预言我会是一个男孩。

在我母亲最后决定时,我姑姑和她做了那个早就设计好的数字游戏。我没有告诉我母亲,我精于算计的姑姑耍了诡计:只要每次说出的数字最末一位是三的倍数,就一定会赢。而我的母亲把那看成了上天的旨意。

我出生后,我母亲特意带回了胎盘,吩咐我父亲要把胎盘给于文爱留着。

我母亲曾猜想于海可能把那块鸟蛋金刚石给了于文爱,但我父亲说于海忙活半天怎么能一点好处都不给自己留,于海从不做亏本的买卖。

我是在下午出生的,我的父亲那时正在田里割麦子。听说第三个女儿而不是儿子已经来到人世,他在麦田里从最北头走向最南头,一头扎进黄色的麦浪里。

父亲在我出生后得了奇怪的梦游症,有的时候一觉醒来泡在水库里,有的时候一觉醒来在矿坑边。

我的母亲对她的女儿们说:

"不能再让你们的爸爸梦游了,今天晚上就得捆住他。"

当天晚上,金良生对白桂枝说:

"我要睡觉了,你快捆住我吧。"白桂枝用捆麦子的绳子把金良生捆在床头的木栏杆上。他晚上睡着后大喊大叫,白桂枝叫他叫不醒,我二姐在他脸上泼了一瓢凉水他就不叫了,倒头就睡。第二天开始,他迷迷糊糊说起痴话来。在迷糊之中,他被拉去做了永久的节育手术。

我母亲担忧起她的人生,她觉得我的父亲马上就痴呆了,和我死去的祖父金二一样了。

我姑姑去找名单上最先被划掉的神婆给我的父亲看病,她回来指着那个包裹我的小褥子,对我母亲说:

"这小东西冲撞了金良生,我抱去养一年,戾气磨掉了,再还给你。"

我姑姑走到大门口,回头对我母亲说:

"还没有名字呢,你起一个吧。"

我母亲摘掉头上的毛巾说:

"罚了五万块钱,就叫五万吧。"

五万是我的小名,我是三个孩子中唯一一个有小名的。大名是我木讷的姑父张宪普起的,叫金杏。

所以,那个下午我被我姑姑抱走了,她用馒头糊糊把我喂到一岁。

我外祖父说我父亲得了个小病,不是我冲撞了我父亲,他叫我母亲把我抱回去,我母亲不信。金良生在我被抱走后一个月就好了起来,是我母亲把他给医好的。十一个月后,我被重新抱回,姐姐们眼睁睁看一个奇怪的孩子再次和她们分享一个家。

我父亲在我被抱走以后又梦游了一次。第二天晚上,白桂枝买了十包针,均匀地插在三个条状泡沫上,针尖向上,她告诉我父亲:

"今晚我不会捆你了,你自己起来的时候看着点儿,一脚下去可就残废了。"扎着针的泡沫被放在地上半个月,我父亲奇迹般地好起来，再也没有梦游过。

萌　动

我有很多名字。

我妈和金良生对我说："滚一边去。"我大姐、二姐对我说："喂，是你偷吃了李响的饼干吗？""喂，你再拿我的头花我就掐断你的爪子。"

我姑姑对我说："三个馒头，你吃到哪里去了？"冯家哥和同学们对我说："金杏，你的数学考了一百分。"我的外祖父对我说："小东西，你又来了？"鱼水村的人对我说："五万，你爸又去卖鱼了？"

他们叫我什么我不在乎，他们叫我，我就走过去，他们说完，我再走回来。我讨厌上学，那些小人儿没有一刻不在说话、尖叫。冯家哥转学后，没太有小伙伴和我说话了，我经常坐在大坝上看我祖父被青草覆盖的坟包。每年我都吃掉祖父的祭品，我认真检查过，他吃剩的祭品上都没有沾上口水。

我不太清楚是从什么时候开始，我看祖父金二的坟头不再只是一堆土。因为我和冯家哥一起看见他祖母的棺材被埋进去，地上就多了一堆土。冯家哥的祖母干干瘦瘦，头发稀少蓬松，好似芦花鸡的羽毛。现在想来，我记得她站在鱼水河最不热闹的地方，冲洗发黄的布袜，看见我后招呼我过去，给我一把树莓吃。她养了一头乳黄色的小牛，有一年夏天暴雨过后，空气清新，鱼水河河水暴涨，我和冯家哥站在河的这一边，快速流动的黄水把她隔在河的另一岸。她和那头小牛站在树林边缘，披着塑料布遮挡飘落的雨丝,仿佛一只待卖的白羊。后来,她开始赶小牛过河,一步一步艰难地涉水,水变换着线条穿过她的腰间。鱼水河从来没有那么宽过。她在靠近,更像是远离……

每次跟冯家哥去冯三带家,都会看见那个话不多的老太太蜷曲在沙发垫子上,周围散落着一些色彩明丽的布头和塑料珠子。她总是笑吟吟的,有次还串了一串珠子,戴在我的手腕上。

我二姐金桃在螃蟹壳边发现它时,问我:

"你这东西哪儿来的?"我说冯家哥祖母送的。金桃听了,一把就把珠子扔到门外。

"什么好东西!也往家里带!"后来我才明白,冯家哥的奶奶擅长做寿衣,我们村里的老人都去找她做衣服,那些滑溜溜的珠子自然也是做寿衣用的,金桃说放在家里不吉利。

她穿着自己缝的衣服躺在屋子中央的样子,我至今还记得。

有时候,我深切地怀想我的祖父,我还把我听到的祖父的传闻编成故事讲给浅水的鱼听。我的祖父在哪里捡到鸟蛋金刚石,金刚石在夜晚会不会发出蓝光,会不会有蛇护卫它,祖父怎么把石头喂到黑狗的肚子里,他为什么突然从大坝上摔下去……有的故事我连接不起来,就胡编乱造,总之我说服了自己,而且我觉得我也说服了鱼,它们在水边的草丛里翕动着鳃,没有游走。

我不想和人们说太多的话,我需要时间来思考一些若有若无的东西。比如我闭着眼睛想象从二十多米的大坝坠落是怎样的感觉,屁股和头哪个先落地,在落地的一瞬间会不会很疼,人是活着还是死去了。我在作业本上勾画那块金刚石的形状,那块姑姑经常对父亲说起的石头,村里人已经遗忘的石头。

我二姐在厕所拉屎,她扯着嗓子让我给她送手纸,我家没有卫生纸了,我把作业本递给她。我在作业本第一面画了一个人坠落到地上流了很多血,她指着画问:

"这是一颗掉在地上的鸡蛋吗?变质了?"

我说不是。她翻到第二页,看见了那颗丑陋的金刚石,又看见后边几页上鬼魂在张大嘴吃蝙蝠、冯家哥死去的祖母和我的老得不成样子的祖父一起倒挂在树上划火柴、一只刚被剥掉壳的蚌在石头上蠕动……我二姐蹲在茅坑上翻到最后一页,突然抬起头来对我说:

"不准在作业本上乱画,再浪费纸我就告诉爸妈。"

她又翻到第一页,撕下了那个跌落的人,抬起头对我说:

"好了,你走吧,我要擦屁股了。"

矿坑像一个巨大的陀螺砸进地里又被拔出留下的空间,苍苍杳杳。站在矿坑边往下看,一圈一圈的路盘旋到最底部,在第四圈的土壁上能看见巷道的出口,后来,矿坑第五圈的土层也坍塌了。冬天,地下水会渗出土层,白色的冰像巨大的幕布挂在矿坑南侧背阴的土壁上。天气一转暖,冰层开始松动,吸引很多小孩儿去玩。

我坐在一块石头上,看着我二姐金桃和哑巴男孩儿于光辉互相丢冰块玩耍,我的二姐金桃的尖叫声极其响亮,他们玩得很开心。

过了一会儿,于光辉抱着一块很大的冰块兴冲冲地来到我的面前,他沙哑着嗓子朝我喊:

"啊……啊……"他想让我一起加入他们，但是我一点儿都不想动。

我依旧坐在那块石头上，于光辉呼哧呼哧喘着气。尔后，他把那块大冰块渐渐举过头顶，有一滴融化的水落到我的额头上，凉沁沁的。我抬头看见了冰块里的太阳。接着，我听见冰块碎了，它们散落在我的周围，仿佛一群白色的小鸡。我看见我二姐扭动着身子跑过来，她惊讶地盯着我看。接着我就觉得我头上在往下滴水，水滴到我的袖子上，是红色的。

我从石头上站起来，于光辉如临大敌。他跑了几步摔倒在地上，手抠进土里，惊恐地看着我。我迅速找到地上最大的一块冰，朝于光辉的头砸过去。

我回到家，李响正倚着墙剥花生吃，他看见我脸上衣服上的血大叫了一声。我没有理他。白桂枝在撅着屁股铲炭没有看见我。金良生正在捣烟囱里的灰，我朝着他走过去，他头也不回地说：

"过来吃灰啊？"

我绕到他的面前，我看见他扔了烟囱，走过来查看我的伤口。

我二姐吃桃子一次吃两个，左一口，右一口。我二姐吃泡泡糖一次吃两块，左一块，右一块。我不知道的是，我走了以后我二姐朝于光辉的嘴里塞了满满两把土，还吐出嘴里的两个泡泡糖，均匀地缠在了于光辉的头发上。

于光辉哭着跑回家。我回家没多大会儿，于光辉的妈妈就领着他的儿子走上坡来。她指着我就开始骂了：

"欺负我们儿子哑吗?欺负我们儿子小呀……有爹娘生没爹娘养,这样厉害,幸亏不是个儿子,是个儿能把我孩子给吃喽啊!呜呜……"

于光辉的妈妈走近了,她突然不骂了,她看见我头上干结的血迹比她儿子头上的要多,她高挑的眉毛里暗暗有些得意,她认为在我和他儿子的这场打斗中我吃了亏。

我母亲把铁铲子扔进铁桶,她站在马桶上,显得很高大:"我闺女能找到男人跟她生儿子,哑巴能不能找到女人跟他生儿子还没准儿。"

于光辉的妈妈要扑上去扇我母亲的嘴,我父亲哎哟哎哟地大叫着把烟囱一横,那女人打了一个趔趄,烟囱里的灰呼啦一下倾倒在女人的头上脸上。

她哭得更凶了,坐在地上,哭她的命运,从她的公公到她的丈夫再到她的儿子。于光辉则坐在我家的小板凳上,认真揪他头发上的泡泡糖。于光辉的母亲流下的泪水在黢黑的脸颊上冲出两道白印。

我默默地站在门框边看着,我母亲摘下套袖清洗了我的伤口,又用食指戳我的脑门说:

"没出息!"

于光辉和李响坐在台阶上剥起了花生,他们吃够了花生手拉手一起出去玩了。后来,于光辉的母亲哭累了,拍拍屁股站起来,在我家的脸盆里洗了脸,在炉灰里走远了。

这时候,金桃回来了,她若无其事地走进地窖,拿出一小块地瓜,在热炉渣里挖了一个洞,把地瓜埋了进去。

那个疤在我头上逗留了很长时间。到最后,我看见它已经完全好了,还是让那个保护伤口的纱布粘在头上。我把它当成一种与众不同的装饰,最重要的是,只要纱布还在,我会得到更多的关注。

在我还没有出生的时候,金桃从金柳的枕头底下找到了一个石头小人儿,小人儿是邻村的小石匠送给金柳的。小石匠心灵手巧,照着我大姐的模样雕了一个石头人。

我二姐把石头人拿给我父亲金良生看,却被他一把扔到院子里。金柳哭着去捡,金良生大声喊:

"不准拾。我跟你妈生出你弟你才能谈婚论嫁。要不你抱回孩子来,人家不知道你生的还是你妈生的。"

我大姐的儿子李响比我小四岁,却比我多吃两包大米花。

我记得我二姐对阉割小猪很有兴趣。兽医于海给我们家阉小猪,我二姐金桃就蹲在门槛上看,于海说:

"你个小姑娘在这里看啥?"

我二姐没有回答,她问于海:

"你的小刀快吗?"

于海一听不服气地说:

"等会儿你自己看,这叫月牙刀。"

白桂枝提过一只小母猪,于海在小母猪的肚子上打一针,金良生提过一只小公猪,于海拿起月牙刀划开阴囊。小公猪的睾丸被挤出来,像滴膨胀的紫红色眼泪。"眼泪"被于海的小手一捂就落进了碗里。小猪疼得嗷嗷叫,于海用同样的方法割掉另一个睾丸，接着给小猪打一针。

小碗里一共有十颗睾丸，白桂枝学着我外祖父的样子用开水烫了烫，剥掉皮去去骚，放在油里炸。我不敢吃，金桃卷着煎饼吃掉了小猪的十颗睾丸。

于小海是兽医于海的儿子，他是鱼水村第一个染头发的人。他顶着一头黄发回到鱼水村的那个下午，于海拿着剪刀追着于小海跑。

我二姐金桃正在和别的小孩儿跳皮筋，她看见于小海就停下来了，站在他的面前说：

"于小海，你的头发在哪里弄的？"

"于小海，你染黄头发真好看。"

于小海瞥了金桃一眼，说了一句：

"你懂个屁！"

他急急地跑开了。

金桃有天生的组织能力，她让那群小姑娘用皮筋绊倒了追上来的于海。于小海站在街道那头笑得抬不起头。

我二姐说得没错，于小海长得挺好看。

一个星期一的午后，我从大坝上走下坡去上学。于小海顶着一个黑色的帽子，帽子边露出黄头发。他还穿了一条肥大的牛仔裤，骑着车子迎面过来，裤腿鼓满了风，仿佛两个水桶一样摇荡在车子两边。我停下来站着，他胡乱按着铃铛骑过我的身边，随后他猛一刹车，用一条腿支在地上，吹了一声口哨，叫我过去。他问我：

"金桃呢？"

我没说话,他又问了一句:

"金桃在家吗?"

我出来的时候,金桃在屋门口的台阶上吃桃子,她一次吃下了五个黄桃。我犹豫了一下,说:

"不在。"

于小海"哦"了一声,提起车子调转车头,理了理遮眼的头发,问我:

"你干吗去?"

我指了指学校的方向,说:

"上学。"

他把车子骑到我的跟前,指着车座说:

"上来,我送你去学校。"

我看了一下他的车后座,它和我的胸膛平齐,我没有自信像我二姐一样,一抬屁股看都不看直接侧坐在上面。于小海一下就明白了我的想法,他用胳膊箍着我把我提起来,准备放在后座上。我想侧坐在上面,但是,在半空里我听见了于小海的命令:"把腿劈开。"估计是他怕侧坐掉下来会摔死我,可是,骑在后座上让我觉得很不优雅。

于小海把他的黑帽子扣在我头上,我的整个脸都被遮在了帽子里,于小海大笑不止。

帽子里浓重的头油味和洗发水的香味一下灌进我的鼻子里、胃里,原来于小海是这个味道。我没有把帽子拿起来,任由它扣在我的脸上。于小海又吹起口哨,下午变得天昏地暗。

于小海说,到了,他又箍着我把我夹下来。他嘿嘿笑着把我

211

脸上的帽子揭下来。他还在笑,他笑起来很好玩,把头埋在手臂里,一点声音都没有,只看见他浑身都在抖动。为了缓解尴尬我也笑了笑,没想到我一笑,于小海笑得更厉害了,他的头差不多都塞进了裤裆里。

这个时候我才看了看周围,这儿不是我的学校。我朝学校的方向看去,它只是一个瑟缩在田野里的小点。

于小海说:

"今天下午停课,户外劳动,哈哈哈。"

于小海耍弄了我,但我也不讨厌他。放学的时候,结伙的小混混在学校门口抽烟,我一眼就能看见于小海,他坐在车后座上吆五喝六,黄头发像一棵散乱的娃娃菜。他皮肤非常白,黄头发让他显得更白,白得有些不健康。

我七岁时,于小海已经是七〇一矿的工人了,他的头发更黄了。只要他在大坝下边一打呼哨,我二姐扔下煎饼就跑。有一天夜里,我蒙蒙眬眬听见有人敲窗户,我二姐窸窸窣窣起来,从窗户里爬出去了。第二天一早醒来,我二姐四仰八叉地睡在花布那边,我猜测我可能做梦了。于小海骑着永久牌的大梁自行车,载着我二姐到处游荡。

金良生曾试探性地对金桃说:

"于小海有没有对你说过他家有颗金刚石,就是咱们在井里发现的那颗?"

金桃说:

"你不是说它被人偷走了吗?不就是块破石头!于小海家才没有金刚石,他家有鸡屎,满院子的鸡屎,脚都插不下。"

金良生又对金桃说：

"你再坐于小海的车子我就揍死你！"

"于小海昨天载了一个小姑娘，小姑娘还搂着他的腰。"

白桂枝也对金桃说：

"于小海从十几岁就开始抽烟，他早晚有一天得吸毒进监狱。"

金桃的辫子捆在头顶上，像白桂枝烙饼的平锅松动的锅把儿，她一颠一颠走出屋门说她去上学了。金桃跟大姐金柳说："金良生不让我坐别人的车子，那他给我买一辆啊。"金桃还说，她要找个外国对象，住在省城那样的大城市里，她只是跟于小海玩一玩，她才看不上于小海呢。

有一次，我和金良生在筏子上喂鱼，于小海吹着口哨把自行车停在水库边进了桃园摘桃子。金良生悄悄把自行车提起来沉进了水库里。

于小海过了一会儿用衬衫兜着桃子出来了，他一看自行车不见了，吐掉桃子就骂：

"是谁偷了我的马？真××不要脸！"

"不想活了吗？我让我爹阄了你！"

于小海骂够了，站在大坝上面朝水库拉开裤子拉链：

"我要尿了，我的尿里可有毒哈。"

于小海尿完就回家了。

过了几天，于小海骑了一辆崭新的125黑色摩托车驶过鱼水村的街道，车上坐着二姐。我二姐朝天的辫子在尘土中依旧坚挺。

于小海死的那天下午，我和冯家哥在东岭下抠岩缝里的黏土，赶在来年二月二之前把黏土攒够，好让冯三带给我们捏咸豆罐。

我们先是看见于海骂骂咧咧地奔向矿场，于海的老婆由人搀着哭哭啼啼奔向矿场。不一会儿，我二姐金桃从矿场下来，走一段路就要停下来捂着胸口呕吐。

七〇一矿已经从国家管辖转到市管辖，于小海进矿场的时候，七〇一矿被转到了矿工业公司。于小海喝了半斤白酒去值班，操作卷扬机时出了事故。冯家哥的父亲冯虎是公司的老板，于海操着他阉割小猪仔的月牙刀找到了冯虎。

淹　没

我的小石匠姐夫有一把金刚石刻刀，那是他的师傅传给他的。我大姐的儿子李响曾经牛气哼哼地告诉我：鱼水村墓碑上的字都是他爸爸用金刚石刻刀刻出来的。

于小海的墓碑是从我姐夫家里运到公墓的。全鱼水村的墓碑中于小海的最好看，他的碑上盖着小巧的屋檐。

于小海真的死了。

那个夏日的黄昏，金良生切开一个井水里冰好的西瓜。我一口气吃到第六块西瓜的时候，冯虎出现在我家大门的门框里。于海的老婆在他脸上留下了新鲜的血痕。

冯虎提着一瓶茅台酒来到我家。我父亲从蹲着的台阶上站起来，扔掉一块硕大的西瓜皮。西瓜皮掉在地上，噗的一声，像放了一个屁。金良生对我说：

"给你冯叔拿凳子。"

我马上就去做了。我喜欢金良生让我干活,这让我觉得很幸福,尤其是在发生很大事情的时候。

冯虎睁了睁眼睛,坐在了凳子上。他放下酒瓶,一句话都没说,蹲下就开始吃我们案板上的西瓜。夜色开始降下来,冯虎问我:

"五万,你会炒花生米吗?"

我看了看父亲,朝冯虎点了点头。

我父亲和冯虎一起出去了,他们一前一后走下坡去,坐在大坝上那丛杨树叶子里,像两条蜷缩的狗。

我不知道我在为谁难过,我难过时就想把一切事情都做得无可挑剔,但最后我还是把花生米给炒糊了。我更难过了。我看见黑黑的花生米躺在洁白的盘子里,而我父亲在大坝上和别人聊天,我母亲在给母猪接生,我大姐肯定在她家里给石匠的第二个儿子喂奶,我二姐在屋里剃汗毛,她们都不来帮我,我哭了一场。

我坐在灶台上休息了会儿,然后跳下灶台去重新抓了一盘新的花生米,把那盘糊了的花生米当作燃料,一点点倒进炉子里。最后,我炒了一盘满意的花生米,它们在灯光下发着闪闪的油光,紫红紫红的,像我二姐吃的小公猪的睾丸。

我把那盘花生米端到冯虎和金良生面前。冯虎呜呜地哭着,金良生眼泪汪汪,我也被烟熏得眼泪汪汪了。我试着坐下来,他们并没有撵我走。风从水面吹过来,大坝下杨树叶子翻卷的声音升腾上来。

最后一个游泳的人是王皮的儿子,他从水库里出来打了个哆嗦,跟冯虎要了一瓶盖酒就走了。

冯虎把眼睛擦红了说:

"哥,举报嫂子生金桃的是我。你都往上升了两次了,我还在砸石头。你都当两次爹了,我媳妇的肚子还是瘪。"金良生喝了一瓶盖茅台,咂了一下嘴说:

"我早就知道是你个王八蛋。"

冯虎把我炒的花生米咬得咯吱咯吱响,他说:

"哥,你那块金刚石,于海狗眼不识好货,拿来孝顺我了,让我把二流子于小海弄进矿场。那石头好好地躺在我的匣子里,有一天它就长腿跑了,不见了。"金良生那时已经八年没见过那块石头了,他转过头来看着我,虽然没有光,但我在那个冰凉的夜晚感受到了我父亲复杂的眼神。

"白中医是个好大夫,治好了我老婆,我老婆生了冯家哥。可是冯家哥不是个好儿子,肯定是他把我的石头弄丢了。我爹冯三带也不是个好爹,他当年做大队书记贪图邀功,追着金二要金刚石,结果金二跑过大坝的时候摔了下去。"

"哥,我也不是个好人,我扣了公款买了便宜的卷扬机,便宜的卷扬机把于小海给砸死了。"

凶　猛

于小海死掉以后,我二姐金桃开始了每天呕吐的日子。我母亲白桂枝问她为什么吐,她说她想起了于小海被砸烂的脑袋。

我十六岁的二姐金桃早晨起来就蹲在门口的台阶上吃桃子,

她叫我给她拿卫生纸，我家又没有卫生纸了。白桂枝总会遗忘买纸，买酱油，买盐。我给金桃递上我的作业本，金桃看着第一页的画，她哇地吐了出来。她问我：

"你这画的是于小海被砸烂的脑袋吗？"

我很惊奇，我以为她永远不会看懂我的画，我点点头说：

"是。"

金桃撕下了一页干净的纸擦了擦嘴，她说：

"你画得很好，你接着画吧。"

金桃是在一个燥热的秋天停止呕吐的。

她从一堆桃子里挑出一个桃子对我说：

"你吃这个吧，这个是这些桃子里面最甜的。"

我接过来，看见那个桃子上有个小虫眼，我对她的捉弄提高了警惕，我递给她说：

"我不吃，你自己吃吧。"

金桃指着那个桃子说：

"这个桃子颜色均匀，是长在向阳的高枝上的。它捏起来还是硬的，虫子只吃了它的一小点。虫子比人会挑食物，你不相信我，总该相信虫子吧。"

她把桃子洗干净了，又递给我说：

"吃吧。"

她等我吃完，又说：

"你帮我个忙行吗？"

金桃钻进矿坑废弃的巷道里，让我在门口等着她，她对我说要是她两个小时还没有出来,我就得进去找她。

于小海生前养的一大群鸽子在秋日的高空里来回飞过十八遍了,我拔出的三墩花生吃得也只剩壳子了。我还把一条蚯蚓截成五段,四段围成一桌打牌,一段端茶倒水,后来我又把那些蚯蚓掏空嵌套成小型望远镜,看矿坑,看六幢楼,看水库,最后我把所有的蚯蚓埋在土里,学我姐夫的样子给它立了一块碑。

金桃还是没有出来,黢黑的巷道里只钻出了一只黄鼬。我对她让我等在外面两个小时有点生气。我进去的时候金桃侧躺在我的花床单上,像在睡午觉。她侵占惯了别人的东西,她偷吃李响的饼干,把冯家哥送我的贴纸贴在她的床头上,现在她莫名其妙地躺在这里,铺的却是我的床单。

我掰过她的身子,看见她满脸的泪水,一大股血顺着她的腿流到我的床单上。她红色的双手紧紧握住我的胳膊。我看见那么多血,头像被人打了一棒,耳朵里仿佛有几只耗子,吱吱叫着,左右奔突。我感觉身上的血都挤到了脑袋里,凶猛地流淌,只要有个缝隙就能喷涌而出。天旋地转,我吐了一口酸水。金桃哭着说:

"好五万,去给我拿床被子吧,我快冷死了。"

我跑出巷道,把王皮家晒在地里的棉花分三次抱到了里面,给金桃铺在身下,盖在身上。我二姐毛茸茸的,快要飞起来了。雪白的棉花沾上了我二姐红色的血。

我还跑到大坝上,把我正在喂鱼的母亲叫了去。

我二姐没有死,她还奇迹般停止了呕吐。事后没有一个人向我解释发生了什么。

王皮老婆去向我母亲讨要棉花，我母亲说我们家没有种棉花，我们家有锦鲤，我们还你鱼怎么样。她说我们的鱼是看的，要吃还真瘆得慌。她说你给我钱吧，我母亲就给了她钱。

王皮老婆走的时候还是提了两条大鱼，她回头看了看我，对我说：

"真是什么娘什么崽！你可别学她们，流血会死人的！"我牢牢记住了她恶狠狠的忠告。

我考上大学去读书时，金桃嫁给了邻村一个种桃子的青年，她抱着她的儿子对我说：

"你画得很好，你去了以后好好画吧。"

记得我上五年级时，我大姐金柳赶集回来，给李响买了一个肉火烧，给金桃买了一个头花，给我买了一个胸罩。她把那个东西递给我说：

"你把这个穿上。"

我说：

"为什么要穿这个，我们班小孩儿都不穿。"

金柳说：

"咱妈穿，我穿，金桃也穿，你也得穿。你不觉得胸脯前面软乎乎的吗？"

我自己用手摸了摸，果真软乎乎的，那里不像是我自己的肉，但是掐一下会很疼。金柳一把打开我的手：

"妈你看看，哪有人自己摸起来没完的。妈，你看她。"

白桂枝拿过去胸罩，说：

"得洗洗再穿，我给五万洗洗。"

219

那个被叫作胸罩的、带子很长的东西,在我家的晾衣竿上飘飘摇摇。

有一次上体育课,体育老师让同学们躺在棉垫上做仰卧起坐。轮到我的时候,我躺下用手臂抱住头,王大强小声地对几个男同学说:

"快看金杏,她的奶好大。"

同学们哄的一声笑了,我的脸上像是浇了一层辣椒水。从那以后,我再也不去水库里游泳了,我觉得我的身体暴露在阳光下是一种羞耻。后来,我佝偻着背走路,我要掩藏住害我被嘲笑的东西。一种恐惧在我心里滋生,每当黑夜来临,我躺在我的小床上,想象身体多余出来的部分。它们像我姑姑的馒头一样,越蒸越大,气势汹汹,冒着热气把我压倒进水里,我拼命地蹬水也摆脱不掉,惊醒之后全身是汗。

鱼水村的一切都在改变,连我自己都在变。

鱼　水

我十三岁的夏天,大旱,三个月不下雨,鱼水水库的水位下降了五六米。

鱼水村的人开始放鞭炮,大家知道街道上一定摆起了求雨的红木桌子。我母亲白桂枝说,王皮老婆一会儿就要到咱家了。

王皮老婆推开门来到我家,她颧骨突出,眼睛像往外拨了一下似的。她说话声音很小,笑起来声音很大。她把头发往耳朵后边一捋,张口说道:

"白桂枝,你听见放鞭炮了吗?早就该求雨了。还缺一条鱼,集市上的不新鲜,就来你们家了,抓一条丹顶的,献了鱼你家就不用献纸了。"

我家那条丹顶锦鲤趴在供桌上,嘴巴张着,尾巴蜷起来,保持跃起的姿势。上面盖着香菜、辣椒碎和葱丝。

几天后的鱼水村依旧在燥热的空气里残喘。

有一天中午,我们一家正围着桌子喝疙瘩汤,拖拉机的声音在水库边响起来,没有变化的突突声显然不是车辆在行驶,而是带动水泵抽水浇地。我父亲才喝完一碗疙瘩汤就擦了擦嘴,平时他要喝三碗才会擦嘴。我跟着父亲走出家门,看见了水库东面的拖拉机。毒辣辣的太阳光照射着轰鸣的机器,它像一头口渴的小兽一样在颤抖。

我父亲走上大坝,走到机器旁边,他张开手臂跟于光辉的哑巴父亲比画着,说水库里还有我家的鲤鱼,这样抽它们会缺氧致死的。于光辉的哑巴父亲用手指了指他家要被烤焦的玉米苗,他的手臂张开的幅度更大。我在大坝上拱手遮在眼睛上看,他们像两个就要拥抱的人。

我父亲那天开着他的小货车去省城卖了两趟锦鲤。水库的水在不断减少,裸露出来的河岸像刚刚剃掉胡须。水越来越浑浊,不时有鱼翘着嘴呼吸,站在我家的屋顶上就闻到铺天盖地的腥味。我父亲卖鱼回来没有笑嘻嘻,也没有数钱,而是坐在大坝上抽烟,在四台抽水机的轰鸣里抽烟。

为了鱼能够在更大的水域活动,我父亲把网箱打开了。没有烟抽的父亲就在水库边转悠,我母亲白桂枝做了饭给他送到大坝上。

我母亲从大坝上下来,冯三带晃晃悠悠走上大坝。他蹲在我父亲身边,抽起了旱烟。他在坝上磕磕烟锅,对我父亲说:

"下边井里早干了,水库放点水吧,玉米都死了一大片了。"

金良生说:

"天气预报说了会下雨。"

"天气预报只能预报,这个月都预报多少回下雨了,一滴也没有,再过两天别说减产了,苗都他娘的烤焦了。"

"我的鱼怎么办,你赔我的鱼吗?你去求我爹吧,他要答应我就放水。"

冯三带站起身来腾挪一会儿,又蹲下去,说:

"我儿子判了刑,儿媳妇得病,我也遭了报应了。"

金良生站起来说:

"你的报应还在后头呢。"

月亮像颗含化的糖贴在淡蓝的天上,屋里屋外亮堂堂。蟋蟀在我的窗台上叫得欢腾。半夜里,拖拉机泵水的声音一直在响,空寂的夜晚把声音放大,好像全世界只有一种声音。

我梦见我和一群小孩子在一个一眼望不到边的树林里放鹅,于光辉、王大强、龙娟、红玲他们都在放鹅。我的鹅群庞大而壮观,每一只鹅都洁白纯粹。我想让我的鹅吃到最新鲜的青草,于是我把鹅群赶往更远的树林。我见到了冯家哥,我问他要送我的礼物什么时候给我,是不是他拿了他爸爸的金刚石。冯家哥一直往前走,像没听见我的话一样,他穿过我的鹅群走了。我站在四处无人的荒野上,天上雷声滚滚,雨下起来,砸在我的头皮上啪啪响,我的鹅群四散逃窜,我完全失去了管辖它们的能力。闪电在我头顶的天空劈下来,我听见我母亲白桂枝大喊:"快起来!快起来!"我迅速朝着一个方向奔跑起来,脚下软绵绵的,我扔掉身上所有沉重的东西,赶鹅群的竹竿,一串钥匙,鞋子,最后我脱掉了我大姐金柳给我买的胸罩。我回头看了一眼,胸罩没有落到地上,而是被风吹舞着,带子飘扬,像一个发狂的巨大手掌。我又听见我母亲的声音:"起来!起来!"窗户被什么东西砸了一下,我惊醒,拖拉机还在慢吞吞地抽水。

我穿好衣服起来走出屋门,天空有一层淡淡的云。

凌晨三点多钟,水库的放水闸门被打开。鱼水河里被打起了五个土堰,六个水泵插进鱼水河,开始抽水浇地了。水从水库里流出去了,我家的锦鲤也流出去了。

我看见父亲在往小推车上搬运水泥。放水闸门年久失修,打开后关不住。他正想用我家的水泥堵住出水口。我的小石匠姐夫扛着两袋水泥晃晃悠悠出了家门,我父亲一把推开小石匠,自己扛着水泥跑向大坝底下,他还重重地摔倒了一次。水流夹杂着鲤鱼把几袋水泥冲了出去。

在拖拉机不紧不慢的喘息中,王皮拿着渔网和他的两个儿子下了水,他们在水里招呼大家下水逮鱼。仔细一看,河里越来越多锦鲤。鱼水村的人说:"这鱼应该不是金良生养的吧,他的鱼在网箱里不是?"又有人说:"管他是谁的鱼,到了这河里,谁逮到就是谁的。""是啊是啊,这么好的鱼顺着河游走了多可惜。"鱼水村的人看见我着急得发狂的父亲,他们心生内疚了。但是鱼就在他们打起的土堰里游来游去,他们犹豫着脱掉鞋子,挽起裤腿,下到河里去捕鱼。没睡着的人们来了,睡着了的人被吵起来了，村子边的人来了，六幢楼上的人也来了。有人还回家现造了捕鱼工具，准备在河里大展身手。黎明时分，邻村的人也来了，整个鱼水河塞满了人。

我站在河岸上，握紧拳头，眼睛里滚满热泪，一种从未有过的拥有感在身体里涌动。我大声呼喊：

"不许逮我们家的鱼！强盗！不许逮！"

我发现除了我自己，并没有人听见。

王皮老婆站在水里放声大笑，因为她的丈夫和儿子们用渔网网住了三条大锦鲤。于海站在土堰上，组织人们拉网。我看见一个小个子满脸都是泥巴，只露出眼睛，听到他啊啊大叫我才知道那是于光辉。于光辉的妈妈被人摸了屁股，站在河中间大声叫骂。我父亲把滚在泥水中的人们往岸上拽，他一把拽住冯三带，大声问他是谁开的闸门，冯三带在他怀里抱着的那条红白锦鲤头上猛击一拳，鱼一打挺把他俩都拍进了泥水里。我母亲只穿了一只鞋子，拿着竹竿坐在地上。我二姐提了一只大桶，她在抢人逮住的鱼往桶里扔。土堰里的水流到低洼的玉米地里，小孩子们用脚踩鱼，一边踩一边尖叫。河中间还有一只筏子，筏子上躺着我家的鱼，一条狗扒着筏子的边沿想要爬上去，弄得筏子在水里打转转。

天大亮以后，响起几声闷雷，鱼水村的人们忙着逮鱼都忘了停掉水泵。雨点很大，像梦里一样砸着我的头皮，砸在泥水上留下一个个小坑。有人大喊下雨了，鱼水村的人们高兴坏了，他们期待已久的雨终于要下了。

大雨下起来，街道无人，走不多远就可以闻见鲜美的鱼汤味儿。

特大暴雨来了,水从四面八方汇聚到鱼水水库,没有一会儿水库里水量剧增。我们一家站在门口看着大雨,像在等待一个神圣的仪式。我二姐饿了在啃桃子吃,我看着大雨昏昏欲睡,我父亲我母亲呆坐在板凳上,计算着他们损失的钱。

大家听见咔咔的断裂声,接着,轰的一声,随着巨大的声响,我脚下的地剧烈摇晃了一下。我父亲我母亲我二姐冒着大雨奔了出去,我也钻进雨里。水库大坝已经崩裂开,巨大的水流涌出水库,大坝下的杨树倒在水里只露出叶子。大水冲刷河道,灌满鱼水河,涌向鱼水村。水流的轰鸣让我听不见雨的喧嚣。雨中的金良生、白桂枝和金桃看起来很不真切,大雨从他们脸上浇下去,冲得他们睁不开眼睛,他们全都张开了大嘴呼吸,仿佛供桌上那条丹顶锦鲤。

大坝崩塌后的大水卷走了冯家哥。大雨降下的前一天是星期五,我没有在土路边等到冯家哥。冯家哥都是星期五下午回到鱼水村,唯有那次他在周六的早晨——暴雨来临时从他的镇长姥爷家回到鱼水村。和冯家哥一起下公共汽车的那个女人对村里人说,冯家哥下车和她一起走到被水淹没的鱼水河水泥桥边,他指着桥上说那里有一条发光的白鱼,鱼嘴里肯定有他的石头。他扔掉雨伞走上水泥桥,大水淹没了他的大腿,女人喊他,他也不理。随后,冯家哥一脚踏空被水裹挟着冲走了。冯家的人在鱼水河下游七里多的草丛里找到了他的尸体,他穿着那身校服,手里紧紧抓着一条白色的锦鲤,可锦鲤不像金刚石一样会发光。

再没有人让我诚恳地坐在土路边等待了。冯家哥不止一次出

225

现在我的梦境里,他拿着杨树叶子挡着太阳在土路上等我,看上去很委屈。他质问我:"你为什么坐在于小海的车后座上?为什么我叫你,你也不答应?我有一个绿色的鸭蛋你不吃吗?你不吃蛋清,我吃掉了蛋清只有蛋黄了你不吃吗?"

有一次我梦里的冯家哥长得特别高,套在他的校服里。他嘴里含着一块透明的糖,糖块叮叮当当地碰撞他残缺不全的牙齿,口水顺着嘴角流到他的下巴上。冯虎追打着冯家哥,冯家哥被石头绊了一下,不小心把糖果咽了下去,他的食道被划伤,吐了好几口血。他从粪便里找到糖果并清洗干净,这下我看清楚了,那是一块好看的透明石头。冯家哥哭着说:"五万对不起,我要送你的那件礼物丢了。它太贵重,我换了十八个地方来掩藏它。最后我也忘了埋在哪里了。五万,我把我爸那块石头弄丢了。"

我梦见冯家哥在暴雨的早晨看见了一条发光的白鱼,它衔着冯家哥的金刚石顺着鱼水河大摇大摆地游。冯家哥想抓住它,他不顾一切下到河里,那时他一定后悔自己不会游泳了,一口咸腥浑黄的水最终呛死了他。我还梦见冯家哥曾在夏天太阳最高的时候,把金刚石丢在矿坑的最底部。金刚石把阳光吃了又吐出来,矿坑里的每一个角落都被照亮。这时候,不知从哪里吹来一阵风,一小撮沙土打着圈轻盈地盖住了金刚石,光亮瞬间全部消失。

我祖父有自己的坟堆,冯家哥的祖母也有自己的坟堆,现在,冯家哥也有了自己的坟堆。他多么喜欢往外跑啊,竟然要被一堆土拴在那里。我还记得白桂枝说,早夭的孩子坟不能堆太大。

他的坟堆本来就小，暴雨一浇更小了。上面光秃秃的，什么都没有，连棵草都还没来得及长。公墓那么大，他的坟堆挤在中间，很不体面。等雨停了以后，我要把那只螃蟹壳子放到他的坟堆旁，长长气势也好。想到这里，我再也忍不住，放声大哭起来，我不要谁来安慰我，再不这样我就要憋死在雨里了……

鱼水村被泡在水里，一切都向下倒伏，疲惫绵软。祈雨的供桌漂出来了，死黄鼠狼漂出来了，啤酒瓶子冲出来了……鲤鱼泉的鱼顺着河沟的水游走了，它们逃脱了被村人的生和死左右的宿命。在下雨的这几天里，人们全在喝鱼汤吃鱼肉，到最后提到鱼就要呕，看到鱼就要吐。死去的锦鲤漂在浑浊的水面上开始腐烂，到处都是臭烘烘的鱼腥味，潮气让人们腹泻不止。人们泡在水里的小腿上生出铜钱般的癣，然后蔓延到身上，瘙痒难耐。鱼水村的人都瘦了几圈，脱胎换骨了一般。鱼水村的人都长癣的时候，我二姐每天早晨起床都要检查家里每个人的小腿，然后得出我们家没有人长癣的结论。我们享受了地势高的好处。

大雨下了四天四夜，第五天放晴。

我爬上我家的房顶，脖子里戴着冯家哥的那颗乳牙。放眼望去，一切都被雨水冲得糊涂并且歪斜。北边苍翠的松林像喝醉了，泛出点点白色。

到处都是清洗过的绿色，我向南望去，伸长了脖子，使劲揉了揉眼睛。我看见一红一绿两个坟包：祖父金二的坟前躺了一条巨大的火鲤！

金良生和我跑到金二的坟前，大锦鲤通身红得像着火了一

227

样,坟上长满了翠翠的玉米草。大水只冲倒了祖父的墓碑,坟包完好无损。火红的大锦鲤肚子无比肥硕,它翕动着腮,嘴里呼呼吹着风声。它的眼睛迟疑地转动,上面布了一层沙子,像一口深井无限地延伸到黑暗的未知处。它通体发亮,一片鱼鳞足有巴掌那么大。鱼肚上渗出丝丝缕缕的血,鱼鳍蒲扇似的舞动,尾巴扫着沙土。大鱼身下的草丛整齐地倒向一边,叶子上残存着鱼身上的黏液。

我跑到河道里,掬起一捧水站在我祖父的坟头边,洒在火鲤的眼睛里。它让我想到幽深的矿坑。我从鱼眼里看见一个瘦弱的黑影,还有黑影后面燃烧的太阳。我父亲围着火鲤走了两圈半,他伸手摸了摸鱼的嘴巴,火鲤又发出呼呼的风声,像在跟我父亲交谈。这时候,第一只绿豆蝇停在了火鲤的嘴唇上,嚣张地搓着手。

大鱼嘴里的风声越来越弱,间隔也越来越久,最后它发出了嘶吼一般的呼声,猛地向空中一跃,然后重重地落地,吐出几颗光彩夺目的石头。石头在祖父金二的墓碑上砸得当啷当啷响,大鱼再也不动了。

我和父亲看着仲夏的阳光又一次毒辣辣地照射下来,照在墓碑上、石头上、鱼鳞上,它们散发着妖艳的光。我的父亲鼓鼓嘴,捡起其中一颗透明的石头,意味深长地笑了起来。

冯家哥死了,大鱼也死了。那个下午,我小便的时候发现内裤上洇了斑斑点点的血迹,和火鲤的鳞片一个颜色。我害怕的事情终于来了,我安静地躺在被子里,小腹撕裂般疼痛,下体有一股热热的东西流出来,我的内裤被鲜血染红了。

这个时刻还是来了，我开始流血了。会像我二姐流那么多的血染红雪白的棉花，我的耳朵里不停地反复着一个女人恶狠狠的忠告。

我难过地走到我母亲白桂枝的面前，她正在给我们家的一群小黄鸡撒米，我十分肯定地对我母亲说：

"我要死了……"